进阶读

西游

为你解答
九九八十一问

邵 杨◎著

中国铁道出版社有限公司
CHINA RAILWAY PUBLISHING HOUSE CO., LTD.

图书在版编目（CIP）数据

进阶读西游 : 为你解答九九八十一问 / 邵杨著 .
北京 : 中国铁道出版社有限公司 , 2025. 3. -- ISBN
978-7-113-31886-4

Ⅰ. I242.4

中国国家版本馆 CIP 数据核字第 2024NK4192 号

书　　名：**进阶读西游——为你解答九九八十一问**
　　　　　JINJIE DU XI YOU：WEI NI JIEDA JIU JIU BASHIYI WEN
作　　者：邵　杨

责任编辑：陈晓钟　　　　　编辑部电话：（010）51873036
封面设计：宿　萌
责任校对：苗　丹
责任印制：赵星辰

出版发行：中国铁道出版社有限公司（100054，北京市西城区右安门西街 8 号）
网　　址：https://www.tdpress.com
印　　刷：天津嘉恒印务有限公司
版　　次：2025 年 3 月第 1 版　2025 年 3 月第 1 次印刷
开　　本：710 mm×1 000 mm　1/16　印张：17　字数：212 千
书　　号：ISBN 978-7-113-31886-4
定　　价：69.00 元

四十年一梦《西游记》

你选择哪种方式度过漫长岁月，是三藏那样的坚定执着？是悟空那样的无所畏惧？是八戒那样的豁达快乐？是沙僧那样的沉稳持重？还是白龙马那样的默默承载？

你是否还留恋年少时大闹天宫的青春狂野？你是否在十万八千里的风霜雨雪间，走出了中年的寂寞萧索？你是否已功成名就、进位斗战胜佛？你是否已卸落紧箍，在降妖除怪中修成正果？你是否正沉浸于回忆，想起了属于自己的水帘洞、火焰山和女儿国？

《西游记》写的，是一个人的一生，是我们每个人的一生。

4岁那年，我拥有了第一套儿童连环画版《西游记》。那是20世纪80年代末，央视电视剧《西游记》已完整播出、万人空巷，那个神异、迷离、瑰丽的世界，已在我那热衷奇思妙想的童年视线前，无保留地敞开，我早就无法自拔地一头扎入其间，就像一代代中国孩子一样。所以我对这套连环画几近爱不释手，把它们分置在家中各个角落，便于自己行走坐卧，随时翻阅。孰料乐极生悲，我很快丢失了其中一本，而且，还是很重要的、甚至是最重要的一本，因为，那是最后一本：《取经回大唐》。大人们不想让我伤心失望，帮我翻遍了犄角旮旯儿，没有找到它。后来搬过家，所有的沙发橱柜都被移动过，它依然没有出现。

它人间蒸发、羽化飞升了。

这是一个匪夷所思的故事，就像《西游记》里的所有故事一样匪夷所思。

将近20年后，我在浙江大学参加自己的硕士论文答辩，论文标题是《〈西游记〉的视觉传播研究》。那天也许是紧张激动、来去匆忙，我打印好的论文，又莫名其妙少了一册。担任答辩组长的那位教授仁慈宽厚，不仅没责怪我，还逗趣说："肯定是孙悟空把你的论文变没了。"大家都笑，我也笑，笑声中，我恍惚想起了那本再没找见的《取经回大唐》——它大概，也是被孙悟空变没的吧。谁让我小时候最爱拿着一根小竹棍在房前屋后跳来跳去地模仿孙猴子（虽然我小时候很胖，扮演猪八戒也许更合适些），大圣恼怒："好你个臭小子，不知天高地厚，竟敢学老孙的样子，这就来个恶作剧，给你点教训。"

又将近20年后，我写完了这本和《西游记》有关的书。把书稿交出那天，我再次想起"被孙悟空变没了"的《取经回大唐》。我忽然有了一种全新的感慨体悟，我忽然觉得，这一切像极了一个隐喻：《西游记》和我的羁绊，是没有终结的，《西游记》对我成长与生命的伴随，是没有"最后一本"的。我的西游之路，还要长长远远地走下去，永远等不来"回大唐"的剧终那天。我读着《西游记》变成大人，研究着《西游记》完成学业，解读着《西游记》成为专业的写作者。孙悟空变没了我的连环画，不是在用恶作剧教训我，而是在替《西游记》久久地留住我。

不知不觉，我从4岁到了40岁，真正意义的不惑之年。我想，是时候为这40年来与《西游记》的不解之缘，提交一份更成型的答卷了，或者说，我觉着自己有责任，为像现在的我一样始终爱着《西游记》的你们，提供一些心得体会，分享一些思虑见解，它们并不深刻精彩，却足以充当一家之言作为参照，伴随诸位，共同走向属于西游爱好者们的"不惑"。

于是，就有了这本书。

此书是一种普及名著的阅读辅助材料，也是一份不拘一格的漫谈类读物，每个对《西游记》怀有思考兴趣、钻研兴趣乃至闲聊闲扯兴趣的人，都是它所欢迎的读者，当然，它尤其适合已初步了解西游故事和人物、又尚有诸多头绪未被厘清、正在尝试摸索着进入精读阶段、正在形成自身思考和见解的人们，毕竟，我本人，也是从那个阶段磕磕绊绊走过来的。

书中的"九九八十一问"，恰与取经路上的"九九八十一难"相对应，它们都是读书时可能萌生的困惑，也是困惑后可能萌发的探询，一个个问题穿行、一个个问题跨越，我们和唐僧师徒一样，在求索和修行中战胜困难，在靠近真理的路上步履不停。

书中内容会兼容学术考据、历史地理研究、文化背景讲述、文学技巧拆解、抒情感悟、哲思理趣乃至适度的"恶搞型脑洞"等多种形式，既有严谨的知识传递，也有面向当代人生活中的具象心灵体验，更尝试吸纳妙趣横生、旁逸斜出的戏说解构和无伤大雅的"胡思乱想"。毕竟，所谓经典，从不会拘泥于单一的立意、主旨和美学风貌当中，它必然会提供丰盈的层次，让人们各取所需地来回穿梭，没理由用预设的教条来框住它，也框住自己。更何况，《西游记》是中国古典文学中极为罕见的富有游戏精神、解构精神的杰作，也是接受后世影视、动画、游戏、短视频、网络文学再创作程度最高、成果最丰富的作品，它天然地反对一切教条和刻板，随时准备好激发新的火花，准备好在每寸新土壤里增益重生。

　　既然每个人都有一条无从逃避的程途，既然我们注定漂泊在爱恨悲喜之间，既然希望总栖止于远方和明天，那就整束行装，披荆斩棘，餐风饮露，夜宿晓行，你牵好马，我挑上担，一起上路吧！

　　感谢我的编辑陈晓钟老师，感谢铁道出版社的各位同仁与前辈，没有他们的帮助和专业工作，此书定当无缘与大家见面。

　　把此书献给我的外婆，她是第一个给我讲述《西游记》故事的人。

　　把此书献给我的女儿，我是第一个给她讲述《西游记》故事的人。

　　把此书献给玄奘法师，献给猴哥、八戒、沙师弟、小白龙，我是南赡部洲的红尘里，那个一直在目送与伴随着你们前行的人，我爱你们。

邵杨

2024 年 11 月

第十章　内容感悟：《西游记》宏观解读

第十一章　源流和演变：《西游记》的成书与改编

目录

第一章

主角亮相：猴王出世与悟空学艺

第1问 孙悟空这个人物是怎么来的

很多读者应该都清楚，所谓"西天取经"的原型，是唐朝的玄奘法师历尽千辛万苦去天竺学习佛法的历史事件。

玄奘法师很伟大、很值得钦佩，他回到大唐之后，关于自己这一路上的所见所闻、光辉事迹，就开始被大家反复记录和传颂。

这些记录一开始还比较严谨，比如口述回忆录《大唐西域记》，比如传记《大唐大慈恩寺三藏法师传》。但随着时间的推移，就越讲越神化了，这里面原因有很多：佛教界想塑造高僧形象，老百姓想满足猎奇心理，两边都乐于见到玄奘的经历里被加入更多的神话色彩。

于是，到了宋代，出现了一本书，叫《大唐三藏取经诗话》。"诗话"是一种说唱文学体裁，艺人们拿着它作底本演出，里面有"诗"也有"话"，"诗"可以拿来唱，"话"可以拿来讲，是很受欢迎的民间演出形式。

这本书里，在玄奘法师的身边，多了一个角色，叫"花果山紫云洞八万四千铜头铁额猕猴王"，他出现的理由是，"此去百万程途，经过三十六国，多有祸难之处"，所以要有人"助和尚取经"，然后，他变身为"白衣秀士"，成为玄奘的旅伴，一路上，他都被叫成"猴行者"。

很显然，这是孙悟空的雏形，第一次被加入取经故事。

当然，那时候还没有"悟空"这个名字，他还是个帅气的"白衣秀士"，物种还是"猕猴"，而不是"石猴"，但他们都是"行者"，都因为"多有祸难"而来，老家都叫"花果山"。

无独有偶，在敦煌的东千佛洞石窟壁画中，有一幅"玄奘取经"图，图中，一个满脸毛发、鼻孔外翻、獠牙外露的猴脸人站在和尚身后，牵马跟随。

这个石窟的建造年代是西夏，西夏是党项族人在西北建立的政权，跟北宋并立。也就是说，这幅壁画和《大唐三藏取经诗话》差不多创作于同一时期。

可见，猴行者的传说在当时已经很普遍，距离明朝《西游记》小说的完成还有几百年，人们已经开始相信，一只神通广大的猴子是取经事业能完成的关键。

那为什么是只猴子呢？中国神话里有的是神兽，让一条龙、一只虎、一只仙鹤来担任保镖，不是更高大上一点吗？唯一的解释是，这只猴子不是凭空想出来的，是有来历的。

关于这个来历，学者们有很多说法，总结一下，最有代表性的，包括以下几种：

来历一：石磐陀。

据说，玄奘法师身边曾经有过一个叫石磐陀的随从，他的身份既是向导，也是半个弟子。这个石磐陀并不是汉族人，他来自西域。石磐陀跟随玄奘法师，又受了戒，算是僧人。人们叫他"胡僧"。胡僧，听起来是不是很像"猢狲"？

没错，"玄奘法师身边有个胡僧"，当这句话在民间一次次口耳相传，传着传着，就出了错，就传成了"玄奘法师身边有个猢狲"。

"玄奘法师身边有个猢狲"，这个猢狲还叫"石磐陀"，继续错下去，变成"这个猢狲来自一块磐陀石"。你看，石头里蹦出一只猴子，到这里，齐活了。

这就是目前比较流行的一种关于孙悟空来历的说法，也是我自己比较认可的一种。

只不过，石磐陀可没孙悟空那么忠心耿耿，他和玄奘的关系并不稳定。在瓜州，他帮助玄奘逃跑，但因为这件事太担风险，他中途反悔了，甚至试图谋害玄奘来撇清自己，好在没有得逞，最后，他自己开溜了——这个倒是跟孙悟空西天路上几次赌气回花果山异曲同工。

来历二：释悟空。

这是唐朝的一位高僧，本名车奉朝，"悟空"是他出家后的法名。出家人不再有俗家姓，全体默认为姓"释"，所以这位悟空和尚也就成了"释悟空"。释悟空跟"孙悟空"仅一字之差。

释悟空是京兆郡云阳县（今陕西省泾阳县云阳镇）人，祖上是北魏拓跋氏，对，就是我们历史课本里"孝文帝改革"那个北魏，还算是贵族血统。

在唐玄宗时期，他跟随唐朝使团出使天竺，皈依为僧，后来携带《十力经》《十地经》《回向轮经》以及佛舍利等圣物返回大唐。

释悟空就是孙悟空的原型，这个说法也被很多人所接受，毕竟，他俩名字只是姓不同，而且他俩都去过天竺，还都把经文带回了大唐。

来历三：无支祁。

无支祁，是中国远古神话中的水怪，《山海经》里就有相关记载，后来的唐传奇、《太平广记》也都有提及，说他白头青身，脖子长达百尺，力气超过九头大象，常在淮水一带兴风作浪，危害百姓。

重点是：第一，他的出生地也叫"花果山"；第二，他外形酷似猿猴；第三，他"金目"，而且"轻利倏忽"。前者让人想起火眼金睛，后者让人想起筋斗云。

认为无支祁是孙悟空的原型（连鲁迅先生也支持这种说法），除了上述蛛丝马迹，还有下面这么几条理由：

第一，大禹治水之后，无支祁被降服，压在淮河南边的龟山脚下，这个结局，很像孙悟空被压五行山。

第二，无支祁活跃的淮水，正好位于吴承恩的家乡淮安附近，如果吴承恩是《西游记》的作者，那他从小听惯了的无支祁故事，肯定对他的创作会产生很大影响。

第三，在很多《西游记》题材的戏曲中，无支祁直接出现过，比如元代杨景贤的杂剧《西游记》（这个剧的创作时间略早于小说《西游记》）中，无支祁甚至还跟孙悟空称兄道弟。

第四，降服无支祁的人除了大禹，另一种说法是一位叫"僧伽"的高僧，"高僧收服了猿猴型的妖怪"，难免不让人想起唐僧和孙悟空。

来历四：哈奴曼。

根据这种观点，孙悟空压根就不是中国本土的传说，他是一只印度猴子！

这种观点来自大学者胡适，他说："我总疑心这个神通广大的猴子不是国货，乃是一件从印度进口的。也许连无支祁的神话也是受了印度影响而仿造的。"

印度最古老的史诗《罗摩衍那》里，罗摩王子的妻子悉多，被一个叫"十首魔王"的大魔头抢走，罗摩为了救回妻子，求助于一只叫哈奴曼的神猴，这只神猴能腾云驾雾，善于变化，本领高强，帮助罗摩打败了魔王，成了印度甚至整个东南亚家喻户晓的英雄。

胡适考证说，玄奘在写《大唐西域记》时，就把这个来自印度的故事记录在册，并且成为后世演绎出孙悟空的依据，就连"大闹天宫"这一历史事件，也是根据《罗摩衍那》中哈奴曼大闹无忧园的一段情节改编而来。

《西游记》中的朱紫国，孙悟空从赛太岁手中夺回了国王的妻子金圣娘娘一难，与《罗摩衍那》中的救妻故事，也显得非常相似。

除了这些之外，在广东和福建等地，很早就有对猿猴神的崇拜，而且他们的猴神里，还真有一个叫"齐天大圣"的。据统计，福建至今还有几百座"齐天大圣庙"，里面供奉的都是猴形的神像，只不过这个猴神大圣跟后来的孙悟空也并不是同一回事。在很多民间故事里，他都有一个大家庭，比如元朝无名氏的杂剧《二郎神锁齐天大圣》中所写，他哥哥叫通天大圣，姐姐叫龟山水母，妹妹叫铁色猕猴，弟弟叫耍耍三郎（什么怪名字）。

——盘点了这些说法，不知哪个最能说服你。

至少在我看来，它们都很有趣，也都各有各的道理，只不过它们都无法证明自己是唯一正确的那个，也无法证明别人是绝对错误的那个。

所以，也许在未来，它们还会一直共存下去，一起为孙悟空这个备受喜爱的人物提供不同的角度、不同的想象可能。

归根结底，它们都是我们的文化财富，也都是《西游记》的创作土壤。

所以季羡林先生就认为，孙悟空形象的成型，更接近一种"混血"之后、兼收并蓄的产物："从印度《罗摩衍那》中借来的，又与无支祁传说混合，沾染上一些无支祁的色彩。这样看恐怕比较接近事实。"

那个大闹天宫的孙悟空，也许和广东福建的齐天大圣传说关系更近；

那个在西天路上扶危救困的孙悟空，也许和哈奴曼的传说更加相似；

那个被唐僧收为徒弟的孙悟空，也许更像石磐陀。

这也再次证明了，《西游记》不是一本凭空出现的名作，它是一个不断累积的故事系统，是对各种相关题材的民间传说、宗教故事、小说戏曲所做的一次伟大整合。这个整合，我们后面还会慢慢再说。

第2问 《西游记》中的世界是一种怎样的地理结构？花果山究竟在哪里

《西游记》讲的是一段漫长的旅途，向"西"去"游"嘛，我们得先把地理上的问题搞清楚。

《西游记》原著开头说，天底下除了海洋，一共有四块陆地，就是所谓的"四大部洲"：东胜神洲、西牛贺洲、南赡部洲、北俱芦洲。

花果山，就是东胜神洲的傲来国周边海域里的一座小岛。

这一说法来自佛经，《长阿含经》等佛教经典里都出现过"四洲"的说法：世界的中心是须弥山，须弥山的四周是大海，大海里按着东南西北四个方向，分别有一块大陆地，它们各自叫东胜身洲、南赡部洲、西牛货洲、北俱卢洲。

连唐僧的原型玄奘法师，也曾在他自己口述的《大唐西域记》里引用过这一说法。

不难发现，佛经"四洲"和西游"四部洲"的名称，是有些"同音不同字"的差别的。

这四大部洲跟现实里的七大洲四大洋当然无法强行对应，毕竟古代人对地理的认识和今天的我们存在很大不同，在航海业、测绘业都极不发达的大环境里，他们更多是出于想象去描述世界的结构。

生搬硬套难免闹笑话，比如清末有人认为，南赡部洲包含了亚欧大陆和非洲，西牛贺洲指的是南北美洲，那么东胜神洲又在哪里呢？北俱芦洲更是无从谈起了，北极可是没有陆地的呀。

古代印度、中国乃至日本，都在某些文献里声称自己位于南赡部洲。理由倒不是这些国家处于南边，而是佛经对四大部洲居民的描述中，只有南赡部洲比较匹配现实中的人类：面部轮廓上宽下窄，寿命最多一百岁。

第一章 主角亮相：猴王出世与悟空学艺

好了，现在来讲花果山。刚才说了，它是"东胜神洲的傲来国周边海域里的一座小岛"。我们已经知道，东胜神洲在现实中是不存在的，所以讨论"花果山位于现在的哪里"就成了一笔典型的糊涂账，几乎是没有意义的。真正该讨论的，是"《西游记》作者从哪座山上得到了灵感，从而构思出了花果山"。

粗粗统计一下，中国国内大概有几十座山都叫"花果山"，江苏、山东、河南、福建、甘肃、山西都有，而且它们都喜欢说自己跟《西游记》有关。

这也难怪，一来，"花果山"三个字很笼统，哪座山上没点花啊果啊的，所以弄得谁都可以给自己安上这个名字；二来，《西游记》太受欢迎，大家都想要和它沾上点联系，心情可以理解。

一般来说，江苏连云港花果山是《西游记》中花果山的原型，这个讲法接受的人比较多一点。

至于原因嘛，首先，连云港濒临黄海，这一花果山"海边孤岛"的地形跟《西游记》里"海上仙山"的设定更契合；其次，如果《西游记》的作者是吴承恩的话，他的家乡就是江苏北部的淮安，和连云港花果山离得不远，山上也确实留有许多他来游览的遗踪；第三，最初考证出花果山原型在连云港的，是民国大学者董作宾，董作宾是古文献专家、甲骨文专家，学术地位非常高，他的说法有权威性。

花果山主峰玉女峰海拔624.4米，是江苏省最高峰，山上自唐代开始筑庙建塔，千百年来的古建筑、古遗址、古石刻星罗棋布，自然景观优美，常有雾海显现。大家有兴趣可以前往游览，看看它和你心目中的美猴王老家是不是很匹配。

除此之外，还有几座"疑似花果山"，它们各有各的特点，也各有各的理由：山西省太原市娄烦县的花果山上，有一座被称为"猴王庙"的古庙，门前还有"东胜神洲地，悟空旧居址"的楹联，清康熙三十九年《静乐县志》记载："南乡近龙和者有花果山，取春、夏间花果满山为名。或者附之以'水帘洞'，谓孙行者娄烦人。"清代与明朝《西游记》成书的年代距离不远，所以不少人相信，这里才是孙悟空故事的发源地。

广东东莞花果山也与海相连。明代小说家、广东人朱鼎臣写过一本《唐三藏西游释厄传》，也是西游故事的原始版本之一。再加上广东民间有些地方崇拜齐天大圣，于是当地庙宇多有孙悟空像供奉，因此，这个花果山才是《西游记》原型的观点也被很多人接受。

第3问 "灵台方寸山，斜月三星洞"隐喻了什么

孙悟空求仙访道，来到了须菩提祖师门下。

须菩提祖师大概是《西游记》中最神秘的人物之一：

首先，他法力无边、道行高深，孙悟空的一身本领，包括筋斗云、七十二变，全都来自他的传授；

其次，他神龙见首不见尾，在《西游记》后面的章节里，他再没出现过，天宫也好、佛界也罢，再没谁提及他。好像他的任务，就是在恰当的时候出场，完成对孙悟空的教育，然后彻底退场。

孙悟空能找到他，要感谢一位樵夫的指点，樵夫的原话是：此山叫作灵台方寸山，山中有座斜月三星洞，那洞中有一个神仙，称名须菩提祖师。

这地名大有讲究。

须菩提祖师很爱打哑谜，孙悟空能得到他的真传密授，就因为参透了他一系列莫名其妙的动作中隐藏的指令，比如"半夜来我房

间里"。

其实，"灵台方寸山，斜月三星洞"这两句话，也像作者给我们出的一个字谜。

灵台、方寸，在中国传统文化里，它们乃"心"的代称。

当然，这个心不是指心脏，它更多是指我们的思想、灵魂，我们整个人生的内在主宰。

心是有灵性的，像是一座安放灵性的高台，所以叫灵台。

内心焦躁时，人们常说自己"方寸大乱""乱了方寸"，方寸，也是指心。

至于"斜月三星"，来琢磨下"心"的字形：底下的竖弯钩像不像一轮斜斜的月亮，三个点像不像月亮旁三颗闪烁的星星？那它不是在说"心"，又在说什么呢？

这么看来，"心"是须菩提祖师的关键词，也是悟空这次学习的关键词。其实，"心"也是孙悟空这个角色的关键词。

如果接触过《西游记》原著，就会发现，很多回目的标题里都把孙悟空称为"心猿"，"心猿意马"的心猿。有时候，连"猿"字都省略了。像真假美猴王那一章，干脆叫"二心搅乱大乾坤"，多了一个孙悟空，就是"生了二心"。

所以历朝历代解读《西游记》的名家大师们，很多都认为《西游记》隐藏了一个主旨，就是"求放心之喻也"——讨论我们如何与自己的心灵相处，如何驯服和驾驭自己的心灵。

我们可以想想：大多数人是不是都是这样，年少时渴望自由、充满破坏欲，"大闹天宫"、无拘无束，这是心灵的初始状态；长大后找到了一生的事业和志向，去走属于自己的十万八千里征程，去完成自己的正果，这是心灵的成熟状态。

孙悟空的成长，不就对应着每个人内心的成长吗？

修心是什么？就是自我提升、自我完善和自我实现。

每个人都有自己的软肋，有的是胆小怯懦（唐僧），有的是贪吃好色（八戒），有的是虚荣骄傲（孙悟空）。取经路，八十一难，其实就在跨越这些软肋。

找到你的心、尊重你的心、修炼你的心，作为成长的开端，再合适不过了；而修行这件事，在内心深处开展，在"灵台方寸山，斜月三星洞"里开展，再合适不过了。

所以，孙悟空一开始在花果山过得无忧无虑，忽然某一天意识到了生老病死的痛苦，生出了求仙之念，身边的老通臂猿对此的评价就是"道心开发"——以前只知道快乐，那是欲望在主宰你，后来明白了还有别的东西要找，那就是心觉醒了。

所以，孙悟空初到方寸山三星洞的前七年里，须菩提祖师没教他什么本领，只是通过日常的生活——"洒扫应对，进退周旋之节"来让他修心养性。

所以，须菩提祖师大怒赶走孙悟空，也是因为他在师兄弟前卖弄本领，有了好胜之心、虚荣之心、骄傲之心、炫耀之心。

你看，从头到尾，一切都和心有关。

第4问　孙悟空凭什么是脱颖而出的那一个

须菩提祖师自己讲："我门中有十二个字，分派起名，到你乃第十辈之小徒矣。"为悟空指路的那位樵夫则介绍说："祖师出去的徒弟，也不计其数，见今还有三四十人从他修行。"可见须菩提祖师门下学生众多。悟空学法术那些年，和他"一起在校"的"同班同学"，也有"三四十人"。然而，这些人里，须菩提祖师单单挑中了孙悟空教他长生不老的道术、七十二变、筋斗云。为什么呢？个人认为主要有以下三点原因：

第一，有耐心和韧性。

悟空为了学本领，放着花果山上无忧无虑的日子不过，独自驾竹筏漂洋过海，历经十几年才找到祖师门下。这一路孤独的坚持，已经很值得感动。辛苦了那么久，好不容易得到了进修资格，那还不赶紧倾囊相授，把你会的好东西统统教给我？但是，祖师不慌不忙，活生生晾了孙悟空六七年。这六七年里，孙悟空每天的生活只不过是"与众师兄学言语礼貌，讲经论道，习字焚香……闲时即扫地锄园，养花修树，寻柴燃火，挑水运浆"。瞧瞧，学礼貌、学文化、读书练字、干杂活，简直"小学生＋清洁工"模式。长生？神通？影子都没。但悟空愣是不声不响留了下来。

熟悉孙悟空的人，都觉得他是个抓耳挠腮的急性子、暴脾气——所谓"猴急猴急"的嘛，但在大事上他却能稳得住。也许孙悟空明白，这看似什么都没干的六七年有多关键——那是在磨炼心性。而"心"，是比"法"和"力"更重要的东西。

为一个认定的目标，甘愿付出许多在旁人眼里没意义的时间，最终这些时间每一秒都会变成回报，每一秒都算数。后来在艰难困苦的取经路上，八戒动不动就吵着回高老庄，连唐僧都时不时要哭一场，孙悟空为什么从没放弃过？这份坚韧，也许在须菩提祖师身边已经埋下了种子。

第二，聪明、理解力强、有悟性。

六七年的"见习期"后，祖师再次注意到孙悟空，是由于一次讲课。

对于弟子们来说，上课是修行的常态，许多师兄弟们都应付了事，就像现在许多学生每到上课就神游，老师一般也不会发现一样。

都在听讲课，只有孙悟空表现特别扎眼，"喜得他抓耳挠腮，眉花眼笑，忍不住手之舞之，足之蹈之"。又蹦又跳、又笑又闹，课堂纪律确实不好，但原因是"听到老师父妙音处，喜不自胜"，是他听进去了、听懂了，是他走心了。抓耳挠腮的学生看起来总没平和安静的学生用功，但很多时候"用心"比用功还要重要。知道"妙音"妙在哪里，知道"喜不自胜"的点在哪里，这就是悟性。

老师开始为这个表现出悟性的猴子一个个地提供学习选项——"三百六十旁门"，说是旁门，其实都有技术含量，至少都是能安身立命的手艺，但孙悟空一口一个不学，他只咬定"能长生吗"，懂得做减法，不要见筐就是菜，牢记自己真正要的是啥，志存高远、不忘初心，这也是一种悟性。

老师看到了悟性，也知道悟性有多重要，于是决定再狠一点，用更严苛的难题进一步验证他的悟性。这就是那个著名的"盘中之谜"：戒尺打头三下，暗示三更时分；背着手走入后室，将中门关上，是叫他从后门入内，在秘处传法。难不难解？很难。但孙悟空偏偏就解了出来，所以那一夜祖师见到悟空"十分欢喜"——这好像是不苟言笑、不怒自威的祖师第一次在书中快乐得情难自已。

师徒之间，有时就是一种漫长的寻觅：穿越时间去找一个可以与自己发生心灵共振的人，这缘法太妙不可言，以至于旁人看来，几近于故弄玄虚。

我相信，祖师或许给许多人出示过这个哑谜，终于，他等来了那个解谜人。

第三，有追求、有理想。

如果说前面说的那些是性格、是智商，取决于因人而异的天分、禀赋、根性，孙悟空作为"这厮果然是个天地生成的"，具备不可代替的优势，那么接下来的这个细节，指向的就是格局以及未来的高度。

这是一个有点容易被忽略的细节：

祖师传授悟空筋斗云时，围观师兄弟们很兴奋，议论说"悟空造化"，因为会了这个之后，"与人家当铺兵，送文书，递报单，不管那里都寻了饭吃"。这段话真可看出眼界上截然不同的落差。你的大解脱、大自在、大神通，你的"将四海之外一日都游遍"，落在这一干俗众眼中，就只是"当铺兵，送文书，递报单，不管那里都寻了饭吃"的加强版快递小哥而已。

在我的母校浙江大学，校门口、图书馆、教学楼等各种显眼的地方，都挂着老校长竺可桢的一段话："诸位在校，有两个问题应该自己问问，第一，到浙大来做什么？第二，将来毕业后要做什么样的人？"

学本领是一回事，学会之后拿去做什么是另一回事。

祖师当然不想让自己的门庭仅仅被定义为"当铺兵，送文书，递报单"的职业进修学校，所以祖师选定了、也只能选定孙悟空。

第 5 问 "七十二变"是变成哪七十二种东西

孙悟空从须菩提祖师那里学到了"七十二般变化"，与"筋斗云""火眼金睛"一样，"七十二变"从此成为他的标志性技能。但好像没有谁统计过：第一，《西游记》里孙悟空一共变化过多少回？有没有超过"七十二"次？第二，孙悟空先后变成过哪些东西？有没有达到"七十二"种？感觉"七十二变"更像一种约定俗成的叫法，大家都以"稀里糊涂"的、"不求甚解"的态度讲起它。

写这个回答，可不是为了帮助大家"求得甚解"，恰恰相反，我是想让各位知道，"稀里糊涂"的态度其实挺正确的，因为"七十二变"本来就是一个模糊的表述。翻遍《西游记》的所有章节，找不出关于"七十二变"具体内容的任何记载与交代。在我的理解里，"七十二变"中的"七十二"就是个虚数，而非实指，类似"成千上万"，表达的是"无穷大、无穷多"的意思。

回到《西游记》里，看看孙悟空学会"七十二变"的那一段：

祖师说："也罢，你要学那一般？有一般天罡数，该三十六般变化；有一般地煞数，该七十二般变化。"

悟空道："弟子愿多里捞摸，学一个地煞变化罢。"

祖师道："既如此，上前来，传与你口诀。"

遂附耳低言，不知说了些什么妙法。这猴王也是他一窍通时百窍通，当时习了口诀，自修自炼，将七十二般变化都学成了。

这么厉害的玩意儿，传授过程特别轻描淡写，不知说了些什么妙法，然后就"一窍通时百窍通"了，须菩提祖师既没有一句一句解释说"你记住啊，七十二变包括下列招数和套路"，也没有一样一样示范，"你看着啊，要变成一只老虎该采用这种姿势，要变成一头熊该做那样的动作"。

在我看来，"七十二变"与其说是一套复杂的"武学秘籍"，倒不如说是一种思维方式，是一种对天地万物运行方式的掌握、对阴阳五行变化规则的灵活运用。它不一定局限于具体的哪"七十二"个形象，它是可以无限派生、触类旁通的。从此以后，孙悟空无论想变成啥，都只是"摇身"一变，就搞定了。

总体来看，《西游记》后来所写到的七十二变主要分为三类：

第一，化形术，就是变成动植物，变成各种物品，变成其他人妖神魔的形象。孙悟空变成桃子让老鼠精吃下，变成小飞虫钻进铁扇公主肚子，变成三清骗车迟国三妖喝尿，都是这一类。我们通常说的七十二变好像也都局限在这一类里。

第二，分身术，就是动画片歌词里唱的"抓一把毫毛，变出猴万个"。

第三，法天象地术，就是现出本相、现出巨型真身，这个在《西游记》第三回里有过明确记载：

> 他弄到欢喜处，跳上桥，走出洞外，将宝贝撺在手中，使一个法天象地的神通，把腰一躬，叫声："长！"他就长的高万丈，头如泰山，腰如峻岭，眼如闪电，口似血盆，牙如剑戟。

当然还有一些别的，比如三头六臂，但这个门槛比较低一点，比如哪吒不会七十二变，但是会三头六臂。

《西游记》中明确掌握七十二变技能的有三位：孙悟空、二郎神、牛魔王。当然还有六耳猕猴，不过他基本就是孙悟空的一个复制品，所以不拿他出来进行单独讨论。巧合的是，这三位恰好在上述三个类别中各有各的擅长。

化形术，二郎神第一，这个是有实际战例作为证据的：

第六十一回里，牛魔王与孙悟空比拼变化不分胜负，第六回里，孙悟空与二郎神比拼变化不分胜负，看起来好像都是平手局，但六十一回是老牛先变一样东西，之后猴子立即变作其克星，牛魔王一直被压制，占上风的是孙悟空；第六回里，是猴子变一样东西，二郎神立即变作其克星，孙悟空一直被压制，占上风的是二郎神。

这个也吻合二郎神的民间形象和在中国其他神魔小说里的设定。在另一部常常被拿来和《西游记》对比的名著《封神演义》里，二郎神的原型杨戬对化形术的实践就已经鬼神莫测：擒土行孙、斩魔家四将，尤其是在孟津诛杀梅山六怪，用的全都是"你是哪种动物化身，我就变成专吃这种动物的另一种动物"的逻辑。

法天象地术，牛魔王为第一。火焰山一战，变成巨牛之后的他，在"过往虚空一切神众与金头揭谛、六甲六丁、一十八位护教伽蓝"

的围困下，力战悟空和八戒二人，毫无惧色、全身而退，是整部《西游记》里都很罕见的史诗级战斗。

至于分身术，孙悟空基本天下无敌。这个也很好理解，他毛多，拿来制造分身的材料也就多，而且孙悟空在实际作战中，非常依赖这个办法打破僵局，胜哪吒、胜黄风怪、胜兕大王、胜黄狮精，都是僵持不下的时候，通过变出一堆小猴子，把单挑改成群殴，瞬间改变了战局。

所以总结起来就是：如果大家认为"七十二变就是变成七十二种东西"，其实是把"七十二变"这个庞大的体系狭义成了其中的一种（化形术），外加把"七十二"这个虚数词当成了实数词。

另一个疑问在于，除了七十二变，还有三十六变，就是前面引述的须菩提祖师所说的"天罡数"和"地煞数"，猪八戒学的就是前一种，孙悟空因为喜欢数量多，于是选择了后一种。

毫无疑问，"七十二变"看着都比"三十六变"厉害。但"七十二""三十六"对应的是地煞星、天罡星的数目，如果读过《水浒传》应该知道，天罡星的排位是高于地煞星的。这么说，应该"三十六变"更高端才对啊。

答案或许在另外一部神魔小说中，这部书叫《三遂平妖传》。这个名字或许你不太熟悉，但它的作者大名鼎鼎，就是写《三国演义》的罗贯中。还有，上海美术电影制片厂早年拍过一部经典动画《天书奇谭》，是我们这代人的童年回忆，它就是根据此书改编的。

《三遂平妖传》里提及"地煞七十二术"，有这么一句判定："这地煞法乃是左道，学之无益。"

啥叫"左道"呢？不正统、非主流、邪门歪路的"道"。也就是说，一个东西可能很厉害、很实用，但不一定上得了台面，"七十二变"就有点这方面嫌疑，而且比"三十六变"的嫌疑更大（后者可能比较学院派）。

毕竟"变化"这种事隐含着对宇宙秩序的逆反，路子比较野，风险也比较大。我们可以想一想，为什么须菩提祖师看到孙悟空在师兄弟们跟前卖弄"变化"的时候会那么生气，断定以后孙悟空必定惹祸，直接把他赶走还再不与他相认呢？还有，为什么《西游记》里几乎所有妖怪都会变化（当然会变化不等于会"七十二变"），很多神界人物却好像不怎么会呢？

沙和尚虽然本领一般，好歹也是天庭的卷帘大将，但他的变化能力就不太稳定——虽然在车迟国他也曾跟着悟空、八戒一起变成三清神像，但是在玉华州赴"钉钯会"时，却只能"扮"成赶鹅客人。

对于妖怪来说，变化几乎是他们的生存本能，白骨精要是不变化，拿什么去吃人呢？可对神仙们来说，"法相庄严"本来就是他们的高贵特质之一，又何苦去时不时地自我扮丑一番呢？

《西游记》里的变化是受到诸多局限的：

首先是变脸不变身（或者说变脸难变身），比如猪八戒变任何东西都保留"胖"的身材，孙猴子不止一次因为露出一条毛腿、一条尾巴被妖怪识破，这个设定非常搞笑，跟《西游记》全书的喜剧风格很吻合。

其次，"七十二变"好像难于应对那种束缚型的法宝，要不然压在五行山下时，装在紫金红葫芦、羊脂玉净瓶、黄眉老怪的人种袋里时，孙悟空都应该可以变成小昆虫脱身。

此外，孙悟空大闹天宫被抓住时，书里明确写过，用铁链刺穿琵琶骨，就可以破解"七十二变"。

最后我想说的是，从很多角度看，"七十二变"都属于那种"开了修改器玩游戏"的 bug 型技能：世间万物都是相生相克的，就像食物链，谁都有天敌，一旦掌握"七十二变"，就意味着可以根据实际情况把自己转变为另外一种生物的克星，对于妖类来说（他们本就是食物链里的各种鸟兽修炼而来），几乎不可能有破解之道。

但是我们也都熟悉，《西游记》里降妖，基本是三种模式：法宝克制（比如灵吉菩萨的定风丹之于黄风怪）、追根寻源（坐骑下凡就请原主人来负责）、万能救助（实在不行就找观音，再不行还有如来）。"七十二变"发挥的作用并没有那么大。

悟空在取经路上使用"七十二变"，大多是三种用途：偷东西、逃命、恶作剧，三者都比较低级。每次变成小飞虫钻进人家肚子，孙悟空最多也就是打套拳、翻几个跟头，让人家肠胃痉挛一场，认输了也就算了——要知道，在前面提到的《封神演义》里，杨戬可是直接下手，都可能让对手致命。这是因为《西游记》的戏谑、玩闹风格非常突出，和《封神演义》那种"改朝换代、神仙杀劫"的全宇宙全物种战争相比，远没有那么惨烈，而且孙悟空虽然武艺高强，但他那股爱玩爱闹的猴子气（这是显性），和那种潜藏在内心深处的大慈大悲（这是隐性），使他并不以杀戮为乐，所以他通常不会把自身技能的直接伤害力发挥到极致。

最后，我想大家也会承认，如果一路上孙悟空看见老鼠精就变只大花猫，看见牛魔王就变只大老虎，看见玉兔就变只大灰狼……八十一难基本都能秒破，那这种故事的讲法也太没意思了。

这就是《西游记》没有滥用"七十二变"，孙悟空也没有滥用"七十二变"的原因。

第6问　从"筋斗云"的故事里，
如何看出孙悟空的人性、猴性和神性

　　孙悟空乃人性、猴性和神性的复合体，这是孙悟空这个角色之所以经典、之所以让我们印象深刻的原因，这也是《西游记》之所以伟大、之所以高出大多数神话小说一筹的原因。

　　中国古代神魔题材的作品不少，它们的想象力、奇幻度其实也不算低，但往往只有想象力和奇幻度，却缺了一种属于"人"的部分。也许是作者想当然觉得"我"写的是神，跟人没关系。错了，你写的是神，但读这些神的，还是人。有人情味的神，才更容易被人所记住。

　　举个例子，《封神演义》也名气不小，尤其这些年，国产动画喜欢拿它当题材，影响力就更大了。可历数封神人物谱，你会发现，能想起来的、能说出来的、能拿来作为这些角色身上标签的，好像只有"神通"：土行孙会钻地，哪吒会三头六臂，雷震子会飞，杨戬会七十二变……他们没有明显的性格，用一句网络流行语，他们只是"工具人"（法术人）。《西游记》不同，你当然也会说孙悟空腾云驾雾，猪八戒使九齿钉钯，唐僧没什么本领但能念紧箍咒，但你同样会说：孙悟空很聪明、很勇敢、很骄傲，还有点爱闯祸；猪八戒很好色、很懒惰、很贪吃，但也很憨厚、很老实、很蠢萌；唐僧很善良、很虔诚、很没主意……他们都在神魔的世界里，但他们有人性。当神性的主角身上被添加了人性，精彩度与记忆点一下就提升了好多倍。但还不止于此，别忘了孙悟空还是一只猴子，无论他多被"神化"和"人化"，这个"物种前提"，作者始终没忘记。

　　嫉恶如仇、重情重义，有人求他帮忙降妖时会虚荣、会嘚瑟，被唐僧骂了会委屈、会抱怨，这是人性；七十二变、腾云驾雾、火眼金睛、一万三千五百斤的金箍棒，这是神性；毛手毛脚、上蹿下跳、调皮捣蛋，没有一刻安静，喜欢恶作剧，这是猴性。神性让他伟大，人性让他亲切，猴性让他幽默可爱。

当然，如果把这三种属性分割开来写，一会儿人性、一会儿神性、一会儿猴性，还不是最能体现写作水平的。就像看白娘子的故事，绝大多数情况下她都是一个温柔、贤淑、善良的妻子，我们会和许仙一样，几乎全然忽略掉她"蛇"的本体。只有在某些章节和桥段里，她才根据剧情需要变回神（比如水漫金山）、变回蛇（比如喝了雄黄酒现出原形）。等这些章节和桥段结束，她又成了彻头彻尾的人。所以白娘子的故事可以说是最成功的民间传说，但还不是《西游记》那样最成功的文学作品。《西游记》最厉害的是，同一件事情里，聚合了人性、神性、猴性，而且三者还相互成就、相互塑造。就拿这筋斗云为例吧。

首先，筋斗云本身绝对是神性的最佳体现：一瞬间十万八千里，无限玄妙，无限浪漫，是关于速度、空间最极致的想象。一个掌握筋斗云的主角，百分百可以"封神"了。

其次，看看孙悟空学习筋斗云的过程：先是在须菩提祖师跟前卖弄，说自己已经"功果完毕"，接着"试飞"了一场，被嘲笑"爬云也还算不得呢"，继而师父提出"四海之外，一日都游遍"的标准，悟空又产生畏惧和不自信的心理，念叨着"却难却难"，然后在老师"世上无难事，只怕有心人"的鼓舞下，终于还是克制不住好奇心和求知欲，"礼拜恳求"，还特别高情商地表示"为人须为彻，索性舍个大慈悲，将此腾云之法，一发传与我罢"。

复盘了一遍这段描写，它太真实、太有人情味、也太熟悉了，熟悉到就跟我们生活中的许多场景一模一样：自我感觉良好的优等生在"秀"自己，结果被老师当场"打脸"，见识了老师的大学问，很想学，又有点发虚、怕学不会，得到了鼓励，最后还是放下身段求老师，说的还是特别人情世故的措辞：好人做到底，你瞧你已经教了我这么多本领，一只羊是赶，两只羊也是轰，就别藏着掖着了，继续教我吧。

最后，腾云驾雾是神仙必修课，但筋斗云却只《西游记》里有，只在孙悟空身上发生过，原因很明显——孙悟空是猴子，猴子最标配的动作就是翻筋斗，那好，把翻筋斗和腾云结合起来，就成了筋斗云，这以后，每当孙悟空翻起筋斗云时，你都会再一次被提醒：他是只猴子。

神的技能，用人的方式学会了，还保留了猴的外观与特征，这不是人性、神性、猴性的同时在场、彼此交融吗？

而须菩提祖师为啥想到教孙悟空筋斗云呢？因为"凡诸仙腾云，皆跌足而起，你却不是这般。我才见你去，连扯方才跳上。我今只就你这个势，传你个筋斗云罢"，这"今只就你这个势"，是什么道理？就是我们通常说的"因材施教"呀。"因材施教"是一个典型的人类教育学原理，被用在了"教授和学习驾云"这样的神仙课堂上，所因之"材"、所施之"教"又是一只猴子和它猴里猴气的体态姿势。这不也是人性、神性、猴性的同时在场、彼此交融吗？

第7问　须菩提祖师为何要与孙悟空一刀两断

须菩提祖师为啥要把悟空赶走，外加发表"却不许说是我的徒弟"这种绝情宣言呢？从最浅显的层面来解释，这无非又是"剧情需要"而已。

这一段的主角，甚至整部书的主角，是孙悟空，而不是须菩提祖师。所以，写须菩提祖师的原因，就是为了更好地写孙悟空。

孙悟空的神通广大得有个源头，有个理由，须菩提祖师就是被安排来提供这个源头、这个理由的。现在，孙悟空已经在他手中被"塑造"好了，须菩提祖师等于完成了他在《西游记》里最重要的，甚至是唯一的职责。"任务线结束"的须菩提祖师，该退场了。

咱们普通人上学有固定期限，小学六年、初中三年，到时只要成绩合格就能顺利毕业离开学校，可孙悟空这场求仙访道却不是这样，没谁规定他要待多久，若师徒两人性情相投、如鱼得水，估计能再和和美美共度一千年。也就是说，孙悟空"正常出师"不太解释得通，那就只好让他犯个错，而须菩提祖师又无法容忍这个错，师父生气了，徒弟被逐了，以这样相对突兀的方式中断学艺，才好把孙悟空赶紧送入故事的下一个阶段——这也是读者急着要看的：主角这么厉害了，却还一场仗都没打过呢，赶紧放出去闯世界试试身手啊。

下一个"闯世界"的阶段里，也没有须菩提祖师的存在必要了——都知道他老人家神通广大，如果后续他依然与孙悟空保持着亲密联系，成为孙悟空随时可去求助的"顾问团成员"，势必让许多困难瞬间迎刃而解，这将大大影响故事的精彩度。

所以，不仅要断，还要断得彻底点。

从最深刻的层面来解释，这又很像一个隐喻。前面就说了，须菩提祖师，还有"灵台方寸山，斜月三星洞"，这都是"心"的指代。在须菩提祖师身边，在"灵台方寸山，斜月三星洞"这个"心"的代名词里，孙悟空出色地结束了他人生修行的第一个阶段：他看到了心的存在。你看，他有了名字，学会了人世间的礼仪和规矩，不再惧怕死亡，掌握了安身立命的本领……这都是"找到自己"的证明。但修行不是只有第一个阶段，停留在这个阶段是不够的，知道"我原来是我"之后，还要去回答"这样一个我，到底能做什么"，去验证"我活在世界上到底有什么意义"，还要去寻找心的归宿，还有更大的价值、更大的考验在前方。那个答案就不在这里了，而在西天路上。

就像我们读书期间学会了很多道理、知识与本领，形成了最初的兴趣、理想、目标，知道了自己具备哪些优点与才干，这都很可贵，都是我们不能忘却的"初心"，会伴随和支撑我们一辈子，但无论如何，哪怕再留恋童年，也不可能永远驻扎在那个阶段，我们该往更广阔的天地里去了。

须菩提祖师为什么再也不见悟空了？因为人生是没有回头路的。

细细想下，须菩提祖师再也不见悟空又有什么关系？他教给悟空的所有、他作为悟空的"初心"，将一直陪伴悟空走过十万八千里，他其实无处不在，其实每分每秒都在"见悟空"。

从最直观的层面来解释，就是书中所写的"你这一去，定生不良"，因此"你只是不惹祸不牵带我就好"——怕被连累。

啥不良？惹啥祸？怎么牵带？字面意思，肯定是后面的闹龙宫、闹地府，直到闹天宫——知徒莫若师，果然"生不良"了，而且规模大到匪夷所思，后果严重到细思极恐。但还不止这些，我们再去读读原文，再去想一想：孙悟空学习长生术之后为啥还要学七十二般变化？书里通过祖师本人之口，一直在强调是要躲避"三灾利害"，而"三灾"降临到悟空头上的根源，正是因为他对长生之道的掌握。生老病死，世界本是基于这个规律运行的。长生之道打破了宇宙的根本秩序——"夺天地之造化，侵日月之玄机，丹成之后，鬼神难容"。

好，宇宙规律不遵循，用"三灾利害"来惩罚你，结果你又学个七十二变。所以须菩提责备道："这个工夫，可好在人前卖弄？"临别又让他赌咒发誓说了那么多狠话，可见这七十二变绝对是犯了天地间的大忌，绝对是个巨大的危险和不稳定因素。

悟空一回山，就跟猴子猴孙和盘托出一堆大实话："到西牛贺洲地界，访问多时，幸遇一老祖，传了我与天同寿的真功果。"之前答应师父的"只说是我自家会的便罢"，此时全成了耳旁风——又一次证明了"知徒莫若师"。

第二章

高光时刻：龙宫索宝与大闹天宫

第 8 问　东海、南海、西海、北海分别是今天的哪里

　　我们知道渤海、黄海、东海和南海。巧的是，《西游记》里也有
四个海：东海、南海、西海和北海。可见，"四"作为海的数量，几
乎是从古用到今的，要不然也不会有"四海宾朋""四海八方""四海
之内皆兄弟"这一系列成语。当然，现实中的四海和《西游记》中的
四海肯定不是一回事。看看地图就知道，中国的东边和南边的确被大
海环绕，但西边和北边全是内陆，而且是干旱的、由沙漠和草原组成
的内陆，压根不见海的影子。但是，东、南、西、北四海可不只在《西
游记》这样的神话小说里出现过，古代人一直在用这四个概念，小说、
诗歌、散文，甚至历史著作里，都有频繁提到。这和古人有限的世界
观密不可分。从《山海经》的时代开始，大家就相信中国是一块被四
片大洋包围在正中的陆地，东西南北全是海。关键是，这事儿不仅停
留在纸上写写，一些旅行家、商人、被流放的官员、远征的镇守边疆
的军人，还真的在东边、南边、西边和北边，分别找到了这四片"海"，
反过来证实了这种想象。那又是怎么回事呢？

　　东海、南海还比较好理解，反正只要有人从古代中国的中原地区、
从长安啊洛阳啊这些都城出发，一直往东走或一直往南走，最后都是
会来到大海边的。但古代的东海、南海并不完全等同于今天的东海、
南海。严格对应的话，古代的东海（位于中原地区正东边的海），大
概是现在的渤海和黄海；而古代的南海（位于中原地区正南方的海），
大概是现在的东海和南海。

　　至于西海、北海的问题，就比较复杂。刚才说中国的西部、北部

都不存在海，但不存在海，不等于不存在"可能被误会成海的东西"。生活在内陆的人，看到一片"巨大的水面"，就会相信那是海。蒙古等民族的语言里，至今把湖泊叫"海子"。今天新疆、西藏、内蒙古的很多湖，依然是以海为名的，北京的南海子、什刹海，也全是湖。所以学术界认为，古人口中的、史书中记载的西海、北海大概率也是湖泊。

至于具体是哪个湖泊？在不同的历史时期有不同版本，博斯腾湖、里海、咸海、罗布泊，都曾被称为西海。但最通用的、也最被普遍认可的说法里，西海指的是青海湖。刚好，青海湖是中国最大的咸水湖，咸水嘛，跟海一样。大家如果有兴趣去青海旅行，站在青海湖边眺望一下那个一望无际的气势，你就会明白，为什么它配得上称作"海"了。这称呼虽然是误会，也是美丽浪漫的误会。

那北海呢？它也是湖。据考证，北海所指乃贝加尔湖。都听过苏武牧羊的故事吧？苏武牧羊的地方就在北海边，也就是在"贝加尔湖畔"（有首好听的歌曲就叫这名字）。因此，古代但凡写到北海，一定是与寒冷、萧瑟、人烟稀少这些关键词相伴的。贝加尔湖虽然气候恶劣，但物产丰富、风景壮美，是世界第一深湖，也是欧亚大陆上最大的淡水湖，湖中栖息着 600 多种植物和 1200 多种动物。如今的它，虽然已在漫长的地理变迁中经历过多次面积缩小，却依旧有 3.15 万平方千米，依旧保留着"海"的气势。

再补充一个冷知识，冒牌成"北海"的贝加尔湖里，还真生活有一些人们通常印象中只会在海里出现的动物，比如海豹。贝加尔海豹是世界上唯一的淡水海豹，这个名字都带"海"的家伙为啥会存在于淡水湖中，至今都是科学家的未解之谜。也有研究者推测，贝加尔湖的前身也许真的是海，至少是和某一处海（比如北冰洋）连在一起的。如果真是这样，"北海"就愈发实至名归了。

第9问　龙王家族在《西游记》中的地位如何

作为中华民族的图腾，龙在中国古代各种传说里的形象，好像不如想象中那么伟大、那么光荣。的确，它家谱庞大、枝繁叶茂，在名义上一直管理着普天之下所有水域：《西游记》里三江五湖都由龙族辖制；乌鸡国那回，就连井里都出现了龙王。

可你盘点一下那些流传甚广的神话故事：哪吒闹海时，龙王被虐了一回；八仙过海时，龙王又被虐了一回；孙悟空龙宫索宝，龙王还是被虐了一回。龙族特别有没落贵族"虎落平阳被犬欺"的味道，简直就像列强环绕下的大清王朝，一直被各方势力欺负，频繁沦为反面典型，始终没扭转颓势。

在《封神演义》里，东海龙王与哪吒结下杀子之恨后，好歹还能水淹陈塘关发起绝地反击，逼得后者剔骨割肉（《西游记》里在哪吒出场前，也简单提到了这部分内容）。可到了《西游记》中，他老人家简直成了木头傀儡，被猴子一通胡搅蛮缠、弄走定海神针，连大气都不敢喘，后来取经路上每次要灭火、要降雨，还得屁颠屁颠地赶过来，主动干活卖命，让人看着真觉得这位老大爷古道热肠，纯粹实诚人一个，好笑多过了好气。

其余诸龙的表现，也纷纷让人哀叹：

车迟国羊力大仙这种妖道，能炼一条小冷龙当宠物，帮自己完成油锅洗澡的行为艺术；泾河龙王跌份儿到要和袁守诚这样的民间算命先生玩打赌，最后活生生闹到犯了天条，还让魏徵一个凡间宰相做个梦，就给砍了脑袋；碧波潭龙王有眼无珠，招个大坏蛋九头虫来当女婿，偷了佛宝弄得家毁人亡。

至于流沙河、黑水河、通天河，按说也都该有龙王统治管理才对——前面说了，连井里都有龙王嘛，大河怎能例外，可事实上，这几条河的龙王不知躲到哪个犄角旮旯去了，完全不露影踪，其中原因嘛，估计都是被新来的妖怪驱赶，弄得无家可归了。

唐僧的生身父亲、落难状元陈光蕊，在赴任途中无意救下一尾红鲤鱼，也是龙王所变——我们平常只听过"鲤鱼跳龙门"（从鱼进阶为龙），没见过龙这么不思进取，再把自己变回鲤鱼的，最尴尬的是，心血来潮当了鲤鱼之后，竟然还会被渔夫捕获，被捕获之后，竟然还没有办法脱身？！

《太平广记·崔道纪》记载：唐朝有个进士崔道纪，让仆人去井中打水，捞上一条鱼，崔道纪很开心，说："鱼羹能醒酒，赶紧烧了给我吃。"吃完之后，过了几天，有位黄衣使者自天而下，宣读玉帝圣旨说："崔道纪！你一个平民老百姓，敢杀龙子，原本你能官至宰相、寿命七十，现在统统取消。"当天夜里，崔道纪就暴病猝死，时年才三十五。

所以，在朴素的民间认知里，杀龙、吃龙，从来都是不可饶恕的罪孽。然而熟读《西游记》的人，大概会想起，这部书里，很多龙真的在被当作食物！

狮驼岭上的妖界大牛大鹏金翅鸟，"日食幼龙三百"——每天吃小龙三百，饭量也是够大的，也不怕吃到上火。

蟠桃会上则出现了著名的"龙肝凤髓"（这个词儿在成语里长期作为比喻使用，泛指各种珍贵的食材，可在王母娘娘的宴席里，它毫无疑问是本意）。收伏悟空后，为答谢如来而举办的"安天大会"上又有这道菜。当然如来吃素，肯定不会碰这玩意儿，只是天界一碰到要开派对就杀龙宰凤，是不是太凶残了一点？

在《西游记》所描绘的世界谱系中，佛、道、神、仙、妖、魔、龙这七大群落里，说龙族混得最惨最不上台面，估计没人会有异议。而其中原因嘛，从上面的各种描述里不难概括：第一，是龙族里的各

进阶读西游——为你解答九九八十一问

位自己太不成器，不是懦弱没本事，就是爱折腾爱闯祸；第二，好像在作者眼里，龙的属性比较特殊、比较摇摆，虽然是神，但总归是种动物，所以很多描写，都依然把它当动物对待——被抓住、被放生、被做成菜，等等。

要想知耻后勇，从衰落中重新崛起，人才（龙才）的涌现当然是关键。只是，作为家族领袖的四海龙王，已经被大圣骂作"带角的蚯蚓、有鳞的泥鳅"——在任重道远的复兴使命面前，要指望这一辈实在显得勉为其难，希望只能聚焦在龙族第二代身上。

东海龙王的长子敖丙，几百年前就已经被哪吒抽筋剥皮，南海和北海二龙王压根没听说有什么后代。相比之下，只有两位来自西海的年轻人（年轻龙）让观者在昏暗与极寒中看到了一丝回暖的希望。这希望的具体展开，就等到后面章节论述白龙马的那个问题时，再详细讨论吧。

第 10 问 《西游记》中的地府是怎样的一种存在

各国神话都有对地下世界的想象——人死后灵魂要去哪里，谁都会好奇。《西游记》也不例外。孙悟空从龙宫拿了全套装备回山，下一段就被抓去阴司大闹一场。后面还会有唐太宗游地府、谛听判断真假美猴王、还魂寇善人，等等。把上述情节结合到一起，就大致能勾勒出西游世界里地府的整体面貌及工作模式了。

首先，地府是"府"——它是有职能的，要管理一切和鬼啊魂啊寿命啊投胎啊有关的事务。

地府的负责人有十个，叫"十殿阎王"（也有叫"十殿阎君""十

· 30 ·

殿冥王"的）。就是说，我们常提及的那位"阎王老爷"，其实不是一个人在战斗，是地府十位领导的总称。当然，这十位里确有一位名字刚好就叫"阎罗王"，此外还有楚江王、都市王、秦广王、卞城王……十位各有分管领域，具体谁管啥，书里也没详写，我们也不展开。大概你就想象下吧，一个鬼魂到了地府，得一个殿一个殿地找这十位老哥办理手续，最后一殿的阎君，名叫"转轮王"，到他这里，才算流程走完，才决定往哪里投胎。

其次，地府和地狱压根不是一个东西，地府是办事单位，地狱是牢房和刑讯室。

类比一下，地府好像衙门，地狱好像牢狱，哪怕再罪大恶极的犯人也不能一抓住就直接送牢狱，也是要经过审判的，这就叫"程序正义"。你按上面所说，在地府办完所有程序，如果得出的结论是：生前作恶太多，不许直接转世，那对不起，等待你的就是去地狱受罪啦。

按《西游记》的描写，地狱和地府之间不是紧挨着的，它们被一座叫"阴山"的大山隔断（可不是语文课本里要求背诵的"敕勒川，阴山下"和"不教胡马度阴山"的那个阴山）。真假美猴王那一回，两只猴子就是从阴山上打了过来，到阎君那里讨说法。

刚才说了，地府里主要工作就两项：投胎和寿命，就是"你这辈子活多久"与"你下辈子去哪里"。《西游记》里明确提到过投胎的依据：行善的升化仙道，尽忠的超生贵道，行孝的再生福道，公平的还生人道，积德的转生富道，恶毒的沉沦鬼道。这种讲法，来自民间朴素的因果报应想象。

关于《西游记》中的地府，还有一些有趣的地方值得提一提：

第一，生死簿上好像只记录和规定"正常死亡"，并不包括"突发意外"。比如孙悟空明明把猴子们都改成长生不老了（更别说它们分吃了大圣爷爷带回来的仙酒蟠桃），但大闹天宫后，二郎神率众搜山，还是有无数小猴死于非命。还有寇善人被强盗打死后，阎君们说"也不曾有鬼使勾他，他自家到此"，这同样指出了"非正常死亡"和"计划内死亡"的区别。

第二，唐太宗死而复生时，十殿阎君向他索要的酬谢竟然是南瓜。这也太廉价了吧？！还有，南瓜怎么总与鬼怪相关？西方的鬼节（万圣节）也做南瓜灯啊。

第三，地府里也有自己的武装力量，叫"阴兵"。但搞笑的是，从来没见地藏王菩萨和十殿阎君调动过他们，这支部队唯一一次亮相作战，竟然是大战牛魔王时为了配合孙悟空、由火焰山土地率领的。大概是作者觉得，土地和阴司都是"地下世界"的神，所以对阴兵都可以有管辖权吧。

第四，虽然整个地府在《西游记》里貌似有点稀里糊涂，但在地藏王菩萨座前有一只神兽叫谛听，它可是整部书中数一数二的大明白，简直相当于大数据处理器。

真假美猴王事件里，最终揭破真相的是如来佛，但在那之前，谛听其实已经看出了谁真谁假，只不过它对地藏王菩萨讲："不可当面说破，又不能助力擒他。"因为有顾虑"当面说出，恐妖精恶发，搔扰宝殿，致令阴府不安"。谛听是如来佛之外唯一识别出六耳猕猴的，这事儿连观音都没做到。

那么谛听究竟是啥动物呢？有这样一种说法：

唐开元末年，新罗 24 岁王子金乔觉看破红尘，带着一只白狗，渡海来大唐，削发为僧。白狗伴着金乔觉一路颠簸，后来又共同苦修了 75 年，昼夜相随，到处使其逢凶化吉。后来金乔觉圆寂，白狗也随他一起去了。3 年后，有人掘开金乔觉的骨塔，见他的尸体依旧栩栩如生，大为惊讶，于是认定他是地藏王菩萨的化身。那么这只白狗，也就成了地藏王菩萨的跟班宠物，成了谛听的原型。

第 11 问 太白金星为啥对孙悟空这么好

形成"太白金星对孙悟空很好"的印象，依据主要来自这样一系列场景：

第一，起初龙王他们上天告状，玉帝准备派兵捉拿猴子时，是太白金星提出了一个和平方案——"可念生化之慈恩，降一道招安圣旨，把他宣来上界，授他一个大小官职"。这一方案不仅没抓他，还给他官当，简直是在做慈善。

第二，孙悟空嫌弼马温职位低、回花果山、打败天兵、提出要当"齐天大圣"，太白金星再次主张招安——就让他当"齐天大圣"又有何妨，反正就是个名头——继续做慈善，而且越做越慷慨。

第三，无底洞那回，因为老鼠精是李天王义女，悟空去玉帝那里讨说法，李天王觉得冤枉，暴怒要砍猴头，又是太白金星从头到尾陪着忙前忙后，先劝和、再调解，最后等天王认错、悟空仍在撒泼不走时，金星还拿着"天上一日，下界一年，再耽搁你师父和妖怪连小和尚都生出来了"的理由，巧妙劝慰，终于把僵局搞定。

第四，狮驼岭上，青狮、白象、大鹏鸟这超级妖怪三人众，组成前所未有的强大对手阵容，太白金星主动变成一位老者，来提前发布警告，提醒唐僧师徒小心应对。

看这桩桩件件，的确是费心费力、不辞劳苦、认真负责。怪不得他老人家自己都感叹自己的不容易，直接反问过悟空："若不是我，你如何得到今日？"

不过，世上没有无缘无故的爱。起初的太白金星，连孙悟空是谁都不清楚。如果看过一些历史故事或古装剧，大概会有印象，皇帝在朝堂之上讨论国家大事，一旦涉及军事、国防这些问题，大臣们基本都会分成"打"和"不打"两种主张，就是通常所说的"主战派"和"主和派"，或者说"强硬派"和"温和派"，外国新闻报道里还有种更形象的叫法："鹰派"和"鸽派"。《西游记》的作者估计也挺爱听历史故事的，他也想当然地把天庭划分成了两派：一个主战派，一个主和派。顺理成章的，李天王那种带兵的大将军大元帅，一介武夫，肯定主战啦。太白金星呢？年纪又大、又是文官，而且一直被塑造成一个温和、善良，甚至有点迂腐的邻家大爷形象，怎么看都适合主和派。何况，在金星的原话里，给悟空封官的目的，也只是"拘束此间"（就近管着你），以及"不动众劳师"（免得兴师动众），最后还补充了一句"若违天命，就此擒拿"（留着后手），用意深远，比李天王他们只会喊打喊杀的，要高明多了。

可见，太白金星反对围剿花果山，主要来自作者对他的功能设定与性格设计，以及他本身老谋深算的智慧，即"善良老大爷性格""主和派功能""富有经验的资深文官"这多重属性发挥了作用。严格来讲，这并不能说成是"对孙悟空好"。

但是，接下来情况就不一样了，当太白金星成了孙悟空上天庭的介绍人之后，有意无意地，他就和孙悟空实现了"绑定"关系。没错，太白金星对孙悟空，与其说是关心、爱护、帮助，还不如说是"绑定"。

这什么意思呢？我们可以从另一部家喻户晓的古典名著里找出一组类比，那就是《水浒传》里的宿太尉和宋江。大家可能要提意见了：我们对《西游记》的熟悉程度远远大过《水浒传》，你干吗舍近求远地举例子？因为《西游记》写的是神，《水浒传》写的是人，而这个"绑定"的微妙之处恰恰与人情世故有关。

《水浒传》中，因为一些阴差阳错的巧合，宿太尉认识了宋江一伙，又被迫成了他们和朝廷之间的联络人。当梁山接受招安时，他就成了钦差大臣。梁山好汉征辽、征方腊，都与他的保荐有关。宋江被高俅等奸臣毒死，又是他在皇帝面前直言真相鸣不平。最后也是他奉圣旨，为宋江建庙祭祀。宿太尉在《水浒传》里算是个好官，他位高权重，和宋江这些绿林草莽之间本来半毛钱关系都没有，更谈不上什么友谊与感情，只因为他是最早代表朝廷与梁山好汉接触的人，是代表朝廷招安梁山好汉的大臣，所以，他被动地与梁山"绑定"了：从此在皇帝眼中，梁山那批人就是他带来的，那批人的所作所为与他的前途将直接挂钩。如果宋江他们忠心耿耿，那证明他慧眼识珠，给朝廷不拘一格地推举了人才；如果宋江他们再次造反，那他也肯定难逃干系。

太白金星和孙悟空之间也是同样的道理。他俩本来也是半毛钱关系都没有，更谈不上什么友谊与感情，只因为太白金星是最早代表天庭与孙悟空接触的神，是去执行了和平路线把孙悟空带上天的神，从此，孙悟空便该由他来负责。

等于说，作为别人的"热心引荐人"，太白金星和宿太尉都必须要对别人给予特别照顾，至少得避免他们被欺负、恼羞成怒，进而再次"闹将起来"。

遗憾的是，孙悟空可没宋江那么乖巧听话好对付，所以当猴子一再闯祸之后，好像太白金星在天庭的地位还真有下降趋势——让我们回到前面提及的无底洞孙悟空告御状那回，李天王当着金星的面就各种鲁莽、各种动刀动枪，似乎一点都不顾及这位老同事的面子了。

第 12 问　弼马温究竟是个啥官

悟空被招安上天，当了弼马温。这官儿真的很小吗？真的构成了对悟空的侮辱？真的说明玉帝识人不明？

也对，也不对。

也对，因为咱们读者很清楚，孙悟空的才华拿去养马，肯定委屈了；也不对，因为养马并非像我们想的那样可有可无。孙悟空能做比养马更重要的事，不代表养马本身是一件不重要的事，这个逻辑不成立。

中国自古以来就有专门负责养马的官吏，且级别不低。

《礼记》中记载："天子乃教于田猎，以习五戎，班马政。"注曰："马政，谓养马之政教也。"大意就是说，对官用马匹牧养、训练、使用、采购的一整套制度，属于国家重务，乃政府的重要职能，绝不可低估。

自秦汉开始，朝廷即设太仆卿掌管马政，太仆卿位列九卿，是仅次于三公的最高官员之一。太仆寺作为常设机构一直延续下来（名称偶有更换，比如宋朝叫"群牧司"），到了《西游记》成书的明代，太仆寺卿依然有从三品的官阶，直属于兵部管辖。

且不说马是古代人生活中最重要的交通工具，是衣食住行这四大件里"行"的支撑物，单看军事意义，冷兵器时代，战马的地位简直相当于坦克、装甲车、直升机、核潜艇。明太祖朱元璋从南方起家，面对的又是以骑兵称雄的元军，当然最知道马匹多重要。做个不恰当类比，国家的马匹总管等同于军队装备总管。

能力越大责任越大，管养马的，还真是人才辈出：统一天下的秦国，其先祖就在陇西的大山里替周天子养马，貌似饲养技术还很高超，马儿照看得膘肥体壮，于是得到周天子赏识被封为诸侯；汉高祖刘邦极为信任的名臣夏侯婴，一直担任太仆一职；汉代大将军卫青，出身底层，曾为官宦人家养马。这么看，让刚上天庭、没有任何仕途经验和资历的孙悟空从弼马温慢慢干起，真不算特别亏待。

当然，官封弼马温这种设计，从根本上讲主要还是剧情需要：得给接下来的重头戏"大闹天宫"提供点理由，要是上来就位高权重、一步到位地满足了猴子的意愿，那还有啥故事可讲。

不过，很多人在津津乐道这段故事时，会忽略一个背景——一个奇怪的民俗。马是牲畜，又整天在草原之类的环境生活，身上携带着各种病原体微生物，再加上集中饲养特别容易感染瘟疫。很恐怖对吧？那怎么办呢？古代人又没多少防疫知识，只能病急乱投医，想出些奇怪的办法，其中一个办法就是放一只猴子在马厩里，可以预防传染。

听起来真是无厘头，但大家却一直相信、一直沿用着，两千多年前就开始了。关键是，这里边还并非全无科学道理：马是一种胆小、易受惊的动物，精神敏感，动不动就躁狂，而和生性好动的猴子养在一起，神经质的马儿们可以得到一定的锻炼，对于突然出现的人或物以及响动，就不至于再惊慌失措。再加上受到猴子的骚扰，马只能经常站着、走着、跑着，不知不觉就锻炼了身体，提高了免疫力。

有些地方现在还保留着这一习俗。有本书叫《最后的耍猴人》（还有同名纪录片），作者是著名摄影师马宏杰，他常年跟拍河南一个以驯养猴子、外出耍猴为主要生计的村庄。书中就讲到，近年耍猴越来越赚不到钱，村民们有时只好把猴子租用出去搞点外快。租给谁？一是租给养马的人，二是租给养猪的人，目的都是用于治病。马宏杰说，这俩民间信仰都来自《西游记》，猴子的老祖先孙悟空是管马的，猪的老祖先猪八戒最怕他猴哥，所以猴子一来，马和猪病都好了。

猪和猴子的事儿先不说，马这个问题上，其实因果顺序错了。不是先有了《西游记》里的弼马温桥段，再有猴子能治马的习俗。而是先有了猴子治马的习俗，再有《西游记》里孙悟空担任弼马温的情节

第二章 高光时刻：龙宫索宝与大闹天宫

安排。前者是后者的灵感来源。证据是，贾思勰的重要农业学著作《齐民要术》里记录过此方法："常系猕猴于马坊，令马不畏、避恶、消百病也。"贾思勰是南北朝时期北魏人，此时距离明朝中叶《西游记》的成书还有一千年左右呢。

所以呢，也许《西游记》的作者就是化用这个民间习俗，把它带进小说中，这才有了孙悟空养马的安排。避免马生瘟疫，避马瘟，这仨字当官名，写出来太难看。换俩吉祥点的字吧，弼马温，可以了吧？

第 13 问　蟠桃会上请的神仙怎么会这么多

神话是超现实的，但神话一定和现实存在某种联系。

中国古代的普通老百姓，平日里也就种种地、吃吃饭、睡睡觉，逢年过节能赶个庙会看场戏都是巨大的惊喜。对他们来说，最热闹的、能见到最多人的日常活动，就是"红白喜寿事"了，所以你要让他们来想象"天上的神仙会因为啥聚在一起"，那毫无疑问，他们也会回答：红白喜寿事。

红白喜寿事，包括了红事、白事和寿事，就是婚礼、葬礼和过生日。

前两个对神仙来说都不太合适：好像神仙都不结婚，只有思凡的神仙才会下界和凡人结婚，而且这种结合往往都会触犯天条；神仙都长生不老，咋可能办葬礼办丧事？

那就只剩下生日了。尤其是家族中的长者或威信较高的人，在众人张罗之下举办一场生日宴会，好吃好喝的全安排上，亲戚、朋友、邻居都来，热闹、喜庆，尽享天伦之乐，没有比这更开心的了，也没有比这更能体现一个家庭和睦、兴旺、欣欣向荣的了。

好了，蟠桃会是什么性质的活动呢？是王母娘娘的生日。王母娘娘是谁呢？是玉皇大帝的妻子（至少在《西游记》里是这种关系），当然属于"长者或威信较高的人"，那神仙世界难道不该以此为由头"热闹、喜庆"一回、"兴旺、欣欣向荣"一回吗？

蟠桃会上请的神多有两个原因：一是中国神话传说里的神本来就多，二是因为《西游记》里的神本来也多。

我们古代的老百姓随时随地都能为自己找到神，山有神，河有神，草木鸟兽都有神，天上的每颗星星都是神，四面八方都有主管的神，各行各业的祖师爷与能工巧匠都被当成神，历史上的帝王将相死后都会变成神，连许多鸡零狗碎的生活用品里都藏着神（比如厨房里有灶神、大门上有门神、厕所里还有茅神）。光一个财神，我们就有比干、范蠡、赵公明、关羽……

然后《西游记》又是对中国各种传说、各种神话、各种民间故事、各种地方戏曲、各种话本小说所做的一次超大规模集结，它自然就拥有了最丰富的"神仙素材"，拥有了一本现成的、数量庞大的"神仙花名册"。蟠桃会等于是《西游记》里第一次、也是唯一一次直接把这本花名册拿出来宣读了一遍：

上会自有旧规，请的是西天佛老、菩萨、罗汉，南方南极观音，东方崇恩圣帝、十洲三岛仙翁，北方北极玄灵，中央黄极黄角大仙，这个是五方五老。还有五斗星君，上八洞三清、四帝，太乙天仙等众，中八洞玉皇、九垒，海岳神仙，下八洞幽冥教主、注世地仙。各宫各殿大小尊神，俱一齐赴蟠桃嘉会。

像不像一份"演职员字幕表"？你有没有觉得借此机会作者也为

自己梳理了一下思路,盘点了一下人物关系?毕竟那么多神堆在一本书里,写着写着,搞不好自己都乱了。就像我们后面马上能看到的"如来佛和玉皇大帝到底谁听谁的",其实在上面的蟠桃会名单里就可以看到答案:"西天佛老"属于"五方五老"之一,而玉帝又是"三清、四帝"中的"四帝"之一,他们之间还真只是并列关系。

第 14 问　二郎神、哪吒为啥在中国神话里频繁出镜

二郎神和哪吒都是《西游记》的重要角色。

大闹天宫时,这两位都跟悟空有过交手,二郎神实力几乎还在猴子之上,哪吒也仅仅是被分身术勉强击败,单说武艺并不比大圣弱太多。到了取经途中,二人又再次露面,二郎神在击败九头虫的战斗中发挥了重要作用,哪吒更是除观音之外出手帮忙次数最多的:金兜洞、火焰山、平顶山、无底洞,合计四次。他俩也是神仙世界中为数不多让孙悟空喜欢、佩服、建立了友谊的角色。

可见,能"频繁出镜",归根结底还得要有个人魅力,让作者愿意写你,读者愿意读你,主人公也愿意和你交往,这是一切的前提。

当然,他们的个人魅力不只限于《西游记》,在《封神演义》等书中,他俩的戏份更重。说白了,他们都自带一套神话体系,有一个完整的属于自己的故事,在老百姓心目中有着稳定的个人形象,他们可以独立于任何一部小说之外而存在,《西游记》也好,《封神演义》也好,都只是借用、化用了这些现成的东西而已。

《西游记》对哪吒有相对完整的介绍,这一段出现在第八十三回(就是无底洞老鼠精那里):

原来天王生此子时，他左手掌上有个"哪"字，右手掌上有个"吒"字，故名哪吒。这太子三朝儿就下海净身闯祸，踏倒水晶宫，捉住蛟龙要抽筋为绦子。天王知道，恐生后患，欲杀之。哪吒奋怒，将刀在手，割肉还母，剔骨还父，还了父精母血，一点灵魂，径到西方极乐世界告佛。佛正与众菩萨讲经，只闻得幢幡宝盖有人叫道："救命！"佛慧眼一看，知是哪吒之魂，即将碧藕为骨，荷叶为衣，念动起死回生真言，哪吒遂得了性命。运用神力，法降九十六洞妖魔，神通广大，后来要杀天王，报那剔骨之仇。天王无奈，告求我佛如来。如来以和为尚，赐他一座玲珑剔透舍利子如意黄金宝塔，那塔上层层有佛，艳艳光明。唤哪吒以佛为父，解释了冤仇。所以称为托塔李天王者，此也。

《封神演义》对哪吒的描写也类似。

对二郎神的交代则相对简略，倒是孙悟空消息灵通、八卦得很，一上来就能抖出二郎神家丑："我记得当年玉帝妹子思凡下界，配合杨君，生一男子，曾使斧劈桃山的，是你吗？"

这句挑衅，还是基本尊重了民间通用的传说：

姓杨名戬，玉帝的妹妹思凡下界、和一位姓杨的男子结婚所生，长大后神通广大，曾斧劈桃山、救出犯天条受惩罚的母亲，由此也和玉帝结下梁子，后来居住在灌江口，对天庭之令"听调不听宣"（意思就是紧急情况下我会来帮忙的，但平时我不是你的臣子，你管不着我）。

好了，讲到这里，不知大家有没感觉，这两个人其实存在某种共同点，再透彻一点的话，这两个人其实和孙悟空之间都存在共同点。他们都有过特别爱闯祸的、不听话的年轻时光，他们都曾经让代表"秩序"的天宫和玉帝极为头疼。

孙悟空是大闹天宫，二郎神是劈山救母，哪吒是闹海。虽然他们后来好像都"改邪归正"了——哪吒成了天庭的头号战将；悟空成了西天的斗战胜佛；二郎神虽然不完全服从指挥，好歹也认了玉帝这个舅舅，关键时刻也能帮他打仗，但他们都不是那种"一本正经"的神，他们个性十足，敢挑战权威，能表达和实现自己的情绪和追求，不循规蹈矩，没有无趣的说教气；他们也不是活在那种"一成不变"、一生下来就位列仙班端坐莲台的枯燥里。他们的经历特别曲折、特别有代入感：开始冲动不服管活出了精彩，后来又终成正果，一路走来，等于是自由也没耽误，成就也没耽误。

谁的少年不淘气，谁的青春不叛逆，谁又不是在把该淘气的淘气完、该叛逆的叛逆完后，开始学着长大，去努力建立一番属于自己的事业，获得一份属于自己的认可？二郎神、哪吒和孙悟空，简直完美地走过了我们熟悉又渴望的人生轨迹。

仔细想想，中国神话里有人气的偶像大多都是这样的。如果总结的话，不妨概括为：仙气、妖气和人世烟火气的结合体。哪吒也好，孙悟空也好，二郎神也好，都不例外。

与他们类似的，还有白娘子、济公、吕洞宾、钟馗……（如果白娘子不动凡心、不爱上一个普通人，如果济公清规戒律、不喝酒不吃肉，会有那么高的人气吗？）他们都在扶危济困、救苦救难，却从不像一般神佛那样不苟言笑、不怒自威，相反，他们非常情绪化，敢爱、敢恨、敢犯错误，和"天道"之间，始终保持着若即若离的关系。

这其中，哪吒和孙悟空还更特殊一些，因为后者多了一份"猴子气"，前者则多了一份"孩子气"（也许还要包括二郎神，因为劈山救母时他年纪应该也不大）。泼猴子、熊孩子——恶作剧、搞破坏从来都是他俩的关键词。这种"熊孩子和泼猴子"人设充满戏剧价值，尤其对民间故事、传说、戏曲小说而言，意味着嘻哈鬼马，意味着放荡不羁，意味着"热血中二魂"。更何况，如果能实现从"孩子气""猴子气"到真正的"仙气""佛气"的蜕变，那故事里就拥有了完整的人物成长过程，这远比"一开始就什么性格、结束了还什么性格"要好看得多。

人格魅力、性情丰富，哪吒和二郎神无疑比其他神更加鲜活与真实。更真实的，才配得上更流传长远、更家喻户晓。

第15问 哮天犬是一只怎样的狗狗

飞禽走兽横行的《西游记》里，几乎没有什么狗狗的戏份，最有名的一只狗，非二郎神的哮天犬莫属。

哮天犬的主人是法力无边、名满天下的二郎神。这个在《封神演义》里最有魅力的男主角，到了《西游记》中，虽然戏份不算多，却也是仅有的几个在孙悟空面前"略胜一筹"的狠角色。那么，哮天犬自己算不算神呢？

咱们从小读各种神话童话，看各种卡通动画，不难发现，大部分动物到了"二次元"世界里，它们的存在形态都会拟人化，都不再是动物本身——开始直立行走、使用上肢、说人话、穿人衣，有人的喜怒哀乐，外加掌握各种法术。就是说，获得人性、妖性与神性，是动物进入神话的前提。但是，哮天犬不一样，好像从头到尾，它都只是犬。它应该比凡间的狗更凶猛些、更敏捷些、更训练有素些、更忠于职守些，但是你瞧，凶猛、敏捷、训练有素、忠于职守这些词依然是形容狗的，不是形容人和神的。所以，它是条好犬、灵犬、优秀的犬，但除去"犬"的技能和素质，它并没表现出任何附加的、超出动物以外的东西——它是"神犬"，而不是"犬神"。甚至，"哮天"这个气壮山河的名字，也只是各路民间传说里的约定俗成。在《西游记》中，"哮天"这俩字从未出现过，二郎神两次登场，它跟随左右参与战斗，称呼都是"细犬"。

你去查查词典就会知道：细犬，是中国特有的、驯养历史悠久的传统猎犬，头小、腿长、腰细、流线型身躯，跑动速度快，以耐力和灵活见长，对野兔、狐狸、獾、貉、野鸡等有着极大杀伤力。

好了，它本来就是现实中存在的品种，而且还是很符合国情、很接地气的品种。细犬当下主要分布于山东和陕西，但它最早的来源，应该是西北草原。《契丹国志》载："取细犬于萌骨子之疆。"这看着很"卡哇伊"的"萌骨子"，是音译，换成当代汉字，其实就是"蒙古子"。《西夏书事》里则记有金朝送给西夏的礼物："礼物十二床、马二十匹、海东青五、细犬五。"可见，游牧民族可能是真正的细犬驯养先驱。

《西游记》写于明初，之前的辽金元，都是民族交流融合密切的朝代，那么，细犬从草原进入中原的过程应该已经完成，作者把二郎神的助手设计成这样一只狗，也可以理解。

下面看看哮天犬（细犬）在《西游记》中的两回出场。

第一次，是大闹天宫进入失控状态、孙猴子所向披靡时，玉帝在观音菩萨的推荐下，想起了远居灌江口的外甥，"听调不听宣"的小圣二郎真君。

这么一个不听话的非主流外甥，玉帝却还得倚重于他，原因很简单，他和他的弟兄们真的很能打：

二郎神使一把三尖两刃刀，腰间配一柄金弓银弹，能正面对砍，能远距离施放暗器，攻守兼备，与大圣纠缠三百回合不分胜负，比拼七十二变时，又屡屡先发制人变作克星，眼瞅着这份战场经验，可谓超出悟空之上。

他部下的梅山六兄弟和一千二百草头神，则近似一支特种部队，花果山群猴能在十万天兵面前安然无恙，与他们遭遇的结果却是"冲散妖猴四健将，捉拿灵怪二三千"。

而在这个格外能打的二郎神身边，哮天犬就成了一枚屡屡改变战局的暗器。当二郎神率领梅山六兄弟与悟空僵持，太上老君从半空扔下金刚琢偷袭，把孙大圣"打中了天灵"，以至于"立不稳脚，跌了一跌"，但猴子反应很迅捷，"爬将起来就跑"，却不料"被二郎爷爷的细犬赶上""照腿肚子上一口，又扯了一跌"，这才"急翻身爬不起来"，被七圣"一拥按住，即将绳索捆绑，使勾刀穿了琵琶骨，再不能变化"。

这一串动作戏惊心动魄、电光石火，然而，真正让猴子"爬不起来"的，是"照腿肚子上"的那一口。无论之前怎么狼狈怎么落入下风，最精确的那个转折点，无疑发生在这个时刻。压死骆驼的最后一根稻草，由细犬来完成。

第二次，就是碧波潭边围剿九头虫。

九头虫虽然人品差、格局小、爱偷东西，但法力绝不可低估——面对悟空八戒合攻毫无惧色，启动九头真身，擒走了二师兄，要知道，之前连牛魔王都败于孙猪联手。结果，细犬又一次充当了转折点。

那怪急铩翅，掠到边前，要咬二郎；半腰里才伸出一个头来，被那头细犬，撺上去，汪的一口，把头血淋淋的咬将下来。那怪物负痛逃生，径投北海而去。

不可一世的怪物，最后的结局只是毁在"被狗咬了一口"，这么看来，几乎都有点滑稽。

综上所有，不难总结出哮天犬的作战模式：精准、敏捷，与主人配合默契，无限忠诚，总能在最关键的时刻加入且基本一击即中。

狗与人之间终究是最能形成默契的两个物种。而且，哮天犬不像其他宝物，要主人施咒、做法、捻手势、背口诀、祭在半空才能发挥作用，它全部都是自主攻击，连一声呼哨都不需要。

不知道大家有没有这样的恶作剧想法：一只如此优秀的哮天犬，难道就没想过偷学点法术、窃取几件宝物、逃下凡间、过几年山大王的逍遥日子吗？这是《西游记》中所有神仙身边的动物最常去做的事情，而且违法成本超低，结局充其量是在一声"孽畜还不快现了原形"中，从哪里来再回到哪里去，根本不受任何惩罚。但是，它自始至终，只是在安安分分地做一条狗。

有人说，一条最忠诚的犬，往往会具有主人的某些性格——二郎神不正是天庭中一个很有个性的、与世无争的存在吗？他什么都不争，它也什么都不争。它不要功名，不要勋章，连人的形状和神的法术都不要，永远在主人身旁出生入死，一次次奋不顾身地为主人解决各种危机，然后退回主人身后，吐舌摇尾，继续紧紧跟随。多么感人。

第 16 问　如来佛和玉皇大帝，到底谁听谁的，到底谁更厉害

我们生活中，考试也好、工作也罢，时不时都要排个名，所以养成了这么一种"凡事都可以分出高下"的惯性思维。完全可以理解。可有个俗语叫"关公战秦琼"，形容的是两件事八竿子打不到一起，却非要放到一起比较。关公和秦琼，一个是三国武将，一个是隋唐武将，根本没有碰面的可能。"如来佛和玉皇大帝谁厉害"，也是"关公战秦琼"。因为这俩，一个是佛教的佛祖，一个是道教的主神。在常规情况下，他们完全不存在"谁听谁的"问题，因为在他们各自的世

界里，谁都"听他们的"。只不过，偏偏《西游记》是个杂糅的神话世界，是个由佛和道共同管理的幻想世界。

《西游记》里的佛教和道教，并不是真正宗教意义上的，它掺杂了大量民间信仰和传说的内容，一切都是为了把故事讲得更加精彩有趣而服务，佛也好、道也好，都是它的材料而已。作者既不会仔细研究，也没必要认真讲清楚他们的职权范围和责任划分。如来和玉帝，也只是《西游记》两大故事素材系统里的两个代表性符号，他们的任务也不是比武、斗法、排名次，争夺谁才是神仙们的老大，而是在故事需要的时候，出来发挥故事需要他们发挥的作用。

如来和玉帝名义上共同管理西游世界，但绝大多数时间里，他们没什么交集。玉帝在天宫上朝，如来在西天讲经，各忙各的。

唯一一次碰面，是孙悟空打上了灵霄宝殿，玉帝对付不了，如来前往帮忙。这就是典型的"故事需要的时候"。啥意思？在编剧学里，有个技巧叫"机械降神"，不过不是啥高明技巧，一般不太提倡用，就是说，剧情推进过程中，某个矛盾实在解决不了啦，某个弯子实在转不过去啦，那就只能凭空再添加一个新的人物，让他来帮个忙啦。

孙悟空被写得太厉害了，河汉星宿、十万天兵、二郎真君、太上老君、雷公电母，全都出来过了，全都没把猴子搞定，那可怎么收场呢，总不能真让孙悟空推翻了玉帝、抢占了灵霄宝殿，那真要《西游记》至此提前剧终了。最好的办法，或者说唯一的办法，就是去另一个宇宙里、另一个次元里找一个之前从没出现过的大神来充当孙悟空的收服者。

之前的一切一直发生在道教天庭里，那还有比如来这个佛教第一人更符合"另一个宇宙、另一个次元"要求的吗？

不过在这段被动形成的碰面会里，倒也能看出两者的差别来。如来明明是救星，却说"老僧承大天尊宣命来此"，虽然可能是谦虚的讲法，但似乎如来还是把玉帝放在君主的位置上——他动身前，交代灵山众僧人的话也是"待我救驾去"。玉帝那边的用词呢，也不是"宣召""调遣"，而是上西天"请"佛老降妖。两边都对彼此保持了足够的尊重。

所以梳理下来，可能这么说更符合《西游记》的设定：

道教神仙多、本土化程度高，形象也比较富贵吉祥，再加上水里、土里、山里到处都有分支，很适合作为一个系统来管理四大部洲、阴间、海洋、天空这些形形色色的地方，于是被《西游记》安排充当天地万物的"政府部门"，然后玉帝就在名义上成了整个世界的总负责人。

如来的灵山净土，则是一处相对独立的空间，如来和诸佛、菩萨、罗汉们在那里每天讲经说法、谈禅打坐静修，做的是和道教天宫里的"行政管理"截然不同的工作，更接近"学术研究"。

综上所述，玉帝是"皇帝"，如来是"大师"和"专家"。名义上，大师还是归皇帝领导的，但皇帝非常尊重大师，不在大师跟前摆架子，有事时也免不了麻烦和求教这位专家。

至于两位谁更厉害，直觉上，十个人中大概有十个人都会回答如来。谁让你玉帝打不过孙猴子，如来却能迅速帮你料理了呢？

这里得说明一点：所谓大闹天宫最危急时刻，书中的原文只是"众神把大圣攒在一处，却不能近身，乱嚷乱斗，早惊动玉帝。遂传旨着游奕灵官同翊圣真君上西方请佛老降伏"。你看，情况没那么不堪，玉帝也没那么狼狈，什么"钻在桌子底下乱叫'快去请如来佛祖'"，那是电视剧给大家留下的印象太深了。但和如来相比，玉帝的表现也确实不怎么拿得出手：如来降服悟空后要回去，这时候天庭的工作人员来了，"请如来少待，我主大驾来也。"合着"我主"之前一直躲着？见妖猴被擒了、安全了，才敢"大驾来也"？

应该这样讲，《西游记》里玉帝的天宫段落虽然精彩，但更像是介绍孙悟空出身的序幕，前往西天参拜如来的旅途才是主线。至于谁更厉害，留在后面的、占据主要篇幅的、作为故事旨归和目的地的那个，当然应该是更厉害的那个，至少是让人觉得更厉害的那个。《西游记》这个故事的励志部分、修炼部分、表现人的成长的部分、"敢问路在何方？路在脚下"的部分，更多是由如来这个符号引导和支撑的，《西游记》这个故事的搞笑部分、嬉哈部分、讽刺挖苦部分，更多是由玉帝和他的天宫众神来演绎的，那么谁需要更厉害一些不言而喻。

个人认为，如来和玉帝都是西游故事的"工具人"，如来往往充当强一点的、严肃端庄的工具，玉帝往往充当逗一点的、风趣幽默的工具，仅此而已。

第 17 问　五行山上贴的是一条怎样的咒语

悟空被压五行山后，还做了一番挣扎，挣扎也颇有成效：伸出头来了。见此情景，那边正开着"安天大会"的众神就害怕了，然后如来安抚大家别着急，并从袖子里掏出一张帖子，让人贴在了五行山山顶上，那座山立即变得"生根合缝"、纹丝不动。

这帖子上写的是什么呢？是"六字真言"，它蕴藏了宇宙中的大能力、大智慧。

虽然有点神话色彩，但这里面的逻辑还是吻合《西游记》需要的：如来降伏了悟空，参加完天庭的庆功宴，就要回灵山去了，那谁来保证这只猴子不会某天又从山底下窜出来，又大闹一场呢？

最好的办法就是如来能"隔空管理""隔空督导"：虽然"我"不在这里，但"我"其实每分每秒都知道这里发生的一切，都能对这里产生影响和作用。

所以，非要作个类比的话，这张帖子就像是如来在五行山上装了个监控摄像头。

第三章

取经缘起：观音上长安，猴王保唐僧

第 18 问　唐僧的原型玄奘法师是个怎样的人

玄奘法师是唐僧的历史原型，也是整本《西游记》的故事原型，这常识大家都知道。但"原型"两个字意味着：它只提供了一个"起因"、一枚"胚胎"、一粒"种子"。原型变成文学作品的过程，就是被大刀阔斧演绎和改造的过程。所以，玄奘法师和《西游记》里的唐僧之间，已经没什么可比之处了。非要找相似的话，当然也有一些：

他俩都是和尚，而且都是很出色的和尚（高僧）。

他俩都去"取经"了，而且都成功回来了。

他俩都是唐太宗年间的人士。

他俩都禀赋过人：唐僧在《西游记》里是"十世修行"、如来二弟子降世，玄奘法师当然没那么玄乎，但从能力、学问这些方面来说，他也可谓当之无愧的人才。

他俩俗家都姓陈。

他俩都童年凄惨，唐僧是"江流儿"，一出生就险些被害，玄奘则五岁丧母、十岁丧父，孤苦伶仃，这才由兄长带到寺院里剃度出家。

再八卦一句，他俩好像都长得挺不错：唐僧被各种女妖怪以及女儿国国王相中自不用说，玄奘虽然没有桃花运，但据相关记载，上到大唐天子，下到边境官员，只要见过法师本人的，无人不称赞他的魅力。

讲到这里，你可能会说：随手一列就那么多共同点，咋还说人家"没什么可比之处"呢？因为在最重要的一点上，他们不一样。

唐僧作为西游团队的主心骨和领头人，本质上也很伟大很坚定，但落到细节上，就不太敢恭维了：爱哭爱唠叨的性格、一路上经常被妖魔鬼怪吓得魂飞魄散的表现，几乎已成了他的人物标签。但玄奘法师却是一个从里到外都超级勇敢，从大处到小节都超级无畏超级坚定的强人＋牛人，用现在的流行语来说，他简直就是一个完美的"男神"。

历史上真实的玄奘法师，本名陈祎，洛阳人。十三岁出家后，他游历各地、遍访名师，在此过程中，他感到各位老师对经文的解说很不统一，甚至同一部经文的各个版本内容也不尽相同，于是他决定去佛教的发源地寻找真正的、权威的佛法，以解开心中的迷惑。

当时的制度，出国是需要官方批准的。其实现在也一样，我们去国外旅行，也得先办理护照，要不然就成了偷渡啦。

玄奘法师少不得上表给朝廷，申请去西方求法，结果未被允准。因为当时唐朝建国不久、国防不稳，边境不安全，所以最好谁都别离开。

不让"我"去，那"我"自己悄悄去。

在贞观三年，玄奘法师私自从长安出发（你没看错，他就是一个叛逆的偷渡者），经河西走廊，出敦煌，经新疆及中亚等地，辗转到达中印度的摩揭陀国，进入当时的佛教中心——那烂陀寺。在那里，玄奘法师学习了各种佛教典籍，他融会贯通、潜心钻研，提出自己的见解，不久，就在当地声名大起。五年后，玄奘法师再次出发，游历了印度东部、南部、西部、北部数十个国家。回到那烂陀寺后，又主讲大乘教义、赢得各种辩论（当时，辩经讲坛开设后，玄奘立下誓言，若有人能赢过自己，情愿被斩首示众，结果整整十八日过去，竟然无一人能与之匹敌）。终于，到贞观十九年，玄奘法师返回长安。

玄奘的这次西行求法，历时十七年、旅程五万里，所历"百有三十八国"，带回了佛教经律论共六百五十七部。

归国后，他受到唐太宗亲自召见和礼遇，住在长安大慈恩寺（入住时举办了国家庆典级别的仪式），翻译自己带回的经卷，用时十九年，一共译出佛经四十七部、一千三百三十五卷，因为工作量大，他常常一天只睡四小时。

同时，由他口述的、记录自己见闻经历的《大唐西域记》成了一本汇集政治、经济、科学、地理、气象、艺术、民俗的百科全书，至今仍是各路考古学家、历史学家、文化人类学家和旅行者的"手中圣经"，甚至很多人认为，如果没有这本书的流传，印度和周边各国的历史很可能会湮没无闻，中亚和南亚的无数名胜古迹也可能会无人问津。

这就是玄奘法师一生的璀璨功业。

我们不妨设身处地勾勒一下他的行程：沙漠、戈壁、雪山、丛林、土匪盗贼、战争内乱、名利诱惑、艰难险阻，曾在玉门关外的沙漠中丢掉了水囊、四天五夜水米未进，曾在翻越雪山时眼睁睁看着两位徒弟摔死，曾在高昌被强留、绝食四日抗争，曾在印度被异教徒捆绑捉拿险遭活活烧死，曾在渡过恒河时遇到暴风雨落水，曾混迹在逃荒饥民当中，曾在强盗和商队之间周旋。

包括最后，可以说他已经站在了全世界佛教界的巅峰——戒日王和东印度国王为了争夺他差点兵戎相见——却能不忘故土、不改初心，放弃印度那份功成名就的、至高无上的地位，执意回国。

玄奘离开六年后，那烂陀寺被焚毁，在古印度开设、逐渐凋零的佛教，从此却在中国发扬光大、源远流长，留下无数文化遗产和财富。这一切，都几乎是玄奘法师一个人，靠着精神、意志和信仰坚持下来的。他的身边可没有神通广大的齐天大圣、天蓬元帅、卷帘大将；他的身上可没有珠光宝气、华彩夺目的锦襕袈裟、九环锡杖；他的名字前面可没有声威显赫的"大唐御弟钦差"。他不是旃檀功德佛，不是如来的二弟子，不是"叫天天应叫地地灵"的天选之子。他只是一个普通人，但他真的做到了一个普通人能做到的最好、能做到的极限。在《西游记》把他变成神话人物之前，他已经书写了自己堪比神话的、超越神话的一生。他的伟大，在后人心目中不亚于七十二变、火眼金睛、腾云驾雾。他对历史、文化、宗教、中外交流所作出的贡献、他给世人带来的感动和鼓舞，才是真正的"长生不老"。

第 19 问　唐僧为什么是"江流儿"？
这段故事为什么是"附录"形式

　　《西游记》里交代唐僧身世的段落，叫"陈光蕊赴任逢灾，江流僧复仇报本"。这段很特殊，它明明在正文中自成一篇，却没被认定为正式的"一回"，它夹在第八回后、第九回前，"大闹天宫"部分之后、"取经缘起"部分之前，叫"附录"。可"陈光蕊赴任逢灾，江流僧复仇报本"是《西游记》核心情节推进线上出现在关键位置的、完整的一个故事，涉及即将登场的又一位男主角，那为啥还要把它算成"附录"？

　　因为在最早的《西游记》版本中（明代的世德堂本）是没有这篇的，它第一次出现是在清代初年的《西游证道书》中。《西游证道书》是清代《西游记》诸多后续衍生版本的一种，也是影响力比较大的一种，它和稍晚出现的《西游真诠》《西游原旨》对原文作了许多细节上的增补改动。这个"附录"，也属于"增补改动"，是出版商注意到原作中的一个疏漏——"杳不知唐僧家世履历，浑疑与花果山顶石卵相同。而九十九回历难簿子上，劈头却又载遭贬、出胎、抛江、报冤四难，令读者茫然不解其故，殊恨作者之疏谬……"（《西游证道书》

序言）——前面没交代唐僧的背景，后面取得了真经、盘点八十一难时，却又提到了他幼年的遭遇和经历，自相矛盾了。出版商注意到了，读者们肯定也有不少注意到了，这么受欢迎的作品，总不能放着一个大问题不管，总得想办法把它补上，这才有了"陈光蕊赴任逢灾，江流僧复仇报本"。

至于这"补上"，是"新补"——找到当时的写手现写了这一段呢，还是"旧补"——多方寻访查找，翻出了当年曾经有过却被早期版本遗漏掉的这一段呢，说法不一。

《西游证道书》的编写者及后面那些沿用该书做法的书商，当然都持"旧补"的说法——说自己的版本是"真正完美保留原貌的权威版本"总比说自己的版本是"我自作主张扩写了一点内容的山寨版本"对出版更有利。结果就是，从《西游证道书》开始，"陈光蕊赴任逢灾，江流僧复仇报本"都以"第九回"的"正式篇目"身份，排列于《西游记》目录中。民国时期，"旧补"的观点依旧较被学者们认可。到后来人民文学出版社首度整理出版《西游记》时，仍是直接把"陈光蕊赴任逢灾，江流僧复仇报本"录作第九回的。但是，随着研究深入，"新补"的观点却逐渐重占上风：这一回的叙事风格比较现实，既没那么多宗教色彩，也没那么多戏谑搞笑色彩，和其他章节存在明显区别；这一回的文学水平相对粗糙，和其他章节存在明显落差。大家留意到，最早的世德堂本中，第十一回唐僧登场时，有一首诗交代其来历，里面提到了"父是海州陈状元，外公总管当朝长。出身命犯落江星，顺水随波逐浪泱"这些事情，也就是说，原作者其实是有过"给唐僧一份早期履历"的意识的，只不过用了"出场诗"的形式来简写，没有充分铺开而已，既然如此，也就不存在非要弄出一回来再节外生枝地重复讲述的必要。还有很关键的一点，一旦多这一回，《西游记》的总篇目就成了一百零一回，怎么看怎么不舒服。

总之，1980年人民文学出版社第二次整理出版《西游记》的时候，"剥夺"了这一段充当"第九回"的资格。可它毕竟当了那么久的"第九回"，发挥了它的历史作用，也确实存在它的价值和魅力，彻底消失，还是怪可惜的。最后便用了折中的办法，留下它，但称之为"附录"。

和《西游记》中许多情节的本源一样，"江流儿"的传说也经过了漫长的积累，"官员赴任途中被杀害，妻子忍辱负重，遗腹子长大复仇"，这类故事的讲法，唐传奇里有，宋话本里也有，再往前追溯，连"赵氏孤儿"中都能找到它的影子。元代戏曲《陈光蕊江流和尚》头一回把上述套路安放到了一位僧人身上，且从人物姓名到身份，都已与后来编入《西游记》中的相差无几。明代杨景贤的杂剧《西游记》，更曾让江流僧的传说占据了大量篇幅。明朝另外一些相对冷门的《西游记》版本，如《唐三藏西游释厄传》《唐僧出身全传》等，也很看重这部分内容。

总而言之，在西游故事的早期演变史中，"江流儿"一度是一个重头戏，这与它里面的诸多要素很符合大众口味有关，抢夺别人的妻子啊，冒名顶替去当官啊，因果报应啊、隐忍许多年后的报仇啊，都很接近普通老百姓熟悉的通俗读物。至于它后来逐渐淡出《西游记》的核心视野，则多半由于它过于"晚间八点档"，过于"地摊文学"，立意不高，难登大雅之堂，再加上西游的浪漫化色彩日渐变浓，男一号也从唐僧慢慢转移到孙悟空身上，交代后者来龙去脉的大闹天宫，也就替换了交代前者来龙去脉的江流报仇。至于为啥非得在报仇之前先来段"江流获救"的奇幻经验，只能说，它并非中国人的专属想象。

古罗马神话中，罗马城的奠基人罗慕路斯和雷穆斯兄弟，儿时被丢进台伯河，被河神护送到榕树下由一条母狼喂养长大。

古希腊神话中的帕修斯，古印度史诗中的迦尔纳，也都是这类

"漂流婴儿"的典型。

弗洛伊德甚至分析说，这体现了人类的某种原型记忆——每个人出生之前，就是在母亲子宫的羊水中生存的，看起来也不乏道理。

总之，"天将降大任于斯人也"的思维方式，全世界人民都有，当要选择一种"苦其心志，劳其筋骨，饿其体肤"的灾难来考验这些伟人时，"被丢在水里漂走"总比"被扔进火中""被深埋土里""被野兽吞掉"相对存活概率更高吧。

第 20 问 《西游记》里的取经路线和玄奘西行路线有联系吗

玄奘大师求法的路线，大致可还原为：从首都长安（西安）出发，过河西走廊的甘肃段，进入新疆，然后折入中亚，经吉尔吉斯斯坦、乌兹别克斯坦、阿富汗等地，最后进入巴基斯坦和印度，到达那烂陀寺。

我们看着今天的世界地图，也许要产生疑惑：玄奘和尚怎么绕了一个大圈子，直接从西藏经尼泊尔不就能快速到达印度境内吗？

要知道，那时西藏在吐蕃政权统治下，与中原王朝双方时战时和、打打停停，谁知道它会不会把一个来路不明的僧侣认成间谍。再说了，你觉得凭这形单影只的一人一马，有可能翻越气候恶劣的喜马拉雅山脉吗？所以，他只能绕道而行。

这路线的选择，有刻意的成分，也有无意的成分。毕竟，那样的时代、那样的环境，没有向导、没有指南针，需要边走边打问，边走边探索，必然会有弯路、绕路、远路和冤枉路。再加上人家不是"奉旨去往西天拜佛求经"，而是"偷渡"出来的，那总得躲开一些哨卡、边防关隘、检查站。真的是"敢问路在何方，路在脚下"啊。

那这条路和《西游记》里写到的十万八千里行程存在联系吗？师徒四人行经的诸多国家，在历史中找得到一一对应的原型吗？我给出的回答是：若即若离、似有似无。

地理实据和主观想象的结合，构成了小说家对西行路的加工方式。后者决定了它们终究只是神话故事里的名词，前者则让它们有一些可考证的依据和起因。

举几个例子：

西域有个地方叫阿耆尼，别名乌耆、焉耆。东邻高昌，西接龟兹。

乌耆（qí），读着像什么？没错，乌鸡。这可能就是《西游记》里乌鸡国的来源。

根据《大唐西域记》记载：玄奘法师是离开高昌后来到乌耆的，当时乌耆正和高昌开战，看到玄奘大师身边还带着高昌派出的随从，自然十分不满，所以对玄奘大师态度很不友好。于是玄奘在书中记录这个地方"好斗、无谋"。倒是与《西游记》里乌鸡国国王被推入井中杀害、妖道幻化秉政的混乱有些异曲同工。

丝绸之路上曾经有个重要商站，叫"车师"，东往敦煌，南往楼兰、鄯善，西北通乌孙，东北通匈奴，百分之百的兵家必争要地。

车师的中心城市是交河，古诗《古从军行》中的"白日登山望烽火，黄昏饮马傍交河。行人刁斗风沙暗，公主琵琶幽怨多"，描述的就是此处。

早在公元450年左右，匈奴就围困车师达八年之久，车师王弃城而走，从此，车师被并入高昌，它的名字也随之从历史上消失了。

直到今天，交河遗址依然存在，位于新疆维吾尔自治区吐鲁番市西十公里的雅尔乃孜沟村。

车师又听着像啥呢？"车迟"吧？有些后世学者认为，它可能就是车迟国的原型。

还有些地方，虽然没能在小说里直接出现名字，却也以其他方式刷了存在感。比如塔里木盆地南沿有个地方叫于阗，属唐代西域都护府安西四镇之一，也是玄奘求法路上经过的区域。据考证，《西游记》里的老鼠精的故事，就源自这里流传甚广的神鼠传说：于阗荒野里，有一座大土堆，名叫"鼠壤坟"，里面住着无数老鼠，有金白相间者为鼠王。匈奴人攻打于阗，驻扎在附近，次日弓弦、缰绳、穿甲带皆被咬断，于是大败。之后，于阗百姓便将群鼠奉为神灵。"金白相间"与"金鼻白毛"，是不是连颜色都一样？

可见，《西游记》虽然是一部浪漫主义巨著，整合了各种神话与民间故事，虚构的成分占据绝对比例，但它还是对自己的源头——玄奘的印度之旅，保有了足够的尊重，从中吸取了充足的营养。

我们可以想象，《西游记》的作者，还有之前诸多西游相关故事的编写者，一定都从《大唐西域记》《大唐大慈恩寺三藏法师传》《续高僧传》等与玄奘生平相关的文献中，乃至从新旧唐书里的《西域传》中查了很多资料，积累了很多知识，这是相当可贵的创作态度。

当然，这些写作者存在共同的遗憾：他们终究没机会"重走西行路"，甚至他们压根就没去过"西域"。所以呢，他们一边在史籍与原始资料里搬运那些地名，拼缀那些传说，一边又只能根据自己的切身经验为其脑补细节，于是"推己及人"就成了常见现象。

朱紫国孙猴巧行医、计盗紫金铃的故事，发生在 68~71 回，取经路已经过半了，无论如何也远离东土大唐了，可国王讲起金圣娘娘被掳走的情境，却是"三年前，正值端阳之节，朕与嫔后都在御花园海榴亭下解粽插艾，饮菖蒲雄黄酒，看斗龙舟"。

端午节、插艾草、饮雄黄酒、看龙舟，这风俗跟咱这里有什么差别？不知道的还以为接下来要出现白娘子现原形了呢，哪里看得出是千里之外的外国呀？

金平府属于天竺国，照样有元宵节灯会，就连灯的种类样式都跟随便哪处本土城市无异："雪花灯、梅花灯，春冰剪碎；绣屏灯、画屏灯，五彩攒成。核桃灯、荷花灯，灯楼高挂；青狮灯、白象灯，灯架高擎。虾儿灯、鳖儿灯，棚前高弄；羊儿灯、兔儿灯，檐下精神。鹰儿灯、凤儿灯，相连相并；虎儿灯、马儿灯，同走同行。仙鹤灯、白鹿灯，寿星骑坐；金鱼灯、长鲸灯，李白高乘。鳌山灯，神仙聚会；走马灯，武将交锋……"现实中那里的人可能连雪花、梅花、荷花都没见过，连李白是谁都不知道吧。

到了天竺国国都，整套官制礼仪也与东土几无区别，唐僧与公主大婚由"光禄寺"操办，御花园屏风上是"翰林学士"题的字，更离谱的是唐僧还与国王一起吟诗唱和，连个翻译都不需要，全无语言不通的障碍。

每回写到唐僧师徒用斋、受款待，永远是"笋芽、木耳、黄花菜、石花菜、紫菜、蔓菁、芋头、山药、黄精……"或者"闽笋、豆腐、面筋，园里拔些青菜，做粉汤，发面蒸卷子，再煮白米饭……"西行路上难道不该是抓饭、馕乃至咖喱的天下吗？哪来这么多东南沿海的蔬菜啊，还"闽笋"，都指定产自福建了，谁带过去的？

所以说，当玄奘西行路重现于《西游记》中时，出现的是一幕幕让人哭笑不得的奇景：名字总是很陌生，经历总是很奇特，故事总是很曲折，但凡是涉及生活方式、服饰器物、职官制度、饮食民俗，却总会"看起来好眼熟"。我们就把这当成一种别样的趣味、美丽的误会吧。

第 21 问　唐僧作为师父，到底教了什么给孙悟空

　　大家有没有为孙悟空打抱不平过：一个"无能"、怯懦、"糊涂"、肉眼凡胎的和尚，凭什么给武艺超群、法力无边的大圣当师父？

　　第二十二回里，八戒和悟空关于"为什么不自己去西天把经文搬回来"，有过一段很深入的对话，悟空的回答是"我和你只做得个拥护，保得他身在命在，替不得这些苦恼，也取不得经来；就是有能先去见了佛，那佛也不肯把经善与你我"——如果怎么方便怎么传经、谁法力高谁负责传经的话，观音上东土寻访取经人那一遭，直接把经文带来即可，根本没有后来这些故事。

　　作为西游团队的主心骨，唐僧坚韧不拔、百折不挠，虽有小糊涂，可大方向上意志坚定，有大勇毅和大智慧，可以说，他在接受悟空保护的同时，也塑造了悟空。

　　孙悟空是个天才，这不仅体现在能力上，还体现在智力上。开篇第一回就成为群猴领袖、找到洞天福地、过着神仙一般生活的他，竟然会"忽然忧恼，堕下泪来"，原因是他想到自己终有一天会死去。猴群里的长老通臂猿，对此的评价是："若是这般远虑，真所谓道心开发也。"明明无忧无虑，却在最该及时行乐的那一刻，猝然意识到生老病死的绝望，这就是慧根。但是，"慧根"不等于"证悟"，"道心开发"不等于"道心成就"，这之间有漫长的路程需要跨越。

　　石猴是天地的造物，但天地只造物，不负责"造悟"。从起点走向终点，他还需要一个引路者。

　　玉帝没能让这个充满破坏欲的妖仙臣服。如来的确神通广大，压了他五百年，但压的是身不是心。只有唐僧，带着他一起踏上了一条长达十万八千里的、必须一步一步走完的道路，反而为他开启了真正的人生。

　　这是一条用行走去证悟的启迪之路。这条路是非常苦的，这样的

路，从来都是留给最天真和最笨拙的人，用最吃力不讨好的艰辛完成的——悟空很天真，但不够笨拙。

相比之下，唐僧的了不起就在于，他明白这条路多危险多辛苦，但他还是要去做、去走，最"傻"地去做、最笨拙地去走。"魂飞魄散""涕泪横流"都是唐僧一路的常规表现，但是，每次"骨软筋酥""战栗不能言"之后，他选择的，仍然是"蹈死不顾""舍身拼命""往前苦进"。

孙悟空从来没怕过，唐僧经常怕，但明明怕还是不后退，这才是大毅力与大勇气。

"行者"这个名字，是唐僧给悟空取的——那时他们刚见面不久，唐僧连紧箍咒都没学会，悟空也还没获得什么表现机会，但唐僧已经意识到，这只猴子真正需要经历的是什么东西——这，大概就是缘分的不可思议。相比美猴王、齐天大圣，"行者"才是对他意义更大的命名。

孙悟空武力确实强于唐僧，但唐僧并不是任何方面都没有当"老师"的资格，孙悟空当然不用跟着唐僧学武功，但既然皈依了佛门，跟着唐僧学佛法，总是没错的。可在我们读到的所有篇章里，唐僧从来没有"教"过孙悟空。从表面看，唐僧作为"师父"，并没有传授给孙悟空具体的本领。然而，唐僧又似乎无时无刻不在"教"，甚至唐僧这个人物的存在，就是孙悟空最佳的学习过程。

大闹天宫时的孙悟空，没有任何明确的诉求（你看他当个齐天大圣都是只拿称号不拿钱），他的动机是一种天然的、原始的、熊孩子般的恶作剧的快感，他是在掌握了神通之后，开始滥用神通。

唐僧也有锦襕袈裟、九环锡杖，二者都能"辟魔祛祟"，但唐僧从不使用这些"能"。

唐僧和孙悟空走的是一种相反的路，悟空一上来就得到了一切法力，之后的修行，就是慢慢祛除对法力的滥用；唐僧从来不具有或不显得具有任何法力，他的法力，是要通过修成正果、普度众生的大志业来显现的。

所以，跟随唐僧之前的孙悟空无所不能，但他其实什么事都没有做成；跟从唐僧之后的孙悟空很多时候打不赢对方，但他却完成了永恒的功业。

在悟空的眼里，世上众生，原本只有四类：比他弱、需要他来保护的，如花果山猴群；比他弱、能被他虐打的，如天兵天将和各路妖魔；跟他差不多、可以成为他对手的，如牛魔王、二郎神；比他强、可以制服他的，如佛祖、观音。从来没有一个人可以"又比他弱又比他强"，既需要他保护，又有能力和威信带领他，但唐僧做到了这一点。

因为孙悟空起先掌握的，属于"术"与"力"，这些东西，八戒、沙僧以及西游路上的大部分妖怪也会（只不过孙悟空更牛一些），这些东西都不是"道"和"悟"，后面两个字对于取经来说才是决定性的。而这两个字，就是唐僧教给他的，在艰难困苦的取经路上，用自己的信念和行动教给他的。

悟空对唐僧，也是从起初的鄙夷、嘲讽、看不惯和委屈，逐渐认识到师父身上慈悲与善良的力量，开启了济世救民的伟大蜕变。

我们都知道，他离开过取经队伍，他回到过花果山，可他为什么还要回来？是贪念成佛的正果？是惧怕紧箍咒的淫威？是禁不住猪八戒的激将法？也许都不是。

悟空那样聪明，他终究会懂得，这世上再寻不出另外一人，能像那个让人恨得牙痒痒的师父一般，永远对自己关怀记挂、不离不弃，这世上也再寻不出另外一人，能像那个让人恨得牙痒痒的师父一般，让自己的人生具有了全新的意义。到达灵山、渡过那条用无底船儿渡过的河流、完成脱胎换骨之后，唐僧对孙悟空拜了一拜表示感谢，孙悟空却认为他们之间两不相欠，他们在对方身上都得到了各自需要的东西，自己保护了师父，师父升华了自己。

第四章

团队成型：八戒、沙僧、小白龙的加入

第 22 问 白龙马明明是龙，为啥走路还要人牵着

白龙马走路为啥要人牵着？

白龙马先入师门，为啥没当二师兄？

以上疑惑，说白了，都是一回事：白龙马乃龙的化身，但在整部《西游记》中，除了极个别场合（比如黄袍怪那回试图独自营救唐僧，比如朱紫国提供马尿治好了国王的怪病），绝大多数时候，它真的仅仅是一匹马。一匹马当然要人牵着走，一匹马怎么可以当二师兄。

中国人其实很喜欢把马与龙放一块儿说，像"车如流水马如龙"，不过这个比喻是单向、不可逆的，啥意思呢？对马而言，被比为龙，是至高荣耀；对龙而言，被比为马，堪称无限屈辱。很可惜，白龙马偏偏属于后者。

从出镜率和存在感来讲，小白龙当然是西游五人组里最边缘的角色，在很多读者眼里，它也只是一件交通工具。所以问题的关键在于，它为啥心甘情愿当一匹马？为啥不抓住一切机会提醒大家，它其实是条龙？

四海龙王对取经行动是无比热心的，除了观音和李天王哪吒父子，他们好像是西天路上露面最多的助力，当然，他们大多数情况下解决不了终极问题，他们一般只负责降雨。

小白龙的亲哥哥摩昂太子（前面提到过，衰败的龙族将全部希望都寄托在西海的两位年轻太子身上，一个是小白龙，一个就是这位摩昂），对取经行动也是无比热心的，黑水河收服小鼍龙、玄英洞捉拿三头犀牛怪，他都来了，两场恶战，尽职尽责。

他们一直都在默默地参与着小白龙所参与的这场事业，想要尽己所能地保证小白龙能平安走到终点。只是，我小时候读《西游记》就纳闷：作为亲爹、亲哥、亲叔伯，四海龙王与摩昂太子来帮忙时，与悟空寒暄、与唐僧见礼、与八戒叙谈，为什么从来不跟小白龙说话，从来没讲过一句"我家儿子在这里当马，还望圣僧多多照顾""我家兄弟一路辛苦，还请大圣多多看视"？

　　答案再简单不过：

　　如果每次来帮忙都执手相看泪眼，那唐僧会不会一动恻隐之心就把它送回家去了？毕竟，马哪里不能买一匹，这么多承蒙悟空搭救的财主国王，谁不能送一匹。就算凡间的马不堪大任，孙悟空上玉帝那里要一匹天马也并非难事，前任弼马温对天庭有多少好马肯定了如指掌。

　　唐僧如果时时想起自己骑着的是一条龙，会不会各种不踏实不忍心？毕竟唐僧对妖怪和强盗都心存仁爱，何况是龙。

　　悟空如果时时想起师父胯下有条龙，会不会每逢危难就拉他出来助战？毕竟西游路上，住在河里湖里潭里的妖怪不止一处，需要水战的场合也不止一处。

　　八戒如果时时想起师父胯下有一条龙，会不会每逢危难就让他顶替自己出战？毕竟猴子怂恿他上阵时，最爱说的话就是"水里勾当，老孙不大十分熟"，这里放着一位最熟悉"水里勾当"的，"你"不会去使唤他？

　　想要别人忘掉你是一条龙，最好的办法，莫过于自己先忘掉自己是一条龙。四海龙王、摩昂太子，还有小白龙自己，再用一种默契，强行让所有人忘掉：这匹马，其实是一条龙。

　　当马比当龙低贱，但是，当马比当龙安全。想一想，妖怪抓唐僧时，猪八戒、沙和尚常常连带着遭殃（前者还多次险些被"腌了慢慢吃"），可是，从来没谁想到去抓、去杀、去吃这匹马。是啊，跟一只动物过不去，太丢面子了吧。

白龙马并不是一次都没有体现过自己的"超凡脱俗"：

红孩儿风摄圣僧，他有"发喊声嘶"；

真假美猴王时，他有"在路旁长嘶跑跳"；

朱紫国悟空治病，需要马尿，他还摆架子，觉得自己的尿液有奇效，能使水中游鱼成龙，使山中草头变成灵芝，不肯给，后来听了一番大道理，才颇识大体叫声"等着"，给了"少半盏"。

这些，普通的马能做到吗？扮成宫娥偷袭黄袍怪受伤，再撺掇八戒去请回美猴王，等于靠一己之力挽救了要拆伙的取经团队，就更不必说了。但是，这些细节散落在西天路上，稍纵即逝，不仅书中人很容易忽略，就连开了"上帝视角"的我们，都常常忘记。

有没有灵性是一回事，用不用灵性是另一回事。让不让别人觉得自己有灵性是一回事，让不让自己觉得自己有灵性，更是另一回事。

灵性会藏匿、会遮蔽、会自欺，但也终会有复苏的日子。甚至可以说，藏匿、遮蔽、自欺，都是为了更加稳妥地抵达那个复苏的日子。复苏的日子是什么时候？

是雷音寺里功德圆满，如来亲口说出"幸得皈身皈法，皈我沙门，每日家亏你驮负圣僧来西，又亏你驮负圣经去东，亦有功者，加升汝职正果，为八部天龙马"。

是化龙池内返璞归真，"打个展身，即退了毛皮，换了头角，浑身上长起金鳞，腮颔下生出银须，一身瑞气，四爪祥云，飞出化龙池，盘绕在山门里擎天华表柱上"。

他终于又可以理直气壮地、心安自在地做回一条龙。只不过，此刻的他，已不是苦寒的西海里、父兄阴影下的一条小龙了，已不是剐龙台上被观音救下、险些身首异处的一条罪龙了，他已经是佛门弟子，是法相庄严的八部天龙广力菩萨。

在历代学者那里，"心猿归正、意马收缰"都是《西游记》的内核：白龙马（意马）是一个与孙悟空（心猿）等同的意象，它们都代表着一种从躁动走向平静的过程，代表着一种内心的修炼、一种成长。

那么，从龙到马，是不是也算从躁动走向平静呢？从身为违反天条的龙，到接受当勤勤恳恳的马，是不是也算一种成长呢？因为接受了当勤勤恳恳的马，最终才得到正果、做回一条更加光荣和显赫的龙，是不是也算一种成熟呢？

第 23 问　猪八戒的原型是什么

在西游故事的演变当中，猪八戒是诸位主角里出现最晚的。

唐僧（玄奘法师）是历史人物，《大唐西域记》提到了"深沙神"（沙和尚），《大唐三藏取经诗话》出现了猴行者，这些都发生在宋代以前。可猪八戒，直到明朝初年的西游记杂剧中才登场。

大家也许记得，之前介绍孙悟空来源时，就有"本土说"和"印度说"的分支，其实对猪八戒的考证，也与之类似。

目前学术界的诸多说法，有认为猪八戒来自印度佛经的，也有认为猪八戒出自中国本土的。

先看"印度说"。

刚才提到明初《西游记》杂剧，第四本（这个"本"的概念，跟现在话剧中的"第几幕"类似）叫"妖猪幻惑"，顾名思义，一只猪妖在这儿首次露面，它就是猪八戒的雏形。

猪妖出场时，称自己是"摩利支天部下御车将军"。"摩利支天"

指的是佛教中的"摩利支天菩萨",而"御车",是指给"摩利支天菩萨"驾车。

好吧,合着猪八戒开始是个"司机"。

没错,印度佛经典籍《佛说摩利支天菩萨陀罗尼经》中,这位"摩利支天菩萨"出行的坐骑,还真就是一只金色的猪。

现在能找到一些与摩利支天菩萨相关的画像,上面该菩萨的脚前,也往往蹲着一只金猪。甚至在印度教里,摩利支直接被描绘成猪首人身的光明女神——跟坐骑合体了。

话说回来,猪八戒在《西游记》里干的工作:挑担子、牵马,跟"御车"还真挺像的。

再看"本土说"。

有一种观点认为,猪八戒来自古代神话中的黄河神——"河伯"。

理由主要有二:

第一,神话中有河伯化身为猪的记载,更重要的是,河伯掌管黄河,《西游记》中猪八戒作为天蓬元帅掌管天庭水师,主要训练场地就是"天河"——大家还记得电视剧里,孙悟空当弼马温时,因为在天河放马,跟天蓬元帅发生冲突不打不相识的那段吧——按道理讲,天河与黄河也扯不到一块,但是别忙,作为咱中华民族的母亲河,黄河搁到古人心目中,还真有某种近似"天上之河"的圣洁地位,要不然也不会有"黄河之水天上来"的诗句了。

第二个依据比较搞笑,这河伯好像感情世界挺丰富的,因为他跟嫦娥曾经是一对儿:《七十二朝人物演义》这本书里记载,嫦娥原是河伯的妻子,遇到了神箭手后羿(就是射下九个太阳那位),移情别恋改嫁了,河伯来找后羿要人,竟然被后羿射死了。总之,河伯和嫦娥简直是痴男怨女的配置,不仅没能长长久久在一起,还因此而遭难了——这像不像《西游记》里猪八戒追求嫦娥未果,反倒获罪被贬下人间呢?

"本土说"的另一种观点:猪八戒的原型应为三国时期的一位高僧朱士行。

这朱士行可非同寻常,据说他是佛教传入中国后正式加入其中的第一个汉族僧人,所以一直有"沙门第一僧、汉族第一僧"的光荣头衔。这佛门地位,可比动不动就念叨着要回高老庄的猪八戒强多了。

但是,首先朱士行的姓氏"朱"和"猪"谐音,比较容易以讹传讹;其次,朱士行后来从长安出关,越过漫漫沙漠,来到西域的于阗学习佛教经典,这几乎也可说是一次"西行取经",比玄奘法师都早三百多年!最后,也是最巧的,朱士行的法号竟然就叫"八戒"!

这么看来,此说法成立的可能性倒是最大的。

第 24 问　猪八戒的武力到底强不强

老猪的武艺很神秘。

按说,一个当过天蓬元帅的人,就算比不过孙悟空,至少也不是等闲之辈吧。

但在西天路上百分之八十以上的场合里,他的表现实在一般,被黄袍怪速胜、被九头虫速胜、被蝎子精用倒马毒桩蜇伤、被盘丝洞七姐妹用绳线绊得鼻青脸肿,狮驼国斗三魔头、金平府斗三犀牛,两场争斗,他也都是三兄弟里第一个败退的——连沙和尚都不如。

然而,仔细看去,八戒虽然输得多,但基本能实现自保——经常"退却","受伤"却凤毛麟角。换句话说,八戒与其说是实力不济,倒不如说是意志力不济,或者说是出力的愿望不济。

　　真正搏命的八戒还是让人刮目相看的，高老庄与猴子战到两个时辰方才力怯，到了火焰山大圣与牛魔王相持百回合，老猪加入，"发起呆性，举钯乱筑"，弄得"牛王遮架不住，败阵回头"，两个绝世高手对打，可不是谁都能进去发挥作用的（你找一场国际拳王争霸赛，上台帮个忙试试），"呆子"能在这种级别的战局里成为压倒骆驼的最后一根稻草，实力绝对不容小觑。

　　以上两个例子，一个是生死存亡时刻为了自救，一个是听说牛魔王变作自己模样动了怒气，结果都是"难得地用出了真正的实力"。

　　他为什么如此吝惜实力呢？是懒，是蠢，是胆小怕事，是猪性发作。好像都是，又好像都不是。如果你有一个叫孙悟空的队友，你需要永远冲在前面吗？

　　八戒曾经也有过热血"中二"、勇挑重担的片刻，刚加入取经队伍时，黄风岭遇到虎先锋，他一声"哪里跑"，比悟空还要振奋。流沙河与沙僧恶斗，他甚至还责怪孙悟空的主动帮忙，想着独立完成任务。

　　或许八戒曾以为自己可以成为取经的骨干、比孙悟空更重要的骨干。三打白骨精事件里，他用一通"这是猴子使的障眼法"添油加醋，故意让师父下决心赶走大圣——唐僧最后对孙悟空甩出的话还是"难道八戒沙僧就不会降妖？"可惜事实很快教育了他，一个黄袍怪摧毁了他的所有幻觉，离开孙悟空，原来他真的"不会降妖"。

　　八戒有自己的欲望，悟空也有，只不过八戒要的是食物、婚姻，悟空要的，是名望，是大家尊敬崇拜他。从当初吵着要当一个连"工资"都没有的齐天大圣，到一路上赶着帮各种国王降妖，猴子最希望实现的，是誉满天下。

　　你要的东西我无所谓，你又原本比我更有能力要到这些东西，那我们不妨心照不宣地各取所需。

八戒倒也不是一个完全不要存在感的人，有时他也会产生"不好啊，行者溜撒，一时间丢个破绽，哄那妖魔钻进来，一铁棒打倒，就没了我的功劳"一类的焦虑（第四十一回）。而他的解决方案是："沙僧，你在这里护持，让老猪去帮打帮打，莫教那猴子独干这功，领头一钟酒。"（第六十七回）

西游记里被消灭的妖怪很多是在孙悟空或其他神仙菩萨手中失去了战斗力，最后却被忽然赶到的八戒一钯结束性命的。老猪对妖魔真有那么仇恨吗？当然不至于。可"痛打落水狗"的欢快不是谁都能明白的。

相比金箍棒，九齿钉钯总能在对手脑袋上留下更加鲜明的伤口。不明真相的吃瓜群众们看见那九个明晃晃的血窟窿会认为这是谁的手笔呢？不用多说了吧。

最后，连孙悟空也意识到了这一点："我且回去，照顾八戒照顾，教他来先与这妖精见一仗，若是八戒有本事，打倒这妖，算他一功；若无手段，被这妖拿去，等我再去救他，才好出名。"（第八十五回）——他还是要"出名"，可他也接受了"照顾"八戒的"一功"。

第 25 问　沙和尚的原型是什么？流沙河其实是沙漠

很多人一看"流沙河"这仨字，第一反应大概就是黄河，含沙量高、土黄色的水，而且波涛汹涌，河面宽阔，难于渡过。当然，流沙河肯定不是黄河，到达流沙河的时候，唐僧已经从长安出发向西走了很远，裹卷大量泥沙是黄河中下游才有的风貌，二者距离遥远，八竿子打不到一起。

玄奘西行走的主要是西域，是新疆、中亚。《西游记》里写到流沙河所在的区域——"东连沙碛，西抵诸番；南达乌戈，北通鞑靼"，也基本就是那块地方。那块地方河都很少，"八百里"的大水面更是无稽之谈。那块地方最多的是啥呢？戈壁、荒野，还有最重要的，沙漠。

"东连沙碛"，沙碛（qì），就是沙漠。"沙"漠，"沙"河，看着是不是有点关联？

而且大家应该知道，沙漠里有种很具代表性的自然现象：有大风吹过，地基不稳，沙子会像液体一样产生流动，严重时还会让人或骆驼陷进去，甚至被掩埋，这就是"流沙"。对，"流沙"，"流沙河"的"流沙"。是不是悟出点门道来了？

没错，玄奘法师经过的流沙河，其实是一片沙漠。

记录玄奘事迹的《大唐大慈恩寺三藏法师传》写道：

莫贺延碛，长八百里，古曰沙河。上无飞鸟，下无走兽，复无水草。是时顾影唯一，心但念观音菩萨及《般若心经》。初，法师在蜀，见一病人，身疮臭秽，衣服破污，愍将向寺，施与衣服饮食之直。病者惭愧，乃授法师此经，因常诵习。至沙河间，逢诸恶鬼，奇状异类，绕人前后，虽念观音，不能令去，即诵此经，发声皆散。在危获济，实所凭焉。

文言文比较难懂，我们只要抓住其中几个关键点：第一，有片沙漠叫莫贺延碛，不仅别名就叫"沙河"，而且宽度也跟流沙河一样——八百里；第二，这"沙河"里有恶鬼，就像流沙河里跳出个蓝脸红头发的沙僧；第三，走过这片沙漠、驱散恶鬼的关键，在于"诵经"，想想流沙河是谁帮忙渡过去的？沙和尚又是谁劝化皈依的？

陈寅恪和胡适两位大学者都认为这段文字就是流沙河的起源。至于这假的"沙河"怎么在故事里进化成了真的河流，大概是东南沿海的作者和读者没有大西北的实地经验，实在想象不出像河一样宽广且流动的沙漠是啥玩意儿，干脆，认定它是河算了。

而在玄奘亲自口述的《大唐西域记》里，这段记载又不太一样。

玄奘回忆说，他骑马经过茫茫戈壁时，不小心打翻了水袋，流干了随身带的饮用水，四五天之后，干渴让他差点死掉，在弥留之际，梦见一个胡子很长、个子很高的大神对他说："起来，前面就有水。"他猛地惊醒，坚持着爬上马背，老马驮着他在前面不远处找到了水源。后来当地人告诉他，这个长胡子、高个子的大神，是他们的保护神深沙神。

还是沙漠，还是艰险和生命垂危，区别在于来了个叫"深沙神"的。敏感的读者可能已经意识到：这是沙和尚要登场了。长胡子、高个子，瞧这形象，沙和尚的容貌特征在此定型。

深沙神从此正式进入了西游传说系统。比较冤枉的是，他明明救了玄奘，民间说书人却喜欢把他塑造成一个凶神：大概是"长胡子、高个子"对老实巴交的中原百姓来说是不太友好的长相，看着就不像良人吧。

这些凶神版的深沙神都爱吃人，还喜欢把人的头骨挂在脖子上。沙和尚的装饰特征在此定型：颈间挂着骷髅项链。

光吃人还不够，还要直接吃取经人。宋元时期的《大唐三藏取经诗话》里，深沙神就吃掉了前两世的取经人，只不过他最后依旧接受了点化，召唤出一座金桥，送三藏过了沙漠。

《西游记》里沙和尚对观音说："向来有几次取经人来，都被我吃了。"《西游记》并不曾写到取经是个长期行为，在唐太宗游地府、观音到达长安之前，大唐政府并没有派出过什么前任取经人。那么沙和尚的这句自我介绍，只可能来自成书之前那些关于深沙神的既有传说的惯性遗存。

无论如何，沙和尚的事迹特征也在此定型了：曾经以吃掉取经人为目的，后来却在取经人的顺利通行中发挥了重要作用。

元末杨景贤的杂剧《西游记》，则进一步把改邪归正的深沙神变成了取经人的弟子，帮助完取经人之后直接跟着取经人上路了。

沙和尚的身份特征最终在此定型：取经的破坏者——取经的护持者——取经的参与者。

到这里为止，我们算是把沙和尚的形象演化勾勒出了非常清晰的理路：容貌特征、装饰特征、事迹特征、身份特征，一步步、一层层地补充叠加，直到小说完成。

在唐僧三位徒弟的原型变迁史上，沙和尚经历的过程是最简单的，争议也相对是最少的。不像之前我们讲到孙悟空和猪八戒，横跨了多个故事体系，至今都有很多种说法，不能统一。这也在客观上造成了沙僧的"世代累积"相对单薄，他的戏份比例、精彩程度乃至于法力武艺都明显逊色于两位师兄。

第 26 问　沙和尚的存在价值是什么

大家可能都听过这个段子：《西游记》里的沙和尚，总共就四句台词，颠来倒去反复讲："师父，大师兄说得对啊""师父，二师兄说得对啊""大师兄，师父说得对啊""二师兄，大师兄说得对啊"……充其量再加一句："放心吧师父，大师兄会来救咱们的。"

是不是很好笑？连春晚的相声里都用过。

的确，沙和尚给人的感觉总是比较"敲边鼓"，好像可有可无、在不在都一样，所以才需要问一句：他的存在价值究竟是什么？

其实，我们都偏颇了。沙和尚话少，但不等于他没性格。沙和尚不如悟空八戒讨喜，但不等于他不该存在。

文学名著的出色就在于书里没有一笔是废的，没有一个人是多余的，何况是"主角天团"之一，是片尾演员表里的"男四号"。

其实原著中沙和尚的形象还是很鲜明的，而且不完全是大家常说的"老实可靠"和"沉默寡言"——这俩形容有点没话找话、说了等于没说的意思。非要总结概括的话，沙和尚最鲜明的特质，叫"冷语可味"（这个词出自李卓吾先生对《西游记》的点评）。悟空八戒在斗嘴，唐僧在絮叨，而沙和尚一般话很少，但这很少的几句话，往往"最在点子上"。就是说，沙和尚最擅长不动声色、面无表情地站在一旁忽然发表一句评论，还总那么一针见血。

我之前开玩笑说，沙和尚就是《西游记》里负责"飘弹幕"的。因为他性格沉稳、不苟言笑，所以他能保持清醒和客观。因为他内向，不怎么参与那三位的互动，所以他受干扰少，能从事情中抽离，进而看得愈发透彻。"当局者迷、旁观者清"，说的就是这样的人。

在盘丝洞前，唐僧执意要自己去化缘，悟空、八戒都极力劝阻，两边争执未定时，沙和尚说话了："师兄，不必多讲，师父的心性如此，不必违拗。若恼了他，就化将斋来，他也不吃。"

俗话说"恭敬不如从命"，俗话又说"百孝不如一顺"，师父今天既然难得动了亲力亲为的念头，"你"就依他一次、满足他一回，何必非要抢这一时的代劳呢，让他心里舒服比啥都重要啊。沙和尚对人情世故、对人与人之间尤其是晚辈对长辈之间的相处之道把握得多么精准。

唐僧被蝎子精抓走后，悟空营救未果还受了伤，猪八戒一直在瞎讲，说唐僧在女妖怪那里会破戒，整个队伍方寸大乱，此时又是沙和尚开口："不须索战。一则师兄头痛，二来我师父是个真僧，决不以色空乱性，且就在山坡下闭风处，坐这一夜，养养精神，待天明再作理会。"

第一，越是紧急关头越要冷静，越不能自乱阵脚，你一忙慌，只会被妖怪利用，进而造成更大损失；第二，师父的修为和自制力摆在那里，做徒弟的没必要妄加担心。这么重要的两点认识，沙和尚比两位师兄更明白，也更能讲得大家心服口服。

真假美猴王那次，悟空被赶走，沙和尚去花果山讨要行李，对着猴王（其实是六耳猕猴所变）说道："上告师兄，前者实是师父性暴，错怪了师兄，把师兄咒了几遍，逐赶回家。一则弟等未曾劝解，二来又为师父饥渴去寻水化斋。"

有礼貌有分寸，先给足大师兄面子，表示"我"完全体谅"你"是无辜的，为此不介意背后顺着"你"一起埋怨师父几句，但师父终归是师父，所以埋怨完了，得补充强调一下当时的特殊情况——急着去化斋找水，来不及冷静思考，也不能全怪师父——不能全怪师父，那怪谁呢？没关系，怪"我"好了，"我"没劝解，"我"的锅：由自己主动跳出来承担责任，"你们"两边都别生气了。

真是把所有细节都顾到了，简直教科书般的说话艺术。

除了入情入理，沙和尚也常有急智：

黄袍怪认定百花羞公主私放唐僧告密，被捆在一旁自身难保的沙和尚赶紧插嘴解释说宝象国里到处都是公主画像，唐僧在洞中见过公主，所以才对国王说之，并没有"委托唐僧去国中请救兵"这一层意思，理由编得非常恰当，成功骗过了黄袍怪。

甚至有时候，沙和尚还能摆个冷幽默，借题发挥，讥讽一番周遭的俗人丑事，看这段：

茶罢，摆上斋供。这时长老还正开斋念偈，八戒早是要紧，馒头、素食、粉汤一搅直下。这时方丈却也人多，有知识的赞说三藏威仪，好耍子的都看八戒吃饭。却说沙僧眼溜，看见头底，暗把八戒捏了一把，说道："斯文！"八戒着忙，急的叫将起来，说道："斯文斯文！肚里空空！"沙僧笑道："二哥，你不晓的，天下多少斯文，若论起肚子里来，正替你我一般哩。"八戒方才肯住。

一个巧妙的比喻，揭露了全天下不学无术的假斯文那副"肚里空空"的嘴脸。原来沙和尚不仅能透视自家师兄弟的心理与特点，评论起世间万事都入木三分。

不过，沙和尚的语言艺术最大的功能还是充当"团队黏合剂"。

无底洞金鼻白毛老鼠精用计捉走唐僧，气急败坏的孙悟空要对师弟们动粗，八戒只知道顶嘴，沙和尚是怎么说的呢？

无我两个，真是单丝不线，孤掌难鸣。兄啊，这行囊马匹，谁与看顾？宁学管鲍分金，休仿孙庞斗智。自古道，打虎还得亲兄弟，上阵须教父子兵……

管鲍分金，说的是春秋时一对好朋友叫管仲和鲍叔牙，他俩一起做生意，到了分钱的时候，管仲家里穷，还有老母亲要养，鲍叔牙总让他多拿一点，后来两个人一起辅佐齐桓公建功立业，成了友谊的佳话；孙庞斗智，说的是战国时一对师兄弟叫孙膑和庞涓，庞涓在魏国当了将军，嫉妒孙膑才能，诬陷孙膑入狱，害得他受刑残了双腿，后来孙膑逃去齐国受到重用，在战场上使计射死了庞涓。沙和尚这一番引经据典、排比对偶、议论抒情，理论水平如此之高，但中心思想就一条：打虎亲兄弟、上阵父子兵，绝对不可以内讧，不可以互相抱怨。

所以，唐僧被变成老虎，孙悟空虽然被八戒激了回来打败了黄袍怪，却还在那里耍脾气摆架子，沙僧是"近前跪下"，讲的是："哥啊，古人云，不看僧面看佛面。兄长既是到此，万望救他一救。"

所以，唐僧和八戒在路上担心西天遥远，沙和尚劝："莫胡谈，只管跟着大哥走，只把工夫捱他，终须有个到之之日。"

所以，四圣试禅心时，八戒各种心猿意马，一开始连沙和尚都看不下去说了气话"就留下那个姓猪的"，但等到一夜大雨后，庄院消失，八戒被吊在树上受罪，悟空乐不可支调侃不休，沙和尚的反应却是"老大不忍，放下行李，上前解了绳索救下"。

所以八戒那么多花花肠子，唯独对沙和尚说过"还信沙弟之言"；所以悟空那么骄傲，唯独对沙和尚说过"贤弟，你是个好人"。

一个很有意思的现象，师徒几人都是和尚，但为啥只有他直接把和尚用在了名字里、成了自身的代称呢？为啥其他两人不叫孙和尚、猪和尚，偏偏只有他叫沙和尚？有人分析说，这是由于他"以和为尚"——把和睦、和谐作为最大的、最高尚的目标和取向。从这个意义讲，影视剧中整天让他把"师父说得对啊"挂在嘴上，倒也符合该设定。

看到这里，你还会觉得这个"冷语可味"加"以和为尚"的沙和尚、这个语言艺术大师加正能量达人的沙和尚毫无存在意义吗？

第 27 问　挑担子的到底是猪八戒还是沙和尚

如果随便逮谁问一句"《西游记》里挑行李的是哪个"，十人里得有九人回答沙和尚。大家第一反应大概也是沙和尚吧。

不好意思，大家都答错啦。

原著中，只要写到行李，大部分都是猪八戒在负责。随便罗列一些：

"八戒肩挑着行李，腰横着钉钯，师徒们放心前进。"

"沙僧牵了马，八戒担了担，那长老顺路步行前进。"

八戒对悟空说的话："哥啊，你只知道你走路轻省，那里管别人累坠？自过了流沙河，这一向爬山过岭，身挑着重担，老大难挨也！"

如来对八戒说的话："保圣僧在路，却又有顽心，色情未泯，因汝挑担有功，加升汝职正果，做净坛使者。"

沙和尚挑担子的场面也有，但不多，至少没有猪八戒多。

但耐人寻味的是，为啥这么多读者都觉得是沙和尚在挑担子呢？因为，从电视剧到动画片，都是沙和尚在挑担子。沙和尚挑着行李任劳任怨地走在取经团队最后，悟空和八戒一边还时不时回头招呼声"沙师弟，跟上跟上"，这个场景，已经流布极广、深入人心了。它几乎是"西天取经"的标志性画面。这也体现了当代影视在名著改编和传播中发挥的巨大力量。

都听过这句话：改编不等于乱编。那么，你觉得让沙和尚挑担子属于"乱编"吗？属于当代影视的"不尊重原著"和"亵渎原著"吗？

抱歉，至少我从没这么觉得。因为不得不承认，影视剧有时候的处理，确实比原著更合理。

第一，西游团队各司其职、配合默契，一个不能少，唐僧悟空自不必说，八戒也是戏份很多、功能性很强的角色，相比之下，沙僧就显得比较边缘、比较容易被忽略，让他挑担，等于给了他一份稳定的任务，保证了他的不可或缺。

第二，猪八戒意志薄弱、花花肠子多，一遇到危难关头，动不动就提出要把行李分了回高老庄去，这种整天惦记着分财产的人，你放心让他挑包袱？相比之下，沙和尚的性格沉稳老实可靠，怎么看都是理想的"保管员"人选。

第三，每次师父被妖怪抓走，悟空八戒去营救时，都会嘱咐沙和尚看守行李，一来二去，好像在大家心目中，他和行李的绑定关系也被默认了。

　　第四，猪八戒和孙悟空的互动非常多，再加上他憨态可掬，跑前跑后打打闹闹才有戏有趣，用一副担子把他固定住未免太可惜，对他进行"减负"，有利于故事更生动，尤其是对影视剧这种拿来"看"而不是"读"的艺术来说，更加如此。

　　也正是这种种合理性，才保证了这一功能角色的变化，整体显得如此顺理成章，甚至被认为是"本来就如此"，让人心甘情愿地忘记了"其实之前不是那么写的"。

　　其实在名著形成过程中，这人的事迹换到那人头上是经常发生的。

　　如果大家看过《三国演义》，应该记得开头那个经典故事——怒鞭督邮。

　　刘备担任安喜县尉，领导督邮以检查工作为名前来作威作福、索要贿赂，刘备正直不肯配合，于是被各种刁难，最终惹恼了张飞，冲进衙门把督邮抓出来捆到树上用柳条抽打，上演了大快人心的一幕。

　　其实在《三国志》《后汉书》等正史中，鞭打督邮这个行为，是刘备亲自做的，和张飞没啥关系。但是众所周知，《三国演义》里的刘备是个特别宽容、仁慈的长者，张飞则是一位嫉恶如仇、火暴脾气的鲁莽大汉。你说这俩，谁更像"一言不合就打人"的角色？

　　如果遵照真实历史来处理，刘备的仁爱形象就会受影响。小说把怒鞭督邮的执行者换成张飞，等于保证和突出了两个人的性格，刘备依旧显得善良忠厚，张飞更加显得雷厉风行，大家读完后，愈发钦佩刘备，也愈发喜欢张飞。

　　这就是"移花接木"的奥妙。

　　同样，《西游记》的演变史，也有此种情况的发生。

　　在元杂剧《西游记》里，孙悟空竟然有个老婆，是金鼎国公主，路过山中，被猴子强抢进洞当了夫人。

　　对此大家应该很震惊吧？可你觉没觉得，这段"光荣事迹"看着怎么有些眼熟呢？对啊，它多像小说中猪八戒在高老庄干的事儿啊。

从元杂剧到明代小说，强抢民女的人从孙悟空变成了猪八戒，孙悟空是男一号，是大英雄，不该有这种污点，猪八戒是个丑角，大家很习惯他有一堆无伤大雅的缺点，犯个这样的错误并不会影响大家对他的喜爱。

这不又是一次成功的"移花接木"吗？

很多喜闻乐见的故事都是在这样的变化间越来越合理，越来越被广泛接受的。

我一直觉得既然大家这样热爱《西游记》，那咱们的最终目的、咱们最想看到的结果，是让《西游记》能更好、更完美，是让西游人物能更妥帖地拥有最匹配他们的性情和举止，而不是刻板地、迂腐地去计较所谓"原文"里的某句话到底写的是啥。

那么，挑担子的究竟是猪八戒还是沙和尚，这又有什么关系呢？

第 28 问　行李中到底装了什么

都知道唐僧西行有行李，但书中从没明确讲过行李包含了什么。好在闲言碎语里藏着许多蛛丝马迹，可供我们推断、猜测。

首先是几件价值连城的宝物：如来委托观音带给取经人使用的锦襕袈裟和九环锡杖，还有唐皇御赐的紫金钵盂。

有人可能要问，袈裟不该是穿在身上的吗？当然不是了，最高级别的礼服和法器，只会在最高级别的场合才换上。

第九十八回明确写道，登顶灵山、参拜佛祖之前，唐僧才"换了衣服，披上锦襕袈裟，手持锡杖"，一旁负责迎接的金顶大仙还开玩笑说"昨日褴缕，今日鲜明，观此相真佛子也"。

可见唐僧平常打扮很简朴，甚至是"褴缕"，锦襕袈裟和九环锡杖都为了关键时候使用而细细珍藏在行李包里。

至于紫金钵盂，更是吃饭时才用，吃完了就装回行李中，要是天天手里托着，那真成行乞讨饭的了。

八戒遇到危难老是嚷嚷着分行李，估计主要就是看中了上面这几件宝贝，除了它们，没啥值钱物品了。毕竟行脚僧不带金银，不然也不会一路化斋，直接下馆子买着吃就好了。

行李中还有样很重要的东西：大名鼎鼎的"通关文牒"。这属于"出国护照"和"官方介绍信"，也是回去向皇上交差的证书。每到一国，唐僧都要先忙着"倒换关文"——找当地国王在通关文牒上盖章，要不然再接着往前走就失去凭证成"非法过境"了。所以，我估计这薄薄一册文件会放在行李最中心、最安全的位置（对于这件东西，我们还会在后面某个问答里给大家详细介绍）。

除此以外，就是些零碎用品了。你还别说，书中还真有不少细节提到过它们。

第二十三回，猪八戒吐槽自己挑担子任务重，说肩上扛着"四片黄藤篾，长短八条绳。又要防阴雨，毡包三四层。匾担还愁滑，两头钉上钉。铜镶铁打九环杖，篾丝藤缠大斗篷"。斗篷给人防雨，青毡给包裹防雨。

第十四回有"三藏着衣，教行者收拾铺盖"的描写，"铺盖"，顾名思义指的就是"铺的盖的"，也就是被褥、床单、毯子这些。古代人外出，很少有酒店住，难免风餐露宿，随身扛铺盖的确是常见操作。

五庄观里，"沙僧看守行李，教八戒解包袱，取些米粮，借他锅灶，做顿饭吃。"

火焰山前，"我那包袱里，还有些干粮。"

"你把那包袱里的甚么旧褊衫、破帽子，分两件与他罢。"

"三藏沐浴毕，穿了小袖褊衫，束了环绦，足下换一双软公鞋。"

当然，衣服和米粮都是损耗品，一个会坏，一个会吃完，所以路上需要补充，补充的方式主要是接受馈赠。

女儿国国王就给了三升御米。

祭赛国国王则"命当驾官照依四位常穿的衣服，各做两套，鞋袜各做两双，绦环各做两条，外备干粮烘炒"。

小说中、电视剧里都出现过徒弟们入睡、唐僧独坐掌灯读经的场面，这样的高僧，随身带着经书保持学习，也很好理解。

三打白骨精后，唐僧要赶走孙悟空，亲手写下贬书，用过笔墨纸砚，荒山野岭的没处买，应该是带着的。

然后收服沙和尚时唐僧亲手为他剃度落发，孙悟空递上剃刀，这也应该是行李中的物品。

好了，我们盘点一下：袈裟、锡杖、通关文牒、雨具、被褥、食品、衣物、经书、文具、剃刀。这些差不多就是行李所含全部物件。

第 29 问　天蓬元帅、卷帘大将都是些什么职务

猪八戒被贬下人间前，担任的是天庭里的"天蓬元帅"，这名字看着奇怪得很，像作者临时编出来凑数的（的确，叫个啥都不影响西游剧情），其实，在神话中，它早有渊源。

道教里有位紫微大帝（注意是"微"，经常有人错写成"薇"，搞得这位大帝好像是个漂亮女孩，或者是位专种紫薇花的园丁），他地

位很高，属"四御"之一，仅次于三清和玉皇大帝。

紫微大帝手下有九员大将，人称"北极九辰"（你就理解为"北天穹下最亮的九颗星"吧），分别叫天蓬、天任、天衡、天辅、天英、天芮、天柱、天心、天禽——跟大家族里的同宗兄弟一样，都是"天"字辈的。

大家应该很熟悉那种"杰出人物死后升天成了星星"的故事，天蓬的来历也不例外，作为九辰之首，他也是英雄豪杰所变。

传说天蓬是春秋时的一位名人：卞庄。

卞庄是鲁国大夫，孔子的同事，他最有名的事迹是"刺虎"，为此还衍生出一个家喻户晓的成语："二虎相争，必有一伤"——两只老虎在抢一头牛，卞庄想要去打，但旁人建议说等它们打得两败俱伤时再下手不晚，卞庄果然耐着性子坐山观虎斗，直到其中一只被另一只咬死才出手，果然轻松猎杀，一举两得。这个又能打虎又善于智取的卞庄，上天成了天蓬之后，也自然表现极佳，深得紫微大帝信任，于是被提拔为"天蓬元帅"。

唐宋之时，对天蓬的信仰已经颇为普遍，当时有一种天蓬咒，据说念三次就能让邪魔恶鬼逃之夭夭。此外还有天蓬符、天蓬印、天蓬钟、天蓬神尺等，反正都是辟鬼驱邪的。

你看看，在那年头的老百姓心中，二师兄可比猴哥更能降妖除怪哦。

所以，猪八戒的天蓬官衔就是从这个天蓬神仙处借来的。

相比之下，沙僧"卷帘大将"的名号就没怎么在宗教典籍出现过了。好多人想当然认为这官儿的工作就是"卷帘"——帮玉皇大帝卷卷门帘子，说好听点叫贴身侍卫，说难听点就是贴身仆佣，低阶得很——沙师弟真可怜、真卑微。其实你别小看，它虽然不见于宗教经卷，却确确实实地出现在现实朝堂上过。

中国古代，礼仪的重要性非常突出，它代表了皇家和政府的权威性。礼仪，或者说典礼，不就是把很多看起来比较细碎的动作、环节、流程庄严地组合到一起，并分别为之赋予重大意义吗？就像直到今天，许多乡村过年祭祀时，谁端碗、谁点香、谁倒酒一样，每件事的顺序和具体操作方法，都一丝一毫马虎不得。

既然端碗、点香、倒酒都可以很重要，那卷帘子为啥不可以？历史上很多国家级典礼中，卷帘子还真就是其中一道马虎不得的、具有象征性的环节，干这个的，绝对是受到高度重视和重用的人，为它专门封个官也不是不行。《明史》《明实录》等史书中都有对"卷帘将军"的描写，而且此职务只有皇帝登基、太子受封之类的场合才会需要并出现。历史上比较著名的一位卷帘将军是安禄山，没错，发动安史之乱的那个。他造反前一度深受唐玄宗和杨贵妃的信任和宠爱，这才得此殊荣。

逐渐地，卷帘将军从民间进入了神的世界。一些著名的护法神，像雷部大元帅邓化等，都任职过卷帘将军。八仙传说中还讲到韩湘子的叔祖大诗人韩愈也乃卷帘将军下凡（这个真是太不可思议了，将军一介武夫，竟然下凡当了个文坛领袖）。

而在元杂剧《贺万寿五龙朝圣》里，提到"水官大帝"座前有个卷帘将军。这出戏诞生时间靠近明代，学界推测，它已经对《西游记》产生了较为直接的影响。"水官大帝"座前——怪不得沙和尚和"水"的关系那样密切呢。

第五章

漫漫长路（一）：人参果、白骨精和智激美猴王

第 30 问　从蟠桃到人参果，
《西游记》里写到了哪些"美食"

要罗列"舌尖上的《西游记》"，大概可分三类。

第一类，是书中很多角色眼里的"美食"，但你绝对不敢吃，比如传说中的"唐僧肉"——因为你是人，不是妖怪。

第二类，是书中很多角色眼里的美食（这次不用加引号），估计你也很想吃，比如蟠桃、人参果，但你恐怕吃不到——因为你是人，不是神仙。

第三类，是书中角色在吃、你现实生活中也在吃（至少有机会吃）的正常食物，至于算不算"美"食，那见仁见智，得看个人口味。

简单概括即为：妖怪吃的、神仙吃的、普通人吃的。

先看"妖怪吃的"，唐僧肉谁也没得着，要不然《西游记》得提前结束。倒是孙悟空调皮，变成妖精后嚷着要猪八戒的耳朵下酒，当然也没真的付诸行动。

再说"神仙吃的"。

除了上面举例的蟠桃、人参果，还有太上老君的仙丹、孙悟空偷喝的御酒等。它们都有一个共同点——极为难得，极为稀少，有着极为诱人的功效（延年益寿、长生不老）。当然，大概神仙毕竟是神仙，不希望自己变得跟个守财奴一样，所以这些珍贵食材的"安保级别"往往和其价值严重不匹配。

悟空偷金丹时兜率宫里空无一人；镇元大仙明明对人参果爱如珍宝，却只留两个小童子看家，园子里也没见有什么报警系统；至于玉帝派一只猴子管蟠桃，那就更是天大笑话。

《西游记》出版时，世上自然还没有蟠桃和人参果，但随着此书广为流传，倒还真有"凡间的水果"凑上去，拿了这俩词儿给自己命名。

我们可能在水果店里买到过这种叫"蟠桃"的桃子——扁圆形，上下都有凹陷。相比一般的桃子，它还的确肉质细腻、口感鲜美，而且富含多种维生素和矿物质，说是吃了能延年益寿，也不算胡扯。这种扁扁的桃子其实自古就有记载，但在《西游记》之前的时代，它不叫这名字，《本草衍义》和《梦粱录》中把它分别叫成"饼子桃"和"红饼子"。

至于现在市面上的"人参果"，是一种果实呈椭圆形、外皮淡黄色、有淡淡香味的水果，它在西部、西南部省份（甘肃、青海、四川、云南）出产较多，最早还是从南美洲远道传入的。

这两个"借名水果"，一来证明了《西游记》有多深入人心，二来也是老百姓们用此种方式变相满足了自己最朴素的想象（或者说向往），好像我们也拥有了神仙的待遇和福利。

最后是普通人吃的。

《西游记》里水果出镜率挺高，本来花果山这样的地方就以"果"而闻名，何况对吃素的出家人来讲，水果大概是所有植物类食品里看着最高端的，总比青菜萝卜更能登大雅之堂。但哪怕是花果山上的水果，也逃不出我们的日常经验，看第一回里的一大段铺排：

> 金丸珠弹腊樱桃，色真甘美；红绽黄肥熟梅子，味果香酸。鲜龙眼，肉甜皮薄；火荔枝，核小囊红。林檎碧实连枝献，枇杷缃苞带叶擎。兔头梨子鸡心枣，消渴除烦更解醒。香桃烂杏，美甘甘似玉液琼浆；脆李杨梅，酸荫荫如脂酥膏酪。红囊黑子熟西瓜，四瓣黄皮大柿子。石榴裂破，丹砂粒现火晶珠；芋栗剖开，坚硬肉团金玛瑙。胡桃银杏可传茶，椰子葡萄能做酒。

写得热闹非凡，有哪样水果我们没听过或买不到吗？可见，这依旧可归入"普通人吃的"范畴，充其量是质量好一点——纯天然绿色一点罢了。

但在"普通人吃的"这个类别中，《西游记》又出现了一个很有意思的现象，那就是，作者为唐僧师徒一路接受的款待，专门设计和搜罗了一批素菜，然后，无论走到哪里，他永远在写这批素菜。从大唐到印度，吃的素菜从没变过！

六十八回朱紫国馆驿里的"招待餐"，是"一盘白米、一盘白面、两把青菜、四块豆腐、两个面筋、一盘干笋、一盘木耳"。

七十六回狮驼岭妖怪们假意办斋，"与他些精米、细面、竹笋、茶芽、香蕈、蘑菇、豆腐、面筋"。

八十二回无底洞老鼠精招待唐僧，"豆腐、面筋、木耳、鲜笋、蘑菇、香蕈、山药、黄精。石花菜、黄花菜，青油煎炒；扁豆角、豇豆角，熟酱调成"。

瞧见没，任何国家，只要吃素，必然是豆腐面筋蘑菇笋，再也变不出啥花样来了。

最搞笑的是在灭法国："取些木耳、闽笋、豆腐、面筋，园里拔些青菜……"——竟然还指定要福建特产"闽笋"！中亚、南亚、高原、戈壁，哪里去找这个东西？！就算出家人吃不了烤羊肉串，那也该一人抱一只馕啃着吧。真抱歉，写书的人也许从没去过西域啊，所以他能想到的素菜只能是自己生活中见过的那些。

第 31 问　为啥要"三"打白骨精

白骨精挺特殊，她是少数想吃掉唐僧而非勾引唐僧结婚的女妖，她也是少数给取经队伍制造了师徒矛盾、带来了内部分裂的妖怪。但她除了会变化，法力武功都显得乏善可陈，再加上自身毫无背景——不是天上下来的、跟任何一家神佛都没瓜葛，所以怎么看，她都不值得"三"打。那为啥还这么写？难道是作者对她特别讨厌，不让她挨打三回就不足以泄愤出气？肯定也不至于。

网友们干脆开玩笑，恶搞了一句网络流行语：重要的事情说三遍，重要的妖怪打三遍。

其实，一切奥妙，就在这"三"字上。我们如果对古典名著比较熟悉，应该能回想起，"三次"是中国古代小说里对许多重要段落的标准操作。

《西游记》有三打白骨精、三调芭蕉扇，《水浒传》有三打祝家庄、三败高太尉，《三国演义》有三让徐州、三气周瑜以及大名鼎鼎的三顾茅庐，《红楼梦》里有刘姥姥三进荣国府，就连民间传说故事，都有大禹三过家门而不入、苏小妹三难新郎……

学术界早就对此展开过研究与总结，并将其概括为"三复情节"。这类情节的特点是：同一个人物，向着同一个对象，做了三次重复的行动，才终于取得了预期的效果。

它的深层来源与咱们老祖先对数字"三"的特殊认识有密切相系。

我国古老且权威的字典《说文解字》，对"三"的含义解释为："三，天地人之道也。""三"的上面一横代表天，下面一横代表地，中间一横代表人，所谓"三才之相"，字形上就把宇宙中最重要的三个维度、三个支点融成了一体。老子《道德经》中说："道生一，一生二，二生三，三生万物。"三是一切的基本因子。就连科学上都能提供某种证据：数学认为三角形是最稳定的，色彩学则告诉我们，所有颜色都由红黄蓝三原色变化而成。因此，几千年来，中国文化频繁使用"三"来命名各类重要的现象，来编制各类重要的规则：称前生、今生、来生为三生三世，称君臣、父子、夫妇三种关系为三纲，称儒、道、释三种信仰为三教，称天上、人间、地狱为三界，称猪、牛、羊为三牲，朝廷里最重要的官员被称为三公，科举考试分为乡试、会试、殿试三次，录取时最高排名为状元、榜眼、探花三甲，老百姓订约说"事不过三"等。除此之外，还有三个臭皮匠顶个诸葛亮、一个好汉三个帮、三思而后行、三省吾身、三人行必有我师……

小说作为一种文学样式，在古代地位很低，被视为普通阶层的通俗娱乐，没办法和诗、文、赋这些相比，正因如此，它更是会自觉不自觉地将自己向某些高大上的东西去靠，主动添加某些看起来更有内涵的元素。

"三复情节"，就是利用了"三"的神圣感进行的自我包装和修饰。

除了哲学意义，必须承认，在叙事上，在文学本身的魅力上，"三复情节"也有它的存在基础。

当每一次重复都提供了情节的某种细微变化，都朝着最终的目的或结果向前推进的时候，这种处理撑起了很有节奏的递进结构，成了理想的"起—中—结"的步步为营。

三调芭蕉扇，第一次充满喜感——孙悟空钻进铁扇公主肚子里逼她就范；第二次充满反转——孙悟空变成牛魔王骗走扇子，牛魔王再变成猪八戒骗回扇子；第三次充满壮观的大场面——牛魔王与孙悟空、猪八戒，还有一大堆天兵天将大战到天昏地暗。就这样一点点铺开、一点点加大难度、一点点把更多人物和场景牵涉进来，然后又一点点释放出新的情绪体验、新的紧张刺激、新的阅读快乐。

当然，作者再有才，能写出的变化和递进也是有上限的，"三"就是个恰到好处的上限，再多就显得重复了，读者就要不耐烦了。像《封神演义》里有个著名的败笔叫"十绝阵"，差不多的破阵方式，连写了十次，看得人快吐了，这就是典型的反面教材。

何况，使用"三复情节"的地方，大多是塑造人物形象特别关键、特别要紧的地方，越是这种地方，越需要足够的"量的积累"。

三顾茅庐，第一次谁也没见到，第二次再去，见到了诸葛亮的弟弟，留下了书信，但依旧没见到诸葛亮，第三次再去，终于见面。这个积累，一方面为诸葛亮这个天才保留了最大的神秘感（一来请就出山，那也太"跌份儿"了），一方面也淋漓尽致地体现了刘备求贤若渴的谦卑和坚韧，两个人物都更加深入人心、更加有记忆点了。

同理，三打白骨精这"三打"，一方面，给师徒之间逐渐失去信任、唐僧逐渐忍无可忍的心理变化提供了空间——总不至于第一次就直接拍板把悟空赶走，那他俩感情也太淡漠了，另一方面，也表现出孙悟空消灭妖怪的坚定，有过两回教训，知道这件事触犯了师父的戒律，知道自己会遭受紧箍咒的惩罚，甚至还会被逐出取经队伍，但宁可受委屈，宁可被误解，还是要一次次动手铲除邪祟，永不妥协。

唐长老的犹豫和软弱，美猴王的嫉恶如仇和雷厉风行，在"三复"中，在从一到三的递进中，无一例外，都更加鲜明了。

这就是白骨精被"打三遍"的理由和价值。

第 32 问　四圣试禅心，为啥只有猪八戒上钩

取经团队集齐，正式以"五人组"（确切说是四人＋一马）的稳定形态走上西行路，接下来的所有磨难，都需要他们一起面对和克服。谁想到，第一场磨难并不来自于妖怪，而是来自于菩萨。

准确讲，第一场不是磨难，而是测验。这有点像队伍集结准备参加奥运会了，出发前最后一场比赛不是打哪个强劲对手，而是自己

先内部分组热身一下，看看现有的状态，以及更重要的，队友间的磨合度。

这场测验，在回目名称里被叫作"四圣试禅心"。试禅心是佛教高僧轶事里常见的一种记录，也经常被民间艺人和小说家拿来演绎，成为活色生香的剧情。晋代无名氏的《莲社高贤传》、南北朝时期释慧皎的《高僧传》都记录过一个故事，有位叫昙翼的和尚，隐居山中，诵读《法华经》十二年，虔诚之心感动了普贤菩萨。但是普贤菩萨很谨慎，想再考验考验昙翼，就变化成一位迷路的美女，到昙翼居住的寺中借宿，但昙翼丝毫不为所动。这个故事在宋代话本、元代杂剧里进一步被延续和改写，叫作《月明和尚度柳翠》，后来明朝的《三言二拍》中也有收录，你看，它直接跨越了五六个朝代，生命力和传播力经久不息。

有学者认为，它就是《西游记》里"四圣试禅心"情节的真正渊源，都涉及僧人戒行，都是美女出场，还都有普贤菩萨参与。

正因秉承了这种故事传统，"四圣试禅心"的首要落点才习惯性地被放在团队中那个最撑得起"高僧"称号的角色身上，安放在唐僧的高洁人格上。他就像昙翼一样，都是佛心坚定的榜样，这一回的标题，"四圣试禅心"的前半句，叫"三藏不忘本"。但大家可能会有疑惑：试禅心的对象，或者说重点对象，难道真是唐僧吗？且不说唐僧在这方面从来就意志坚定，从来就用不着去怀疑和考验，单看后面的西游长路上，还有的是对他进行类似检测的机会：女儿国、盘丝洞、无底洞……那又何必让菩萨们在这里劳师动众一场？

显然，菩萨们针对的不是"三藏不忘本"，而是"有人会忘本"。不对，不是"有人会忘本"，而是"有猪会忘本"。

试禅心的主角，悄悄地从唐僧挪到了猪八戒，从"不忘本"挪到了"会忘本"，那条从《高僧传》到《三言二拍》的"同主题故事传递"的线索也发生了根本变化，高僧经得起考验，变成了高僧身边的人没经受住考验。这是它进入《西游记》之后，配合了《西游记》风趣幽默的搞笑特征，进而发生了漫画式的、喜剧式的变形的结果。

这是《西游记》对一个民间经典故事的收编，以及按自己的需要做出的改造。喜剧里总要有"丑角"，总要有承担讽刺挖苦调侃揶揄的对象，显然，猪八戒在西游当中的喜剧意味最浓，他原本的角色分工就是这个。他不"上钩"，谁"上钩"？

如果站在猪八戒的立场想一想，就会发现这次试禅心的起点与规则设计本身就很不公平。师徒四人此时距离"修成正果"都还有漫长的路要走，他们各自有各自的困扰，各自有各自的缺点和毛病，存在问题的不只是八戒。

你如果要测验孙悟空，干啥不变一座巨大的果园，里面结满了桃子，天天能吃到饱？

你如果要测验唐僧，干啥不变一座巨大的藏经阁，里面都是珍贵的佛经，看一辈子也看不完？

你偏偏变的是"水田三百余顷，旱田三百余顷"，是"骡马成群、猪羊无数"，是"八九年用不着的米谷、十来年穿不着的绫罗"，再加上三个如花似玉的漂亮小姐姐，这不就是一座豪华版的高老庄吗？你的针对性也太强了吧。

我们都很熟悉的 86 版电视剧《西游记》，干脆先加了一段"前情节"，做了个"预铺垫"：在前边"孙悟空被黄风怪的妖风吹伤了眼睛，黎山老母变成山村老妇给猴子治眼睛"时，让猪八戒对老妇家的女儿各种五迷三道抛媚眼，被黎山老母看出这位呆子"不大稳便"（剧中台词），这才反馈给观音菩萨，这才聚合了文殊普贤一起下凡来搞这一出。也就是说，菩萨们早就默认了，一切就是冲着八戒来的。

原著中这种"针对性"没那么明显，但它依旧先让师徒们进行了一场对话，唐僧先提出要找地方借宿，孙悟空说我们风餐露宿哪里都是家，这时猪八戒忍不住了，先嚷着想化斋吃饭，再抱怨担子重。困惑是八戒最早提出的，动摇是他最先暴露的，问题是在他身上爆发的。咱们也是看了这段争吵后，才觉出这些取经人的内心还没形成铁板一块的凝聚力，也才能认可后面这场试禅心的重要性与必要性。这所有的种种，都是因为猪八戒是作者为这段情节设计好的核心。

取经路上并不只有猪八戒在惹祸。

五庄观推倒人参果树得罪了镇元大仙，这基本上就是孙悟空惹的祸。

以为到了西天误入小雷音寺，这基本上就是唐僧惹的祸。

他们也都会经历自己的"试禅心"，他们其实也都在自己的"试禅心"面前犯过错误。

稍早之前，观音院里卖弄袈裟引来了灾祸，这是孙悟空的"试禅心不通过"。

稍后不久，错认白骨精为无辜百姓，赶走孙悟空，差点坑死了自己，这是唐僧的"试禅心不通过"。

我们甚至可以认为，整条西天路就是一场浩大的、历时持久的"试禅心"，大家都走了很多弯路，都犯了很多错误，但最后大家都功夫不负有心人地通过了考试，这才有了结尾那回的"五圣成真"。但菩萨们之所以急着在这条漫长的"试禅心之路"前，先赶快为猪八戒安排一次突击检查式的"试禅心模拟考"，只是因为他的问题和其他人的问题不太一样。唐僧的问题有肉眼凡胎，有不知变通；孙悟空的问题有虚荣心强、争强好胜，但这些都是"能不能好好去取经的问题"。唯独猪八戒的问题是好逸恶劳、贪图女色，这关系到"想不想去取经的问题"。能不能好好去取经，可以在取经路上慢慢纠正磨砺；想不想去取经，必须在取经开始时就加以明确。

在树上被捆了一夜的八戒得到了惩罚，除去身体上的遭罪，更多是心理上的羞愧难当。他的悔过表态是："从今后，再也不敢妄为。就是累折骨头，也只是摩肩压担，随师父西域去也。"

好了，后面的八戒爱吃、偷懒、好色，一堆毛病依旧伴身，但至少不会半途而废了。取经团队终于在"唯一的、不可更换的目标——到达灵山"上获得了纲领性的共识。

第 33 问 "金、紧、禁"三箍有何寓意

早在第八回里，观音出发寻访取经人之前，如来给了她"金、紧、禁"三个箍儿，嘱咐道："虽是一样三个，但只是用各不同，我有'金紧禁'的咒语三篇。假若路上撞见神通广大的妖魔，你须是劝他学好，跟那取经人做个徒弟。他若不伏使唤，可将此箍儿与他戴在头上，自然见肉生根。各依所用的咒语念一念，眼胀头痛，脑门皆裂，管教他入我门来。"

"把神通广大的妖魔驯化成取经人的徒弟"，可谓三个箍儿的说明书。

但众所周知，在"取经人的徒弟"身上，观音只用了一个箍，也就是孙悟空脑袋上的紧箍。八戒、沙僧、白龙马都没戴箍。剩下的两个观音一直留着，直到取经路上拿来收服了黑熊精和红孩儿——黑熊精用的是禁箍，红孩儿用的是金箍。

书中的这个处理的确有点可疑。后世解读《西游记》的读者们，忙着编各种各样的阴谋论：说观音菩萨私心很重，侵吞如来赐予的宝物，扩充了自己身边的队伍。毕竟黑熊精和红孩儿都没跟在唐僧身

边，而是随着观音回了南海当了随从。

我觉得咱们要从宏观上而不是字面上来理解如来的意图。

三个箍的核心属性，是"教他入我门来"和"劝他学好"，也就是"传播正能量"，是使"神通广大的妖魔们"改恶向善。

你说三个箍是为取经服务的，那取经本身又是为了什么？还不是为了上面所说的这些目的？何况，为取经服务的实现形式很多样，不止于、也不限于"帮取经人收来一个个徒弟"——观音又不是唐僧聘用的人力资源部经理——给取经人解决问题、消除取经路上的障碍，难道不是为取经服务吗？

毫无疑问，黑熊精、红孩儿，都是取经人面临的问题，都是取经路上的障碍，红孩儿还是个大问题、大障碍（孙悟空都险些被他的火给弄死）。箍儿用来改造他们，用得恰当。

为啥不用在八戒、沙僧身上？请问，你觉得他俩需要用吗？

最后一回功德圆满、真经取回、师徒纷纷成正果的时候，唐僧对悟空说起紧箍，原话是"当时只为你难管，故以此法制之"，可见，"难管"是一切的前提。沙和尚老实、沉默、本分、勤勤恳恳，压根就"不用管"。猪八戒的确小毛病一大堆，好色、贪吃、懒惰、动不动嚷着回家，但他"不难管"，一声呆子、一扯耳朵、一句"伸过孤拐来，打二十棒"，他早吓得大气不出了——管住他不用浪费箍儿，只要有个孙悟空在他身边就行。

那为啥不用来收降西天路上那些更有本领的妖怪？

一来，观音要一个守山大神、一个善财童子，又不是要一个无敌战神，还有比红孩儿这个小朋友更匹配"童子"的吗？还有比黑熊精更力大强壮、更适合守山的吗？

二来，"更有本领的妖怪"往往都早有主人，九灵元圣是太乙救苦天尊的，青狮白象是文殊普贤的，兕大王是太上老君的，观音总不能去挖人家的墙脚吧，至于六耳猕猴和大鹏鸟倒是没主，可你看看收服他们的是谁？是如来亲自动的手！

为啥不把黑熊精和红孩儿留给唐僧使用？

取经不是打群架，不是人越多越好。任何团队都要有个合适的规模，才能形成良性的、健康的氛围，也才能进行合理的角色分配，不至于造成工作重复和"三个和尚没水喝"的反效果。红孩儿是很有战斗力，可你不怕他跟孙悟空一路斗嘴争吵赌气、一路忙着比赛谁厉害？黑熊精是力气很大，可你不怕猪八戒一瞧来了这么一位，直接"以后让他挑担，我可以休息了"？

好吧，算了吧。

好了，上面说的都是"情节"，都是一眼能看到的。现在说说隐藏的，说说"寓意"。三个箍的威慑力都来自于：它们套上脑袋后，会让你疼痛。

从疼痛的类型和效果上看，三个箍并无不同，悟空是"痛得打滚，耳红面赤，眼胀身麻"，黑熊精是"头疼，丢了枪，满地乱滚"，红孩儿是"搓耳揉腮，攒蹄打滚"，三段描绘，与如来当初所说"眼胀头痛，脑门皆裂"，基本保持一致。

那又如何体现如来讲的另一句话"只是用各不同"？不同的，正是寓意。佛教相信，人生有"三毒"，即所谓贪、嗔、痴三种妄念。嗔是易怒，是脾气坏；贪是占有欲强，爱财物；痴是犯浑，是好坏不分，是肆意妄为。

仔细分析，金、紧、禁三个箍儿，以及它们的使用对象，对应的正是人心中的这三种"魔障"。

孙悟空性子急、爱发火，所以大家叫他"泼"猴。他第一次被戴上紧箍的原因，也是打死了强盗、受了唐僧埋怨批评后，不服气了、不高兴了、耍脾气了、撂挑子走人了，这就是"嗔"。

黑熊怪在妖魔中本性不算坏，见了观音院着火还想着来救，但最大的毛病就是"贪"：想把本不属于自己的袈裟占为己有。

红孩儿总归是个孩子，不明事理、野性难驯，浑身都冒着"痴"气。

金、紧、禁三个箍，戴在三人身上，收住了三种业障，这才应了佛祖真言。它们不是惩罚工具，更不是枷锁、桎梏、铁链条，它们的真正用意是影响和感化，是重塑行为、思维和身心。

第 34 问　《西游记》里哪些妖怪出场过不止一次

《西游记》中出场多次的角色数量不少。

师徒四人加白龙马是一以贯之的主角，压根不存在"出场"这个概念，他们一直都在"场内"。

作为西行总策划的如来、观音，也肯定是取经开头要出场组织队伍，取经结尾要出场发放经文，取经路上也时不时出场提供保障。

诸天神佛也频繁露面，大闹天宫时期他们是孙悟空的同事加对手，西天路上他们是"叫天天应叫地地灵"的帮助力量，也常常是各种偷跑下界的坐骑的主人，从玉帝、太上老君到李天王、哪吒到四海龙王，都是如此。

相比之下，妖怪就显得比较特殊：首先，他们只盘踞在唐僧师徒途经的某处高山大河中，路过了也就路过了，不可能回头再来一趟、再碰到一回；其次，"路过"往往也意味着他们兴风作浪过了，结局无一例外是被消灭或被收服了，更不可能再死而复生、二次下凡，再多搞一次破坏。所以这个群体的戏份，几乎都是"一次性"的。可总有例外，《西游记》里还真有几位"出场不止一次"的妖怪。

首先是黄袍怪。

其实众所周知，黄袍怪原是天上神仙、二十八宿之一的奎木狼，他的本体职务乃一枚"星君"。"黄袍怪"的身份仅仅存在于第二十八到第三十回，他出场不止一次，但只有一次是作为妖怪而出场的。

就像《西游记》里许多"同类"一样，此星君因思凡才偷跑下界，就连被他抢来做了十三年夫妻的百花羞公主，都是当年在天宫偷偷与之谈恋爱的披香殿侍女——要不是他作死去冒犯唐僧一行，这简直是段堪比牛郎织女的感人爱情故事。被收上天后，他接受"劳动改造"，给太上老君烧火去了。估计态度良好、工作认真，很快又官复原职，做回了奎木狼。

重获神仙身份的奎木狼，角色转换很快也很彻底，一下就从取经事业的阻挠破坏者，变成了取经事业的保驾护航者，而且还保驾护航了不止一回。

小雷音寺孙悟空被困金铙，玉帝派了二十八宿搭救，奎木狼无疑也在其列。但这次二十八宿是作为团队出现，除了亢金龙用头顶犄角钻孔帮大圣脱身之外，其他人都没获得什么单独描写，而且他们的作用也有限，非但没能打败妖怪，还狼狈地被装进了人种袋。

奎木狼真正的高光时刻要等玄英洞捉拿三头犀牛，他与井木犴、角木蛟、斗木獬一起前来——这四位合称"四木禽星"，古代人以金木水火土五行理论对应解释世间诸多现象，天文学也不例外，所以此四颗星属木——结果大获全胜，把犀牛们赶进海里生擒。

其次是牛魔王。

五百年前孙悟空在花果山造反，搞了七位妖王结拜的活动，牛魔王是其中老大，还跟着猴子一起人来疯，取了个"平天大圣"的称号——当然，后来天上地下只管悟空叫"大圣"，这俩字成了专用名词，而牛魔王的这个大圣就不了了之了。等五百年后取经开始，一路遇到的红孩儿、如意真仙，都是他的至亲，也自然都要在言语中提及他老人家，但本尊并没直接出现——红孩儿倒是请了他来吃唐僧肉，可那是孙悟空变的。直到三调芭蕉扇那次，牛魔王才霸气十足地成了主角，以一敌二跟孙悟空、猪八戒打得昏天黑地，最后被各路天兵联手降伏。

严格说起来，黑熊精与红孩儿也都出来过两次，而且这两次出场极为相近。

黑熊偷袈裟之后，被观音收走，皈依正果，悟空推倒人参果树去南海普陀山寻求医树药方，黑熊以"守山大神"的身份出来迎接，还客客气气对悟空说"君子不念旧恶"，显得很有教养。

红孩儿在号山以三昧真火烧退悟空后，也是观音出手才将其制住，之后将其带回珞珈山修行，"真假美猴王"那段发生之前，悟空因打死强盗被唐僧赶走，为此去找观音诉苦，又遇到了已是"善财童子"的红孩儿，两人照例就当初的不打不相识开了几句玩笑。

好了，到这里为止，我们可能会发现讲到的这几个例子，其实与开头所谓"妖怪都是一次性被消灭或收服"都不矛盾：黄袍怪的二次登台已是奎木狼，黑熊精与红孩儿的二次登台已是观音身边的护法，至于牛魔王，在以他为主的那段故事发生前，他一直只存在于虚写和侧写当中（孙悟空的结拜大哥、红孩儿的老爸……）。

于是，下面要说的这个才是真正独一无二的，是仅有的"用妖怪身份出场一次，被收服后竟然又用妖怪身份出场二次"的存在，那就是文殊菩萨的坐骑狮子：乌鸡国害死国王的妖道是他，狮驼岭和白象、大鹏组队的青狮精还是他。

凭啥他老是能下凡造孽？是他有特权长得帅，还是文殊菩萨特别疏于管理？非要解释的话，也不是没理由，因为只有第二次才算严格意义的"偷跑下界为妖"，至于第一次，小说中有明确交代：文殊菩萨曾化身乞丐路过乌鸡国，向国王要吃的，国王不仅不给，还把他丢进御河里，所以文殊决定给这个不懂事、不敬佛的国王一点教训，这才派了狮子来搞了这么一出。

好吧，原来那是奉命出公差。大概出过一次差，觉得尘世真好玩，心心念念记挂着，这才后边逮住空当又来了一回。

玩笑归玩笑，正解归正解。我们在这本书中反复讲到《西游记》的"世代累积"成书过程：它是在无数民间传说、地方戏曲、说书人的话本基础上，口口相传，叠加起来，最后才变成一部完整的著作。这个特征，能够回答非常多的问题。你想，这个地方的传说和那个地方的传说会有差异吧，也会有交集吧，拼合到一起，难免会出现重复或出现矛盾吧？这个民间艺人在讲述过程中感觉某处不精彩，于是加点内容，那个民间艺人在讲述过程中感觉某处太复杂，于是删点内容，一来二去，前后难免不统一吧？文殊菩萨的青狮被两次使用可能就源于此。

大家都在围绕着取经路上降妖除怪编故事，大家都喜欢把妖怪的来历指向神佛坐骑，偏偏文殊菩萨骑狮子是一个特别深入人心的造型，唱戏的、说书的，都在庙里看熟了，也就不约而同地援引为故事材料了。

等到明代中期《西游记》被统合成一整本时，有两个以文殊坐骑为材料的故事都被选用了，作者也忘记了修改，于是便有了现在的版本。不过只要好看好读就可以了，这点小情况本身无伤大雅。

等于说，几个出场不止一次的妖怪，在我们阅读和研究《西游记》方面发挥了不同的作用：有些体现了《西游记》的化零为整、集体创作（就像青狮）；有些却恰恰使得《西游记》更像一部完整的作品，体现了前后关联（就像牛魔王、红孩儿、黑熊精）。

试想，如果作者再严格一点，细节方面再注意一点，让狮驼岭上的孙悟空怒斥青狮"你这孽障，怎么不思悔改又来作妖"，让小雷音寺里的奎木狼寒暄一句"宝象国一别，大圣一向可好"，那《西游记》肯定会显得更加严丝合缝了。

第 35 问　孙悟空和猪八戒的关系到底怎样

如果经常读古典小说，就会发现，中国人很喜欢让那些没有血缘关系的英雄们头磕在地，对天盟誓，从此成为异姓兄弟，这就是所谓的"结义"。但结义也有好多种，比如"三国式的结义"和"水浒式的结义"。

刘备、关羽、张飞结义，是为了复兴汉室、救苍生、平天下，有个特别大的政治目标当作前提，这就是三国式的结义。

武松、李逵、鲁智深结义，是为了大块吃肉、大碗喝酒、大秤分金银，有个特别快乐的具体的诉求，这就是水浒式的结义。

水浒式结义和三国式结义是不同的。宋江想把水浒式结义拔高为三国式结义，结果他和他兄弟们的人生，统统变成了悲剧。

我们回到《西游记》里，五百年前，孙悟空和牛魔王结拜，那就是一场水浒式结义：两个妖怪领袖，不服天庭管辖，享受他们的自由。

而五百年后，孙悟空和猪八戒虽然没有真正结拜过，但他们的关系反而更近似于三国式结义——有一个共同的信仰，一起去完成一场彪炳史册的业绩——西天取经。

按照咱们的标准，能走完取经路的，肯定是人格完美、道德完备、技能完善的大人物，孙悟空就是这个标准的代表。相比之下，贪吃、好色、分行李、想媳妇儿的猪八戒，几乎完全颠覆了这个标准。

第三十九回救乌鸡国国王时，作者有这么一段描述："原来猪八戒自幼儿伤生作孽吃人，是一口浊气；惟行者从小修持，咬松嚼柏，吃桃果为生，是一口清气。"这样的例子还有很多，感觉上，作者刻意要写成一组对比，强调猴与猪的清浊之分。为什么要强调这组对比？因为一部伟大的作品里，总该有一个理想主义的神和一个现实主义的人，或者说，在一个理想主义的神身边，必须有一个现实主义的人。

悟空有多高大上，八戒就有多接地气。我们崇拜孙悟空，因为他是我们心中的英雄，是我们想要成为却无法成为的那个偶像。我们喜欢猪八戒，因为他是我们身边的亲戚、朋友，甚至就是我们自己。高大上的崇拜和接地气的喜欢，都是我们阅读《西游记》时的情绪，也都是我们阅读《西游记》时获得的享受。

平凡又讨喜的普通人能为大家带来安全感，所以唐僧宠八戒，沙僧敬八戒，连如来都在最后给了他一个油水满满的肥差，而悟空与八戒之间，也从一开始的彼此猜忌，逐渐放下心结，变成了真正的兄弟。相互之间打打闹闹搞搞恶作剧，那都是增进感情的小情趣。

有时觉得没有人比八戒更了解悟空，想想是谁完成了智激美猴王？

狮驼城打不过大鹏鸟，是孙悟空最绝望的时候，人在极度痛苦中，才会流露出最真实的情感：他偷偷摸进妖洞，找到被抓的八戒，喊出一声"悟能"，然后"泪如泉涌"。这一次，不再是"呆子""夯货"，而是"悟能"。

整部西游，大圣好像只在三个人跟前哭过，一个是如同他父亲一般的三藏，一个是如同他母亲一般的观音，还有一个，就是八戒。你瞧，总被他捉弄的二师弟此时几乎成了他精神上最亲近的挚友。

收获了这份亲近，八戒终于可以稳妥地扮演一个常年出工不出力的副手，一个吉祥物，一个开心果，一个"团宠"。

第 六 章

漫漫长路（二）：乌鸡国、车迟国和女儿国

第 36 问　通关文牒是个什么东西

如果我们出国旅游，那么需要一个属于自己的、能说明自己身份的"出国凭证"，那就是"护照"。

护照在英文中是"口岸通行证"的意思。也就是说，它是公民外出旅行、办理公务时，离开本国国境、进入外国国境的身份证明：上面会注明是去干吗的、要住上多长时间，有没有违法犯罪记录，受到本国政府的保护，也希望外国政府提供帮助等。

反正要是没这玩意儿，全世界早就乱成一团了，大家随意窜来窜去，连国家的概念都要消失了。

在中国，护照的渊源可追溯到春秋战国，早到连纸都还没发明，那时用过竹简、布帛、木板，甚至金玉，做成的凭证则先后叫过"封传""契""照牒""过所""符节""符传""路证""路引"……至于"护照"这个词，出现的时候已经是清朝末年了。

古代人很少有出国的需要，但很少不代表绝对没有。至少一部分人会有，比如买卖货物的商人，比如出使的外交官，再比如传教的僧人。唐僧师徒就属于最后一种，所以也要有护照，于是就有了通关文牒。通关文牒，就是唐僧的出国护照。

至于这本通关文牒上写了啥，书中是有明确记载的：先说派人取经的缘起和理由，再注明取经人的身份和背景，最后提一点希望和要求。"倘过西邦诸国，不灭善缘，照牒施行"，即"通过你们国家时，请允许他通过"，和今天护照上"中华人民共和国外交部请各国军政机关对持照人予以通行的便利和必要的协助"果然异曲同工。

唐僧一路虽多灾多难，但在官方层面，还是颇受礼遇和优待的，很多国王听说他的身份，都免不了肃然起敬、朝堂接见、亲切交谈、摆宴席招待，这和他持有通关文牒密不可分，毕竟它暗示了这位和尚身后是富饶繁华的"东土大唐"，是当时世界上最有影响力的国家之一。

讲到通关文牒，还有两个很有趣的细节。

一个是在西梁女国，女王发现文牒上只有唐僧，没有孙悟空、猪八戒、沙和尚三兄弟（唐太宗发放此物的时候，哪能想到后来会有这么几位加入取经），竟擅自动笔填上了三人的名字，此操作很不正规，外国君主怎么有资格和权力修改本国的护照呢？不过也好理解：女王想留下唐僧，让三个徒弟去取经，那自然得给他们一个官方身份，避免从此通关文牒作废。

再一个是取经成功、回到长安后，唐僧缴还通关文牒，唐太宗检查牒文上，"有宝象国印，乌鸡国印，车迟国印，西梁女国印，祭赛国印，朱紫国印，狮驼国印，比丘国印，灭法国印；又有凤仙郡印，玉华州印，金平府印"，你发现没，少了非常重要的"天竺国"。难道唐僧在天竺国忙着对付玉兔的求婚，忘了"倒换关文"？当然不是，唐僧一到天竺国就对驿丞说"随身有关文，入朝照验"，后来被强留成亲时，国王也曾召见孙悟空弟兄三人，让沙僧"取出关文递上，国王看了，即用了印，押了花字"。可见，这又是小说写到最后，出现了纰漏。更搞笑的是，所谓"凤仙郡印，玉华州印，金平府印"，这仨都是天竺国下辖的州县，怎能替代天竺国用印呢？我们今天去趟美国，回来护照上总不会没有美国海关的印章，却有"纽约州印章、加利福尼亚州印章、得克萨斯州印章"吧？

第 37 问　乌鸡国、车迟国，它们在历史上真的存在过吗

乌鸡国和车迟国的故事都很精彩，而且都很非典型，因为在这两个国度中，唐僧师徒自身的安全并没有受到威胁，他们只是在见义勇为、除暴安良，替这两个国家解决其自身的问题——一个是妖道冒充假国王，一个是妖道担任坏国师。从国名来看，乌鸡、车迟，这俩名字特别像是作者现编出来的地名，一个是种动物，一个压根不知道啥意思——车子误点，交通堵塞，所以迟到了？总之，怎么看也不像是真实存在过的地方。

不过，有两个地方还真可能是这俩国的历史原型，而且它们被记载在玄奘法师口述的《大唐西域记》这本书里。可见，这原型的可信度还是很高的，因为玄奘法师亲口证实：他踏上过这两片土地。它们便是我们之前提到的乌耆和车师。

《大唐西域记》记载：玄奘法师在高昌受到了高规格接待，高昌王特地派了随从送玄奘一程，结果，下一站就是乌耆，偏偏乌耆当时正和高昌打仗，于是，看到玄奘大师身边跟随的都是高昌派来的随从，十分不满，觉得有奸细嫌疑，恨屋及乌，对玄奘的态度也很不友好。所以呢，玄奘对它印象很差，评价为"好斗、无谋"。

不过，相关史料显示，当年乌耆的治理的确很不好，社会治安混乱，人民生活也挺成问题。你看，跟《西游记》里的乌鸡国一样，都是遭遇了治理危机的问题国家。

至于车迟国呢，它的原型很可能就是车师。这个名字可比乌耆常见多了，各种边塞诗、各种军事史和外交史材料里经常提到。它曾是丝绸之路上的重要商站，位于今新疆维吾尔自治区吐鲁番附近。如果大家有机会去那里旅行，我相信你们的第一个直观感受肯定是：热、

干燥，毕竟那是西北的戈壁。

《西游记》里的车迟国最常发生的天灾是旱情，最需要的救济是求雨，这才有了三位国师乘虚而入的机会，也有了后面悟空和虎力大仙求雨比赛的缘由。这气候，是不是又和现实中的车师旧地高度吻合呢？

第 38 问　《西游记》里写了很多妖道，
　　　这和明朝的历史有何关联

有人说《西游记》推崇佛教，对道教则批评居多。其实不准确，毕竟《西游记》是小说，不是宗教宣传手册，而且它最大的特色、魅力，恰恰就是想象力和游戏精神。

当然，游戏也有善意和敌意的动机差别，有过分和不过分的程度差别。那么，非要比较的话，至少从"绝对的坏人"数量看，作者似乎还是对道教更不友好一些。

有坏道士，不代表"道士都是坏的"，太上老君、太白金星、太乙真人、紫阳真人，乃至孙悟空的师父须菩提祖师，以及神通广大、个人魅力很足的镇元大仙，都不是坏人吧。

有坏道士，也不代表"只有道士才是坏的"，西游世界里也有坏和尚，念叨着"宝贝袈裟"的贪财的金池长老，乌鸡国宝林寺只接待达官显贵、对唐僧嗤之以鼻的势利僧官，镇海寺那几个因为好色而遭金鼻白毛老鼠精毒手的和尚，形象也都很差。

但是，有那么几个妖道，实在坏到极致了，实在坏得太让人印象深刻了。乌鸡国害死国王的假全真，黄花观下毒的多目怪，比丘国用小儿心肝做药的国丈，车迟国强迫几千名和尚当奴隶的"虎力鹿力羊力"……他们诸种让人发指的行径，等于直接把"道士"这个身份钉在了西游恶人榜的耻辱柱上。

为啥作者那么热衷于写妖道呢？从历史中或许能够找到答案。

《西游记》正式成书是嘉靖年间，嘉靖是当时皇帝的年号，这位皇帝叫朱厚熜，是明朝的第十一位君主。嘉靖皇帝毛病一大堆，敛财、好色、迫害忠良、任用大贪官严嵩父子，不胜枚举，但他最让人无语的，就是无限热爱道教，热爱学道和修道。他继承皇位之前，封地就在南方的湖北一带，那里刚好是道教比较发达的区域——大名鼎鼎的武当山就在那里。他明明是皇帝，却给自己封了个超长无比的道号，一口气都读不下来。他在位四十五年里，大概有一半以上的时间完全不上朝、不见大臣、不理政务，而是天天躲在皇宫的西苑里，炼丹、修行，以求长生不老。于是，就有一些别有用心的恶道人，利用皇帝这些爱好，得到了皇帝的信任，从而被封大官、掌握大权，有了充足的资源和权力去为非作歹。嘉靖的朝堂上，道士邵元节、陶仲文等人都做到了礼部尚书。几个老道轮番担任这种要职，荒唐不荒唐？

几个道士凭啥脱颖而出呢？除了帮皇上找各种药材和矿石来炼制丹药之外，他们还显示了这几种能耐：

求雨成功——有人说，哇，你看，道士还是有真本领的，能让老天下雨，这就够灵异的啊。其实这件事吧，一部分是出于巧合，再一个呢，他们也的确掌握了一些气象学知识，善于观察天象，常常是早就判断出了一个会下雨的日子，接到求雨任务之后，就开始等着这一天自然降临，如果皇帝催，就说"我需要花时间准备，您也需要花时间斋戒沐浴"啥的，反正闹出的玄虚越多，越能体现水平。

治病成功——据说，邵元节帮嘉靖生出了儿子，陶仲文帮嘉靖治好了得天花病的儿子。这个呢，心理暗示是一方面，然后道人长年隐居深山、炼丹采药，从生物学和化学上，还确实与医学能产生点关系。

不良道士利用道教得势之后，不良后果至少有以下几点：

一是大量修建道观、殿宇，大量炼丹，浪费国家钱财，嘉靖皇帝每年炼丹光燃料就要花掉二百万两银子。

二是皇帝沉溺修炼，不上朝。

三是不良道士可能会做一些对佛教不利的事情：嘉靖期间，不仅下诏没收了大能仁寺和尚的资产，而且毁掉了玄明宫的佛像，禁止僧人做佛事。

四是最严重的：人道灾难。传言为了炼制出更加有效的丹药，道士们一度建议皇帝用宫女的血作为材料，这件事直接造成了一场"宫女密谋刺杀皇帝"的宫变，虽然最后没有成功，也足以震惊中外。

好了，说到这里，你把上面的内容跟《西游记》里的故事对应一下看：

道士一人之下万人之上、权倾朝野说一不二，你想到虎力鹿力羊力没？

道士因为擅长求雨和治病而得到皇帝信任，你想到车迟国和比丘国没？

皇帝迫害和尚，你想到灭法国没？

皇帝用宫女的血炼丹，你想到小儿心肝做药没？

《西游记》的写作者，甚至当时《西游记》的阅读者，他们就生活在这样一个时代，这样一个因为皇帝好道、道士干政，因为修道和炼丹的行为给国家与社会带来了大量不幸的时代里，他们一定会感受到这种不公正和不合理，他们一定会怀有不满和愤怒，但他们都是没权没势的读书人，都是普通老百姓，充其量也就是底层小官员。他们的愤怒和不满，永远无法直接表达。于是，他们只有拿起笔来做武器，把一腔热血投射到小说创作里。《西游记》的神话色彩为他们的不平则鸣提供了安全的保护，让他们能够借西天路上这些看起来与"东土"无关的、发生在外国的坏道士和坏国王的故事，来影射和抨击现实，来唤醒群众。了解过明朝特殊历史的我们，再回头来读这些故事，一定会有新的感受，会明白他们的良苦用心了吧。

第 39 问　孙悟空到底吃没吃过人肉

三打白骨精时，孙悟空告诫唐僧要对那些善于变化的妖怪提高警惕："老孙在水帘洞里做妖魔时，若想人肉吃，便是这等，或变金银，或变庄台，或变醉人，或变女色……"

乌鸡国救活国王时，需要对尸体吹一口气，原本归八戒来吹，后来换成悟空，因为"行者从小修持，咬松嚼柏，吃桃果为生，是一口清气"，而八戒却是杀过生的，是一口浊气。

看来，猴哥的"吃人"问题，又是一桩大悬案。

首先，我们还是得祭出那个永远成立的"世代累积、集体创作"作为此问的终极解释：吃过人的孙悟空和没吃过人的孙悟空来自于不同的故事系统与故事材料当中，它们最终被整合到了一起，被小说《西游记》所共同使用。作者在整理的过程中，遗漏了这点小差异，忘了对两者统一说法。

之前就说过，宋话本、元杂剧时代的西游故事里，猴行者的形象是颇为狰狞的，又顽劣，又好色，又行凶作恶，几乎与寻常妖怪无异。吃人的描写，可看成那个时代的某种遗存。这就像《西游记》成书过程中的年轮或者沉积岩层，体现的恰恰是一部名著海纳百川、逐渐丰满的经过。

然后我们回到故事内部，似乎仅仅从情节本身着手，这场自相矛盾也能解释得通。先列举一些原著中孙悟空的"吃饭口味"。

第一回：

胡桃银杏可传茶，椰子葡萄能做酒。榛松榧柰满盘盛，桔蔗柑橙盈案摆。熟煨山药，烂煮黄精。捣碎茯苓并薏苡，石锅微火漫炊羹。人间纵有珍馐味，怎比山猴乐更宁？

写了一大堆植物，却并没有"捉个野兔、捕个野猪"之类的。

再来看第四十四回：就是"孙猪沙"三兄弟变成"三清"模样混入观中消受供品的那段：

三人坐下，尽情受用，先吃了大馒头，后吃簇盘、衬饭、点心、拖炉、饼锭、油煠、蒸酥，那里管甚么冷热，任情吃起。原来孙行者不大吃烟火食，只吃几个果子，陪他两个。那一顿如流星赶月，风卷残云，吃得罄尽，已此没得吃了，还不走路，且在那里闲讲消食耍子。

"不大吃烟火食，只吃几个果子"，又何况是人肉？

唯一的例外来自第二十八回，三打白骨精后被赶回花果山的孙悟空，带着儿孙们消灭了一群欺负小猴子的猎户。

此时大圣道："你们去南山下，把那打死的猎户衣服，剥得来家洗净血迹，穿了遮寒；把死人的尸首，都推在那万丈深潭里；把死倒的马，拖将来，剥了皮，做靴穿，将肉腌着，慢慢的食用；把那些弓箭枪刀，与你们操演武艺；将那杂色旗号，收来我用。"

这段相当血腥恐怖，孙悟空有点心态失衡，有点报复性反弹——你老和尚不是因为我"行凶杀人"把我撵走吗？现在回到老家没人管了，我就好好地"行凶杀人"一回。但即便是这段，也很有佐证价值。那么多死人尸首，处理方式都是推入深潭，只把死倒的马拿来腌制食用。如果要吃人，干吗不把人和马一起腌了？也就是说，它证明了猴子们不光吃果子，也吃肉，但又同时证明了猴子们吃的肉里不包括人肉。

那好，我们来整理一下：

第一，孙悟空的食谱非常"轻口味"，基本以水果为主，说是素食主义者都可以。

第二，孙悟空（和他手下的猴群）也不是绝对不吃荤，尤其是拉起大旗大闹天宫前后，他们和各路妖王交往密切，少不得彼此招待、喝酒饮宴，估计学会了吃肉（第三回里就有"在本洞吩咐四健将安排筵宴，请六王赴饮，杀牛宰马，祭天享地，着众怪跳舞欢歌，俱吃得酩酊大醉"的文字，杀牛宰马的原因，是请牛魔王等六位结义兄弟来吃饭）。

第三，也是最最关键的，所有孙悟空不吃人，甚至不怎么吃肉的描写，都是"第三人称视角"，都来自于"作者的介绍"，作者是故事的讲述人，是理论上知道故事一切背景的，他说的情况，无限接近于真实情况。

第四同样很关键，唯一孙悟空吃人的描写，是"第一人称自述"，是孙悟空自己说的，相比于"作者说的往往是真实情况"，"角色自己说的"就会涉及各种具体情形，可能是说谎，可能是吹牛，可能是正话反说，可能是不得不这样说，等等。

孙悟空说自己吃过人，是为了告诉唐僧妖怪以怎样的方式吃人，是为了让唐僧不要被白骨精骗了，也是为了让唐僧相信自己、原谅自己的除妖行为，这很吻合"不得不这样说"的前提条件——现身说法，总能显得更有说服力。

至于孙悟空为啥对妖怪吃人的方式知道得那么清楚细致，他本来就"江湖经验丰富"，而且有那么多的妖怪朋友。俗话说得好，没吃过猪肉也见过猪跑，就是这个道理。

第 40 问　小鼍龙是龙还是鳄鱼

黑水河里的妖怪叫小鼍龙。

鼍念作"tuó"，这个字很复杂。估计大家看到这个词的第一个念头，肯定是"它代表了龙的一个种类"。毕竟中国神话里，龙是个大概念，下面还有虬、虹、螭、青龙、应龙、蜃龙、角龙、望龙、行龙、蛟、火龙、蟠龙、云龙……这一堆分支。鼍龙这名字罕见，估计是稀缺种类吧？

咱们又猜错了。

鼍不仅不罕见，甚至压根就不是"神兽"，而是现实中就有的动物。鼍是古汉语里对鳄鱼的称呼。《说文解字》里讲：鼍，水虫，状如守宫（壁虎），长一二丈，背毛皆有鳞甲如铠。挺形象了：水里的动物，像大壁虎，背上有硬硬的甲壳。这不是鳄鱼还能是啥？

《西游记》里写到这位小鼍龙，说他一身铠甲、手持钢鞭，造型果然非常匹配鳄鱼——铠甲就是身上的鳞，钢鞭可以想象成鳄鱼尾巴。

当然，小鼍龙看着凶悍，其实不曾掀起啥风浪，书中所占篇幅都只有一回，即"黑河妖孽擒僧去，西海龙子捉鼍回"，"擒僧去"直接跟着"捉鼍回"，连个波折都没，孙悟空压根没出手，沙和尚到水里大战一场，西海摩昂太子一来，故事就差不多走完了。

既然他物种平凡、能力平庸、情节平淡，为啥还要在名字里加个"龙"呢？因为鳄鱼和龙之间，始终存在千丝万缕的联系。作为想象中的生灵，龙被千万次描述、膜拜，却从没谁见过，这不能不说是一种遗憾，要知道古时候，大部分人还是愿意相信龙是存在的。那怎么办呢？只有强行在生活中弄点蛛丝马迹来证明，来自我满足，来自我说服"龙肯定还是有的，只不过不容易遇见"，比如龙卷风、龙吸水这些自然奇观，都被认为是龙在行云布雨，再比如，去寻找某些"看起来好像有点龙的味道"的动物。鳄作为凶猛的大型四足爬行类，确实"看起来好像有点龙的味道"。直到今天，扬子鳄的俗名里，还有土龙、猪婆龙这些叫法。再加上它主要分布于长江流域，中原地区比较罕见，于是平添了神秘感。不过它毕竟不会飞，也不会喷火，而且也不完全符合龙的形象，所以老祖先们开动脑筋，为它安上了最恰当的解释：它不是龙，但一定是龙的亲属。

《西游记》里就把小鼍龙写成了龙的儿子，确切说是西海龙王妹妹的儿子。西海龙王还详细介绍了他这九位外甥："第一个小黄龙，见居淮渎；第二个小骊龙，见住济渎；第三个青背龙，占了江渎；第四个赤髯龙，镇守河渎；第五个徒劳龙，与佛祖司钟；第六个稳兽龙，与神官镇脊；第七个敬仲龙，与玉帝守擎天华表；第八个蜃龙，在大家兄处砥据太岳。此乃第九个鼍龙，因年幼无甚执事，自旧年才着他居黑水河养性，待成名，别迁调用，谁知他不遵吾旨，冲撞大圣也。""龙生九子"的说法非常普遍，这里显然遵循了此观念。

在民间说法里，龙生九子共有两个版本：第一种，囚牛、睚眦、嘲风、蒲牢、狻猊、霸下、狴犴、负屃、螭吻；第二种，赑屃、螭吻、蒲牢、狴犴、饕餮、蚣蝮、睚眦、狻猊、椒图。同时还有人把螭首、朝天犼、貔貅也列为龙子。可其中都没有鼍龙。但是在我看来，龙生九子的"九"，很可能是一个虚数，不是说龙生了九个儿子，而是说龙生了很多很多的儿子。

古人相信多子多福，龙那么吉祥如意的图腾，难道不该成为多子的表率吗？《西游记》只不过采用了一个另外的、包含了鳄鱼的"龙生九子"版本而已。

第 41 问　《西游记》里的老虎为什么都很弱

　　在古代中国人的认知里，老虎可能是他们所能接触到的、被威胁到的最凶猛的野兽，所以，古代中国人的勇武想象，也基本以"能打死老虎"作为极限。这构成了中国英雄叙事里的"打虎传统"，它一直延续在各种各样的"通俗文学"（小说、戏曲、话本、传奇）当中，熠熠生辉，屡用不爽。

　　《水浒传》中的武松打虎是其中最著名的篇章，大家一定耳熟能详。除此之外，还有《说唐》里的雄阔海打虎和薛仁贵打虎，《残唐五代史演义》里的李存孝打虎，《狄青演义》里的杨青打虎，《说岳全传》里的关铃打虎，《小五义》里的韩天锦打虎，《朱元璋演义》里的常遇春打虎……

　　《西游记》虽然是神魔小说而非英雄传奇和历史演义，和上述作品存在类型上的不同，但毕竟都归属"通俗文学"序列，面向的读者群体也差不太多。于是，《西游记》有意无意地延续了、致敬了这个叙述传统。

　　路过两界山时，猎人刘伯钦天神下凡一般，手持钢叉杀死猛虎，救下险些丧生虎口的唐僧，就是这种延续的体现——《西游记》很少把凡人写得那么有神采，那么威武强悍，刘伯钦是个例外，因为他不仅仅是一个龙套，他是历代打虎英雄的影子与重现。

　　接下来就是孙悟空的登场，确切说是五百年后重新登场。他的第一战，也是消灭了一只猛虎。注意"登场"这个词，这个词说明《西游记》不仅在"延续"，而且连延续的"用途"都很一致：前面那些打虎英雄大多都以打虎作为自己传奇人生之启幕，雄阔海、薛仁贵、李存孝，都是打了老虎之后显示了自己的实力，这才开始受到赏识、从军建功立业，哪怕是武松，景阳冈也是他亮相后的第一场重头戏。

此外，打虎在各种小说里都是可作为一生的标签来供主角炫耀的，武松后来一直到上了梁山，都常把"杀人者打虎武松也"挂在嘴边，作为自己的"说明书"，孙悟空也不例外，他的炫耀形式是一直穿着缝制成的虎皮裙。

由此可见，"打虎"这件事在《西游记》里和在其他小说里真没什么大差别。那么顺理成章的，《西游记》里的老虎们和其他小说里的老虎们也没什么大差别。

好了，《西游记》里让你觉得厉害的动物，都是以"神仙""妖怪"或"坐骑"身份存在的，也就是说，它们得具有某种超现实性，得和神话能沾些边。但老虎不一样，为了服务于前面说的打虎英雄传统，它们都是现实性的，都是自然界动物的形态。那即使它们在动物里最强又怎样？在英雄面前，在神仙面前，它们注定是"很弱"的。这就能解释为啥《西游记》里的老虎都很弱，因为《西游记》里的老虎，仅仅是老虎而已。从"武松打虎"到"悟空打虎"，境遇都未曾改变，即百兽之王、森林之王进入一个神魔世界之后遭遇降维打击。

当然，严格意义上，《西游记》里也有例外的、"非自然形态"的老虎，比如车迟国三位国师之首，虎力大仙。他何止是不弱，简直是很强。他获取了国王的信任，垄断了王国的权力，他每次都能成功地求雨，他能按时分批调来风婆、推云童子、雷公电母，他能砍头再长，能隔板猜物，他在和取经团队展开的每一场比赛里其实单论实力都不曾输，只不过孙悟空太聪明、太会钻空子和漏洞而已。

那为啥大家依然会问出"《西游记》里的老虎都很弱"的问题，而忽略了这个例外呢？因为他的强，完全和老虎这个物种无关。不像牛魔王，变成了巨牛；不像蝎子精，会用尾巴蜇人；不像蜈蚣精会放毒、蜘蛛精会放丝……虎力大仙的一切神通，都没有老虎的特征。于是，所有人都只记住了他是一名强悍的妖道和国师，是孙悟空的对手和威胁，是取经人和百姓的祸害，却忘记了他是老虎。

第42问 "破烂流丢一口钟"是啥玩意儿

车迟国斗法除三怪，其中有个很精彩的环节：隔板猜物。

凭良心说，单论"猜"的能力（或者说"透视眼"的能力），三位国师真是不落下风，至少他们每次都说对了，唐僧师徒能赢，靠的是孙悟空频频"作弊"——把人家猜出来的物件变成另一种物件。比如我们耳熟能详的：车迟国王妃亲自往柜子里放了一件叫"山河社稷袄、乾坤地理裙"的宫衣（看名字就能想象有多华贵），结果让孙悟空替换为"破烂流丢一口钟"。

这"破烂流丢一口钟"到底是什么？大家望文生义，可能第一反应就是：一口铜钟呗，就像庙里挂的那种。我小时候读《西游记》也是这么认为的，不过，咱们都错了。

首先，从隔板猜物的后面两场即可发现，开始放进去的，和孙悟空所变出来的，两件玩意儿要存在联系，是"同一个物品的不同状态"才对，就像桃子被吃掉成了桃核，道童被剃头成了和尚。那很显然，衣服和铜钟之间违背了这个思路。

其次，从书中的具体用字来看："变作一件破烂流丢一口钟""果然是件破烂流丢一口钟"，每次的量词都是"件"。"件"和"钟"并不搭配吧，何况"一口钟"，这不已经有"口"作为量词了吗，干吗还要再加个"件"，"一件一口钟"不是个病句吗？可见，"一口钟"也许是个专用的完整名词，而且应该是跟"山河社稷袄、乾坤地理裙"同属性的东西——衣物穿戴用品。

《西游记》里还有两次提到过"一口钟"，只不过都是一笔带过，太容易被忽略了：

第二十五回里，镇元大仙取出布匹把师徒几人给牢牢捆裹住，悟空对八戒开玩笑说："这先生好意思，拿出布来与我们做中袖哩！减省些儿，做个一口中罢了。"

第三十六回里，乌鸡国的一批和尚急急忙忙迎接唐僧："有的披了袈裟，有的着了褊衫，无的穿着个一口钟直裰……"

看到了吧，一口钟（有时候也写成"一口中"），还真就是一种衣服。

其实，一口钟属于中国古代常见服饰的一种，因为上下一体、不用分开，所以穿的时候很方便，直接兜脑袋套在身上就行，远远看起来，衣边连着裤裙的上沿，像个三角形上小下大地散开，拖在膝盖以下，还的确就跟一座钟一样，所以得名为此，也可以叫"一裹圆""莲蓬衣"，等等。要用今天的类比，差不多就是套头衫＋连衣裙的合体。

"破烂流丢一口钟"的说法太有误导性，被它搞蒙的可不只是我们。中央电视台版电视剧《西游记》也在这里栽过小跟头。最初拍的时候，这场戏里就用了一口铜钟，而且为了表现破烂，还在上面弄了几个窟窿。播出之后，大多数观众也没觉得有问题。直到1988年3月18日，上海《新民晚报》副刊登载了一篇《也来"聒噪几句"》的文章，明确指出了：《西游记》第十五集《斗法降三怪》里，孙行者把"社稷袄"和"地理裙"变成"一口钟"，其实"一口钟"就是长外衣或斗篷。电视剧中却把它变成一座铜钟，似乎编剧者对词义缺乏理解。

此篇文章的署名是"中枢"，这是个谐音，它的作者，其实是大名鼎鼎的学者和作家、《围城》的作者钱钟书先生。

四大名著中，钱先生最喜欢的是《西游记》，所以电视剧《西游记》也是他最爱看的节目，也正因为爱看，这位行家看出了里面的瑕疵和破绽。钱先生的文章写得不算客气，但《西游记》剧组也非常虚心，马上承认了这个疏漏，立即组织人手重新拍了那个镜头。

现在我们看到的电视剧里，箱子中赫然出现的，已经是一件灰头土脸的旧衣裳了，只有从猪八戒的台词"这么一口破钟"，才能多少看出当初的错误。这种严谨求实、知错就改的态度，还是很值得我们学习的。

第 43 问　唐僧喜欢过女儿国国王吗

要回答这个问题，似乎得分为原著和央视版电视剧两个部分。虽然我们这本书是关于原著的解读，电视剧并非我们的重点，但电视剧的影响力实在太大，而且在女儿国那一段里，电视剧的处理方式和呈现氛围与小说有着非常明显的区别。

看过电视剧的读者，如果喜欢感情戏，一定会对"趣经女儿国"这一集印象深刻。虽然严格来说，这一集肯定也算不得"感情戏"，但谁会不记得"鸳鸯双栖蝶双飞，满园春色惹人醉，悄悄问圣僧，女儿美不美"的唱词呢？谁会不记得"御弟哥哥"的称呼呢？谁会不记得"你说你四大皆空，却紧闭双眼，要是你睁开眼看看我，我不相信你两眼空空"这种对白呢？

《西游记》配乐神曲如云，但除了《敢问路在何方》，传唱最广的就是《女儿情》了吧。相比之下，书中的大部分段落就显得无趣而苍白。

一个最显著的差异，唐僧和女王在小说里从未能获得哪怕一次的独处——从迎阳驿接亲，到五凤楼喜宴，到金銮殿倒换关文，再到城外送行时金蝉脱壳，两人所置身的场景里，永远都是群臣环绕，三个徒弟也从未离身——像电视剧中女王披着一袭薄纱斜倚龙床，无限娇羞地看着唐僧，这种意乱情迷的瞬间，从来不会有机会发生。

你是替唐僧松了一口气？还是为故事本身感到遗憾呢？为什么面对如此富有戏剧性的邂逅，作者会写得这样草率？难道一场"坐怀不乱"的考验，不更能凸显佛心坚定的主角光环吗？就像当初"真真爱爱怜怜"的"四圣试禅心"那样。为什么必须安排无数的监督者在旁边，让唐僧永远处于众目睽睽之下？作者就对唐僧那么没信心吗？

唐僧在西天路上有的是机会和女性独处，他很快就会与毒敌山琵琶洞的蝎子精独处，他以后还会与陷空山无底洞的金鼻白毛老鼠精独处，他甚至还会与盘丝岭盘丝洞的七只蜘蛛精"群处"。作者并不害怕这些独处，作者知道唐僧禁得住这些独处。但这一次，一切都不一样。因为女王不是妖怪，女王不是魑魅魍魉，女王是一个美丽、温柔、身份高贵的人类女性。女王要的是男婚女嫁、生儿育女、相夫教子、举案齐眉、同掌西凉女国这些人世间最寻常不过的、最可以理解的东西。越是人性的部分，越能构成挑战。

唐僧是如来的二弟子，唐王的御弟钦差，被天上地下一致默认为取经的最佳人选，也是唯一人选——"十世修行的好人"。可能很多读者对"明天"甚至"今晚"会发生什么都抱有好奇心，但你瞧唐僧，他的人生轨迹，却提前"十世"就被安排好了。他就这样应运而生地成了天选之子，他必须修得正果、名垂史册，在伟大和平庸之间，他必须去伟大。来自女儿国的一声召唤，大概是他第一次也唯一一次地发现，人生原来也存在另一种可能。

所以，当太师来驿馆提出结亲要求时，唐僧的反应是"低头不语"——为什么不是断然拒绝，不是顿足捶胸"阿弥陀佛，罪过罪过"，而是"低头不语"？

唐僧没有对太师发狠，等到太师离开后，他对孙悟空发狠了，他说"教我在此招婚，你们西天拜佛，我就死也不敢如此"——为什么是"不敢如此"，为什么不是"不愿如此"？

在喜宴上，唐僧的表现是"耳红面赤，羞答答不敢抬头"——为什么不是面不改色而是耳红面赤？为什么不是视若无物而是羞答答不敢抬头？

很抱歉，也许我想多了，但我从这些细节里，真的读出了太多不一样的地方。

很欣慰，唐僧最终还是没犯错误，但整部《西游记》好像从来不像这一回那么小心翼翼，作者从来不曾如此戒备地为唐僧杜绝掉所有"犯错误"的可能，唐僧自己也从来不曾如此走钢丝一样地与"犯错误"擦肩而过。

理智赢了，但理智受到的威胁，从来没像这一回那么巨大。对唐僧这样与"错误"二字生来绝缘的人来说，能警觉这次他有了犯错误的一点可能，已经刻骨铭心。所以，一部《西游记》，师徒四人的绝望瞬间很多，可我一直觉得，女儿国大概才是取经路上最危险的时刻。

女儿国和琵琶洞之后发生的故事，是孙悟空打死了一伙强盗，唐僧忿怒赶走了悟空，直接引出了真假美猴王事件。这是可怜的猴子又一次被逐，上一回是名满天下的三打白骨精。三打白骨精发生在取经刚刚开始不久，在那之前，高老庄、流沙河是人员补充，黑熊偷袈裟是贪图财物，四圣试禅心是一场整蛊真人秀，五庄观和人参果是不打不相识的"人民内部矛盾"，只有黄风怪直接威胁过唐僧的肉身安全，而且也很快就被搞定了。也就是说，上一次赶走孙悟空的时候，唐僧还根本没意识到这一路有多少艰难险阻等着他，少了大徒弟的保驾护航，他不存在任何走到西天的可能。事实很快教育了他，黄袍怪几乎一个人摧毁了取经队伍，最后是猪八戒跑去花果山智激美猴王，唐僧才得以获救。唐僧与孙悟空的关系从此变得超级好，他明白了谁才是自己真正的倚靠。猴子依然一路调皮捣蛋犯错误，时不时受到他的批评，但"你走吧"三个字，他再未说出口。那么为何这次情况发生了变化？为何他又丧失了清醒？很简单，想一想他在女儿国刚刚经历了什么？他扛住了女儿国这场心理浩劫，他需要时间来平复，还没完全缓过神来的他，在跟自己较劲，跟世界较劲，他成了一个一点就着的爆竹。

好了，接下来开始说电视剧。"要让唐僧和女王谈一点恋爱"，这是杨洁导演接受采访时亲口说出的，看起来惊世骇俗，却又是一种让人钦佩的魄力和创新勇气。于是，电视剧的女儿国故事里有种"遗憾之美"，人生是要做出很多选择，但那被放弃的一切，也有资格让我们留下一点不舍。

唐僧在电视剧中最后说出的是："来世若有缘分……"他修行佛法的目的，就是跳出轮回，从此不再会有"来世"，但这一刻，他必须用这么一句自欺欺人的话给自己选择放弃的感情一个交代。

好了，最后做个总结。唐僧到底有没有喜欢过女儿国国王？我的回答是：严格意义上，没有。但是，女儿国是唐僧壮丽人生经历的所有体验中最接近"喜欢"的一次。

第 44 问　西域真的有过一个女儿国吗

神秘又浪漫的女儿国在历史上真的有过原型吗？其实很早以前，中国的许多历史文献里就有关于各种"女国"的记录了。不对，与其说是"记录"，不如说是"流言"，或者"道听途说"。

《三国志》就写道："又言有一国亦在海中，纯女无男。"

《梁书》里也有"扶桑东千余里有女国，容貌端正，色甚洁白，身体有毛，发长委地。至二三月竞入水则妊娠，六七月产子"的记载。

这两个材料都非常接近《西游记》中对女儿国的描述，尤其是"纯女无男"（有女人没男人），以及"至二三月竞入水则妊娠，六七月产子"（有条神奇的、能让女性自动怀孕生宝宝的河流）。但是呢，第一，它们年代很遥远，一个是三国时期的史书，一个是魏晋南北朝时期的史书，没有任何证据可以显示，《西游记》的作者读到过它们，受过它们的影响。第二，也是最重要的，既然说是"历史原型"，总该是真的存在过吧，而这俩，很明显是幻想色彩远大于现实色彩。

不过，去查查玄奘法师记录自己旅途见闻的《大唐西域记》，还真找到了一个"女国"。

《大唐西域记》记载："大雪山中，有苏伐剌拏瞿呾罗国，出上黄金，故以名焉。东西长，南北狭，即东女国也。世以女为王，因以女称国。夫亦为王，不知政事。丈夫唯征伐、田种而已。"

这段话意思是：在雪山深处，有一个以出产黄金而著名的国家（那个名字太拗口，太难写，暂且不去管它），它的国土形状是东西宽、南北窄，这就是传说中的"东女国"。这个国家世代都以女子当国王，男人并不参与，也不懂得国家的统治，只负责上战场打仗还有种地。

有趣的是，这个女国叫"东女国"，而《西游记》里的女国则叫"西梁女国"，两个国名的前缀在方位上是相反的。不过从《大唐西域记》这个书名就知道，哪怕是"东女国"，也还是位于唐朝西边的，所以叫"西梁女国"也没错。

然后可以看到，东女国不是只有女人，它是男女国民都有的，之所以叫"女国"，只不过因为它是由女性来管理的，和当时大部分男

第六章 漫漫长路（二）：乌鸡国、车迟国和女儿国

尊女卑的国家不一样。这个设定明显与《西游记》不一样，倒是更近似于另一部著名的古代小说《镜花缘》。《镜花缘》里主人公们出海游历也经过一个女国，那个女国的特点是女的当官、读书、做生意，男的在家绣花、织布、带孩子。

这个东女国在《旧唐书》和《新唐书》里也有记录，这两本都是官方编修的历史书，是二十四史之一，它们和《大唐西域记》这样的私人游记构成了相互证明。

根据《旧唐书》记载，东女国是羌族部落的一个分支，主要居住在川西的甘孜、阿坝地区以及西藏的昌都市等地，最突出的特点就是以女性为尊，整个社会制度都围绕着女性来运转。

如果大家去过上述区域旅游的话，就会知道，那些地方总的来说高山环绕、峡谷幽深，交通是相当闭塞的，很难与外部进行文化交流，这就使得它很难受到中原地区男权文化的影响，却保留了早期"母系社会"的风俗习惯。

在原始社会里，生育是很困难、也很重要的事情，而这件事情恰恰只有女性能完成，所以女性在部落里是很受敬重的，再加上当时男性负责打猎，女性负责采集果子、缝制衣服，甚至饲养一部分动物，女性做的这些事情，对生活来说，远比男性具有稳定性，于是，女性的地位高于男性，这就是"母系社会"。

东女国比较封闭，社会发展也比较缓慢，等于说一直在母系社会阶段里没出来。但是，早在隋朝，东女国就已经和中央政府互派使者了。唐朝建立后，双方的来往虽然困难，也一直都没断过。估计当时很多人，尤其是见闻比较丰富的读书人，都知道、都听说过、都会聊起这个神奇的地方，要不然玄奘法师也不会在书里使用"即东女国也"这种表述了。

第 45 问　妖怪既然都是动物变的，那他们有天敌吗

之前在关于七十二变的那个回答里咱们就提过，西游降妖，基本是三种模式——法宝克制（比如灵吉菩萨的定风丹之于黄风怪）、追根寻源（坐骑下凡就请原主人来负责）、终极万能救助（实在不行就找观音，再不行还有如来）。

为啥这么安排呢？还就是因为有"天敌"的存在。大鱼吃小鱼，小鱼吃虾米，我们知道，所有生物都置身于某条食物链当中。值得注意的是，也不是只有妖怪和动物有天敌，神也有。

"二十八宿"就是一群身份很特殊、很有个性的神，因为他们中的每一个都与动物对应（亢金龙、井木犴、室火猪、心月狐、鬼金羊、虚日鼠……）。这些名字来源于中国古代的天文学，古人用形象思维把各种星象的连缀都想象成一种动物的样子，这跟西方的白羊座、金牛座等星座差不多。等于说，天庭中这二十八位老兄和妖类一样，在食物链里也有自己的位置，那他们也可以在"相生相克"系统中发挥重要作用。典型例子，就是昴日星官的表现。

昴日鸡，西方白虎七宿之一，在电视剧里，他戴着一顶大鸡冠，长有一只鹰钩鼻。要说昴日星官，先要说他下凡降妖的对象——西梁女国毒敌山琵琶洞蝎子精，她在电视剧里也很亮眼，最著名的台词，就是那句"我可不是娇滴滴的女王，有的是力气和手段"。

蝎子精美不美先不去讨论，但她的武艺法力还真是被严重低估了。她使一条三股钢叉，对战悟空八戒联手，能缠斗多时，再加上尾后一条"倒马毒桩"，简直绝技撒手锏，让猴子额头红肿、老猪嘴唇起泡，后来回忆往事，甚至说起曾在雷音寺听经时扎伤过如来左手拇指，连观音菩萨也声称自己"近不得她的身"——这好像是整部西游里唯一弄疼过佛祖的生物。于是乎，就只有让昴日星官出马了。

　　蝎子精绝对是西天路上最害怕天敌的妖怪（或者说，受困于食物链最彻底的妖怪）：鸡是蝎子的天敌，蝎子对鸡自然该是畏惧的，可这位的"畏惧"已经不仅仅是"被鸡啄会死，看见鸡会躲"，更是听到鸡叫唤就骨软筋酥，瞬间失去全部战斗力。于是，书中昴日星官的全部威力只剩下"对着妖精叫一声，那怪即时现了本象，是个琵琶来大小的蝎子精。星官再叫一声，那怪浑身酥软，死在坡前"。

　　从头到尾，没动手、没动脚、没出刀、没亮剑、没祭起法宝、没解开战袍，大概连汗都没出、鞋都没脏，仅仅就是发出了点声音，一切就这么搞定了。是不是连昴日星官自己，都会觉得有些不过瘾呢？

　　同样的情形，还发生在昴日星官家族第二次出场的时候——这次唐僧师徒遭遇了黄花观里的多目怪，就是盘丝洞那七位蜘蛛妖女的师兄，他在电视剧中拉开衣服露出一肚子眼睛的画面，大概是很多读者的童年阴影。

　　多目怪是蜈蚣精，蜈蚣，又是最怕鸡的昆虫。然后，毗蓝婆菩萨来了，她是昴日星官的母亲。这是《西游记》里罕见的"两代人先后亮相"，之前也只有牛魔王红孩儿、李天王哪吒。

　　孙悟空顽皮，调侃说昴日星官是只大公鸡，毗蓝婆就是只老母鸡。其实这话挺重要的，因为鸡是"雌雄异态"的动物（有些动物公的母的长得几乎没区别，比如老虎，有些动物公的母的一眼就能看出，比如狮子），而公鸡母鸡的习性和能力又有明显差别。母鸡不打鸣，所以毗蓝婆不会叫，无法使用声音来攻击敌人。于是，作者给了她一个道具——绣花针，据说炼自昴日星官的眼睛。这根绣花针非钢、非铁、非金，但收放自如，诛妖于无形，确切说，只不过是一缕光。在《西游记》的法宝谱系里，它也绝对是最神秘的武器之一。只可惜，这位不寻常的老太太和她神秘的法宝，照样没有得到什么发挥空间。

　　书里的描写是：绣花针被祭在了半空中，于是"响一声，破了金光"。那个从多目怪两肋下一千只眼里射出的金光，那个让孙悟空"向前不能举步，退后不能动脚""力软筋麻，浑身疼痛""止不住眼中流泪"的金光，仅仅"响一声"，就放弃了全部抵抗。接下来是"毗蓝婆走入观里，只见那道士合了眼，不能举步"。

又一次，没动手、没动脚、没出刀、没亮剑，对方就"合了眼，不能举步"，直接成了个"植物人"。

还是这一回的末尾，孙悟空的总结最到位："我想昴日星是只公鸡，这老妈妈必定是个母鸡。鸡最能降蜈蚣，所以能收伏也。"

"鸡最能降蜈蚣"，有了这一句话，别的，都不必多说啦。

昴日星官和毗蓝婆战神一样的表现，不是他们修炼出了非凡的能力，而是他们在自己的天敌面前，专心地"本色出演"了鸡的角色。

不是敌人太孱弱，只是敌人太怕我。

第七章

漫漫长路（三）：三调芭蕉扇，真假美猴王

第 46 问 孙悟空大闹天宫时这么厉害，
取经路上为啥谁都打不过

"孙悟空大闹天宫时这么厉害，取经路上为啥谁都打不过？"这大概是关于《西游记》的问题里最常见的一个。我写关于《西游记》的内容这些年，这个问题被各路读者问过无数回。

老规矩，先说"是不是"，再说"为什么"。

孙悟空取经路上的表现确实与大闹天宫存在落差，确实动不动就要搬救兵，确实没几回是靠自己的能力救出师父的，但绝没到"谁都打不过"的程度。拿出原著仔细统计一遍，西天路上，无数场战斗里，没有任何妖怪能以绝对武力胜过孙悟空——注意，"绝对武力"。

斗黄袍怪、斗金银角大王、斗红孩儿、斗兕大王、斗如意真仙、斗蝎子精、斗多目怪、斗比丘国鹿精、斗青狮白象、斗黄狮精、斗三犀牛、斗玉兔精，书中基本都有较为明确的悟空占据上风的描写。哪怕上天搬救兵，许多时候也是由于敌人被打败躲进洞中不肯出来，这才让悟空奈何不得——尤其是水里的那些对手，小白龙、黑水河鼍龙、通天河灵感大王，均是如此。

妖怪若能让孙悟空陷入困境，靠的几乎都是奇怪的法宝或妖术——红孩儿一喷火，黄风怪一用风，铁扇公主的扇子啊，黄眉老佛的金钹和人种袋啊——碰到这种，孙悟空往往开始吃亏。而且你发现没有，基本都是孙悟空占上风、妖怪觉得打不过了，这才用出法宝和妖术：

多目怪与悟空战了五六十回合，"渐觉手软"，这才败了阵，随脱了衣裳，两胁下放出千只眼，有万道金光。

金兜洞兕大王率一众小妖围殴悟空，大圣把金箍棒丢在空中变出千条万条，吓得群妖"一个个魄散魂飞，抱头缩颈，尽往洞中逃命"，兕大王这才祭出金刚琢，收走了悟空的兵器。

蝎子精以倒马毒桩（蝎尾刺）蜇伤猴头，也是由于"见我破了他的叉势"。

换句话说，如果不拿着法宝和凭妖术的话，单单摆开了架势公平竞赛，只比功夫，谁都赢不了孙悟空。单挑从无败绩，就这一条还不够厉害吗？

然后，我们又要搬出那个永恒的理由了——《西游记》经过了漫长的历史演变，是一部"世代累积"的小说。大闹天宫、西天取经，它们本身就是两个故事系统。在民间以神话、传说、戏剧、说唱艺术流传的时候，大闹天宫的主角和保护玄奘法师西天取经的主角压根就不是同一个人，他们的能力值当然不会完全等同。只不过，大闹天宫故事的主角经常被描述成一个猴王，保护玄奘西行的主角经常被描述成一个猴行者，当他俩一起被整合到《西游记》小说里时，猴王和猴行者才"合并同类项"了。虽然"合并同类项"了，但他们当初不是一个人（一个猴）的后遗症还在，漏洞瑕疵还在，突出表现为战斗力的不一致。

特别有意思的是，中国古代四大名著里除了《红楼梦》都是"世代累积"出来的，于是它们的主角，除了贾宝玉外，也都有各自的历史原型，但这几个人物在故事逐渐演化的过程中，好像无一例外地经历了能力上的矮化：

刘备从《三国志》里桀骜不驯、特别能打的枭雄，变成了《三国演义》里那个永远在哭的老泪包——怒鞭督邮的事迹挪给了张飞，杀车胄的事迹挪给了关羽，火烧博望坡的事迹挪给了诸葛亮。

宋江从《大宋宣和遗事》里"勇悍狂侠""横行河朔"的强盗头子，变成了"面黑身矮、武艺低微"、天天念叨着要招安的小官员——《大宋宣和遗事》里他曾干过"杀人题诗于墙"这么恐怖高调的事情，这事儿在元杂剧里被挪给了李逵（《黑旋风双献头》），到了小说里，又挪给了武松（血溅鸳鸯楼）。

而与能力上的弱化相伴生的，是道德上的拔高化，好像在古代人的观念里，这俩注定是此消彼长的——太能打的人多半还不够善良，人格还不够伟大吧。

没错，我一直认为，孙悟空在取经路上显得武力下降的最重要、最核心、也最容易被忽略的原因，恰恰在于这里：随着他越来越接近西天，越来越领悟到佛法的真谛，越来越从当初那个充满破坏欲的妖猴，走向慈悲济世的斗战胜佛，他的杀心在下降，求胜心在下降，对打斗这件事本身的迷恋也在下降。

说白了，就算谁也打不赢，那又怎样？打赢真的那么重要吗？

当初天下无敌的齐天大圣只是像个顽童一样在恶作剧，在摧毁和搅乱他看到的一切东西。后来那个"谁也打不赢"的孙行者，却做成了他这一生中最大的伟业。当他没那么想赢的时候，其实，他真正赢了。不理解这一层，就没有读懂《西游记》里最内在的那一重意义。

再者，"剧情需要"也是一个非常合理的解释。西天取经是曼延了整本书百分之八十章节的主干情节，它需要有波折、有变化，才更能吸引读者看下去。一两场高潮戏里（比如大闹天宫）主人公启动无敌模式，你会过瘾会开心，可要是这种套路周而复始呢？要是十万八千里一路都是无敌模式，一路都是见谁灭谁，你自己想想，这还有啥看头啊？好莱坞的超级英雄电影、网络上的热门小说都不敢这么写吧。就算是孙悟空，也值得为故事的精彩曲折牺牲一下吧。

还有一点也很关键。有时候，战意不足，恰恰是因为胸有成竹。

要知道，取经乃是佛祖一早就安排好的事业，师徒四人不过是站到前台的执行者，从灵山到天庭，一路全都盯着护着，叫天天应，叫地地灵。走捷径肯定是不行的，因为你必须要经历这一段旅途的艰辛和磨难，但走不完那也是不可能的，道路曲折、前途光明，成功的结果基本没啥悬念——要不然，怎么无论出来个啥对手，最后不是被收了就是被灭了呢？既然这样，用几分力、打起多少精神去战斗，又有什么关系？这个事儿，唐僧没数，孙悟空可是明白得很：这就像一场大型直播真人秀，"不必担心终点，在乎的是沿途的风景"，享受过程就好了。

此外也要看到，从作战风格来看，孙悟空本来就不是那种"速胜型选手"。他的猴性坚挺，热衷嬉闹，趣味至上，干啥都是玩，打架也不例外。之前就讲过，七十二变这种法术，《封神演义》里杨戬拿来不知杀了多少怪物，到了悟空手里，竟然主要用于钻人家肚子里恶作剧、变人家爹娘和老公占便宜（莲花洞变老狐狸、火云洞芭蕉洞两次变牛魔王）。大闹天宫是他处于自卫状态（保护花果山）、自我证明状态（被小瞧、封了弼马温、没资格去蟠桃会）和报复状态（被抓后刀砍斧劈雷电打、被推入八卦炉烧），这才触发了狂战士属性。

没错，要孙悟空下狠手，除非是点燃他的情绪，让他处于愤怒的非理性当中，可惜西天路上这种机会并不太多，倒是有很典型的两个例子：

鹰愁涧对阵小白龙，这是悟空从五行山下复出后真正意义上的第一战（此前杀了一只老虎、杀了几个贼人），他老人家"找状态"的味道非常明显，来来往往耗了很久才让"那条龙力软筋麻，不能抵敌"，结果回去被唐僧埋怨责骂了一通，心情不爽，第二次再来对决，猴子果然发起狠来，这次的结果就是"斗不数合，小龙委实难搪"。其中反差，你看到了吧？

天竺国收玉兔精，先是"斗经半日，不分胜败"——估计大圣怜香惜玉，而且刚才说了，这都快到西天了，悟空的胜负欲基本降到最低值——但没承想后来玉兔言语孟浪，张口就是"我认得你是五百年前大闹天宫的弼马温"，触犯了猴子的心中大忌，于是猴子开始发狠，于是"战经十数合"，就"妖邪力弱难搪抵"了。其中反差，你也看到了吧？

综上所述，阅读时"就记得悟空又去找神仙帮忙了"的"认知惯性"、《西游记》"世代累积"的"文本特性"、作者出于需要设计更多波折的"戏剧性"（这仨是故事以外的）、孙悟空杀心渐弱的"佛性"、对取经事业胸有成竹后乐得不出全力的"人性"、上阵爱玩爱闹爱纠缠的"猴性"（这仨是故事以内的），共同导出了"孙悟空大闹天宫时这么厉害，取经路上为啥谁都打不过"这个错觉性疑问。

第 47 问　火焰山在新疆吗

火焰山很特殊，它没有妖怪盘踞、虎狼出没，纯粹以气候条件的恶劣充当了西行路上的险阻。围绕着"如何通过它"，触发了三调芭蕉扇事件，造成了孙悟空和当年的结义兄长牛魔王之间不可调和的冲突，二人彻底决裂。我一直觉得，与牛魔王家族的开战，意味着孙悟空与当初的妖怪身份、与曾经归属的妖怪世界完成了彻底告别。在此基础上，连火焰山都具有了别样的意蕴。

台湾学者郑明娳教授在《西游记探源》一书中曾写道："就全书来看，火焰山是悟空转变的一大关键""火焰山的火就代表悟空的心中之火，全书把它安排在'二心'（真假美猴王）之后，意味深长，故此之后，悟空行性大为改善，不再逞凶使恶"。火焰山的火熄灭了，孙悟空内心还残留的恶念也消失了，他真正地走上了成佛之路。可见，无论从哪个角度看，火焰山都是《西游记》里具有转折点意义的地标。

成书之前，西游故事已经在民间以各种形式广为流传，《西游记》是对它们的一次整合、提炼与汇编。而在这些被收纳的故事里，降伏牛魔王属于成形最早的一批，牛魔王、罗刹女、红孩儿、火焰山，这些名字其实都有很典型的印度特征与佛教原典特征：红孩儿和佛经中鬼子母的故事有关，罗刹女（铁扇公主）的"罗刹"二字，本来就是佛教中对恶鬼的一贯称呼。

那火焰山呢？莫非世界上真的存在这样一座终年燃烧的可怕山体？在之前内容里，我们就向大家介绍过，《西游记》里的许多地名都是有一点现实依据可供查考的。在中国新疆，还真有一个叫火焰山的地方。我们都知道，玄奘去印度曾途经新疆。那么，此火焰山，大概就脱胎于彼火焰山吧。

火焰山古称赤石山，维吾尔语意为"红山"，唐人以其炎热曾名之为"火山"。

这座火焰山是中国最热的地方，夏季最高气温高达 47.8℃，山体阳面地表最高温度高达 82.3℃，沙窝里能烤熟鸡蛋。每当盛夏，红日当空，火焰山赤褐色的岩石在烈日照射下灼灼闪光，气流翻滚上升变成水汽，远远看去，还真就像烈焰熊熊。当然了，"像"烈焰熊熊，不等于真的"是"烈焰熊熊。现在的火焰山早就没有火了，不过它依旧呈现出红色，保留了火舌冲天的视觉效果。

但是，北宋外交家王延德却在他的《高昌行记》里说："北庭北山（即火焰山），山中常有烟气涌起，而无云雾。至夕火焰若炬火，照见禽鼠皆赤。"有烟气，有火焰，而且还不小，把鸟啊老鼠啊都照红了。

唐代著名边塞诗人岑参也曾经过这座火焰山，他在诗里对其做了如下描绘："火山今始见，突兀蒲昌东。赤焰烧虏云，炎氛蒸塞空。不知阴阳炭，何独燃此中。我来严冬时，山下多炎风。人马尽汗流，孰知造化功。"

这些文字都说明，在唐宋时期，这火焰山不仅颜色赤红像火，不仅热气蒸腾像火，而且真的燃着大火。

这么看来，说它是《西游记》里各种奇观想象最符合实际的一处都不为过。这是为何呢？它涉及一种自然现象：煤层自燃。新疆地区矿产资源丰富，储存有大量的地下煤层，由于这些煤层以沙砾为主，埋藏较浅，隔热较差，再加上气温高、日照充足，这些煤就特别容易自燃。现在去新疆旅行你还能发现不少地方的自燃火堆呢。

《西游记》时代人们掌握的知识还不足以对此做出正确判断，于是"孙大圣闹天宫蹬倒八卦炉掉下的火石化作八百里火焰山"这样的神话式解释也就应运而生了。

第 48 问 　"三昧真火"到底是什么

《西游记》里和火有关的法术，知名度最高的就是三昧真火了。但正因知名度太高、传播范围太广，被混淆、被乱用得也最严重，连这三昧真火的"昧"字，都常被错写成味道的"味"，"三昧真火"看起来简直像一门烹调手艺。

三昧（mèi）真火，又名三昧神火，是古典小说、民间故事中经常看到的一个词语，除了《西游记》，其他很多神话传说里，它也都出现过。

当然，神话中，三昧真火并不一定是最厉害的，还有五昧真火、九昧真火、六丁神火等，只要写故事的人想象力够丰富，火的"品种"多多益善。

道教对这玩意儿的解释，大概是修行者从身体三个部位发出的火。有趣的是，"三昧"偏偏又是佛教用语，指的是止息杂念、保持内心清净。

身体内部燃起的火能烧别人，也能烧自己，应该是带有危险性的。于是，必须以"三昧"（清净、止息）为前提，才能趋利避害，不至于"烧敌一千、自焚八百"，那就姑且认为三昧真火是通过修行实现了内心清净之后，从身体内部放出的火焰吧。放进《西游记》里检验好像也挺对的：红孩儿作为三昧真火的释放者，是个修行人，是从身体内部喷火的。不过，心心念念要吃唐僧肉的小妖怪说"内心清净"也太勉强了。的确，《西游记》里的三昧真火因为有"火"但"三昧"不足，导致攻击性很强，破坏力和杀伤力很大，所以妖怪用，神仙们不用。

有人肯定要提出异议：谁说神仙不用？太上老君不是神仙吗？

这里面，存在一个巨大的误解。我们把三昧真火这个概念想当然地泛化了，我们知道并且记住了一个三昧真火，就开始将《西游记》里的一切火都喊成三昧真火了。其实，真正在原著中写明是"三昧真火"的，只有红孩儿的火，至于老君炉中的，原文中用的是"文武火"（还真是很接近烹饪技法）。后来在黑熊怪那一回里，孙悟空自我介绍，又说八卦炉中是"六丁神火"。总之，并非"三昧真火"。那顺理成章的，火焰山的大火来自八卦炉倾翻，自然也不是三昧真火了。

所以，一个常被提出的疑惑得到了解答。为啥孙悟空不怕老君炉，却怕红孩儿？因为太上老君的神火基本是用于塑造、建构的，而不是像红孩儿的三昧真火，是用于摧毁、伤害的（除了须菩提祖师，孙悟空的大部分技能加成都来自太上老君那个"系统"：金箍棒"定海神针"——老君借给大禹治水所用，金刚不坏体——偷吃仙丹，火眼金睛——八卦炉中炼就）。

第 49 问　牛魔王和其他妖怪有什么不一样

降伏牛魔王是西游系列故事里成形最早的一批，早到什么程度呢？齐天大圣闹天宫的故事还没被整合进西游世界，牛魔王的故事就已经有了。所以，后来牛魔王家族拥有很多属于自己的戏曲：清代的《火云洞》《火焰山》《婴儿幻》……宫廷大戏《升平宝筏》更是用了十七出来演述这段故事。换句话说，它简直有资格从《西游记》里独立出来，成为一个单独的 IP。

那牛魔王的原形是什么呢？学术界的主流观点认为：牛魔王其实脱胎于鸠摩罗什——一位高僧。据《资治通鉴》记载，鸠摩罗什的父亲名为鸠摩炎，祖辈一直在天竺居住生活，并且担任相国一职。鸠摩炎继承父亲的爵位时，他告诉统治者，自己崇拜佛学，已经决定要出家了。随后，鸠摩炎来到了龟兹（注：在今新疆库车），龟兹王听说鸠摩炎舍弃荣华富贵只身来到龟兹，大为感动，亲自迎接鸠摩炎的到来。龟兹王见到鸠摩炎之后，觉得鸠摩炎器宇不凡，便尊称他为国师。后来，龟兹王的妹妹见鸠摩炎一表人才，并喜欢上了鸠摩炎。龟兹王得知妹妹的心思后，便让鸠摩炎娶了自己的妹妹。后来，鸠摩炎和龟兹王的妹妹孕育了一个孩子，他就是鸠摩罗什。

公元 401 年，鸠摩罗什被接入长安城讲经说法，一时名声大振，人尽皆知，有的人为了听鸠摩罗什讲经书，不远万里赶至长安城。世人对鸠摩罗什心生敬意，便称鸠摩罗什为鸠摩王。

从读音来看，鸠摩和牛魔非常相似。因鸠摩罗什比较崇拜牛，时常戴着与牛相关的饰件，随着时间的推移，世人对鸠摩王的称呼便成了"牛魔王"，这就是牛魔王的来历。

西游的妖怪江湖里门派林立，人人经营自家地界，满足于吞食过路客商。长期井水不犯河水，乍一看很和谐，其实纷纷陷入孤立，等到取经队伍路过的时候，就理所当然地被各个击破了。

孙悟空早年造反，与牛魔王等一起搞过个七大圣结盟，算是一次原始的强强合作尝试。只是猴子初出江湖，没有半点做老大的经验，与李天王十万天兵第一场大战，自己花果山下的独角鬼王与七十二洞妖怪全部被擒，竟还轻描淡写地说什么"捉了去的头目乃是虎、豹、狼虫、獾獐、狐狢之类，我同类者未伤一个，何须烦恼"，这种话让同盟听了多寒心。果然，接下来悟空与天庭的战争中，再没见过这六位兄弟的帮忙。可见，要指望孙悟空来整合这个妖怪社会，武艺虽没问题，威望还是差了好远。

相比之下，牛魔王无疑是《西游记》里少数几个具备了"江湖大哥"味道的妖怪。比起孙悟空这个单身汉，牛家核心团队很庞大，妻子铁扇公主、儿子红孩儿、弟弟如意真仙各辖山头，各有所能，红孩儿一个小屁孩，都独自掌管着六百里号山。然后，老牛家非常注重"经营"，而不是"掠夺"，换句话说，他的团队区别于一般妖精的最大不同，就在于他们不忙着"吃人"，而是"管人"。

铁扇公主管着火焰山的气象调节，如意真仙管着女儿国的打胎流产，火焰山居民想不被热死，女儿国居民想搞计划生育，就必须把这两位好好供奉着，"四猪四羊、花红表里、异香时果、鸡鹅美酒"外加"沐浴虔诚"地四时朝拜。这样细水长流的经营方式，肯定比急吼吼地吃个把童男童女更能保证一个妖怪系统的长期稳定存在。

我想，在火焰山和女儿国这些地区，老牛家的威望应当是完全超越了隶属天庭的山神土地城隍们的。在这些地区，牛魔王的社会已经几乎成了主流：他自己称"大力王"，老婆叫"公主"，儿子叫"圣婴大王"，弟弟叫"真仙"，光看这些称呼，哪里还有一点妖魔鬼怪的影子？他有洞府，有外宅，势力范围一大堆，出门要骑避水金睛兽——西游记里的妖怪，只有给别人当坐骑的份，很少有像他这样自己拥有坐骑的，而且还是这么一头水陆两用的好坐骑。

最后就是武艺和法力问题。

牛魔王在书中只有两度出手，第一次与孙悟空斗了百个回合，因为要去碧波潭赴宴，"使混铁棍架住金箍棒，叫道：'猢狲，你且住了，等我去一个朋友家赴会来者！'言毕，按下云头，径至洞里"，各位请看，在孙悟空这种出了名的不依不饶的对手面前，老牛竟是说打就打，说停就停，要去吃饭了打个招呼便走，猴子连半点阻拦他的尝试都用不出，真是轻描淡写潇洒写意，真有大家风范，从武功上、从气势上都明显压了孙悟空一头。

第二次面对悟空八戒联手还外加火焰山土地所率阴兵们，在"过往虚空一切神众与金头揭谛、六甲六丁、一十八位护教伽蓝"的围困下，大战一天一夜不落下风，就更是回肠荡气，让人佩服得五体投地。

至于最后被李天王和哪吒、四大金刚、巨灵神等赶来偷袭擒住，偶然性因素很大——大家肯定都有印象，李天王这拨人在《西游记》里简直屡战屡败，以无用著称，这一仗却又是天罗地网，又是三昧真火，又是照妖镜，热闹得不得了，估计也是作者把牛魔王写得太厉害了，到最后自己都想不出还能靠谁来收他，只有把临时拉来的救兵的能力无限夸张，以便草草收尾了事。

综上所述，牛魔王与《西游记》妖怪世界里其他各位最大的差别，就在于他是个"江湖老大"式的人物。结盟时期，发起人明明是孙悟空，最后当大哥的还是牛魔王。这有没有让你想起三国里的反董卓联盟，发起人是曹操，当盟主的却是袁绍——前者需要后者的号召力。你看，就连骄傲的孙悟空也知道自己的江湖威望远不能与牛大哥相比。

第 50 问　六耳猕猴代表了
"内心深处的另一个自己"吗

西天路上实力超群、着墨较多的妖怪，作者一般都会交代来历：大鹏鸟是凤凰所生、九灵元圣是太乙救苦天尊坐骑、牛魔王是美猴王五百年前的结义大哥，等等。相比之下，和悟空从天上打到地底，让各路神佛都对其无可奈何的六耳猕猴，绝对是《西游记》里最神秘的人物，因为没人知道他是哪里冒出来的。在真假美猴王这场戏发生前，没有任何迹象暗示过六耳猕猴这样一个大神级妖孽的存在。

孙悟空出世时惊动天庭，六耳猕猴既然能耐不亚于悟空，为何能够静悄悄地降生，又静悄悄存在那么多年？他为啥能从长相到技能都和孙悟空完全一样？你说他们都是猴子，进化成相同的容貌大概不难做到，可为什么像金箍棒这样独一无二的兵器也能再生出一个？甚至连紧箍这种惩罚工具都能复制到它脑袋上？《西游记》成书的时候，总没人掌握克隆技术吧。

那么会不会六耳猕猴压根就不是一个具体的生命呢？他会不会只是一个符号、一个象征、一个幻觉、一个影子呢？谁的影子？不言自明：孙悟空的。说得再透彻一些，他也许连影子都不是，他就是孙悟空本身，是孙悟空的某个部分——恶的那个部分。

主角往往是那种很复杂的人物，人的命运又是偶然性特别大的事情，所以，小说作者、影视编剧有时会采用一种操作：从主角里拆出一个甚至好几个角色，用于建立"如果发生了×××那么会怎样"的关于主角的另一种可能性。就像《红楼梦》里，很多读者认为，元春就是"如果选秀成功"版的宝钗，晴雯就是"如果生为丫鬟"版的黛玉。没错，六耳猕猴就是"如果没有皈依佛门，如果一直选择当妖怪，如果彻底变坏"版本的孙悟空。

真假美猴王那回，书中标题叫"二心搅乱大乾坤"。我们介绍过，孙悟空常被《西游记》的解读者作为"心"的隐喻，即"心猿"。"心猿意马"本来就是不安分、不自律、躁动的意思，所以心猿要去接受磨砺，要走上取经之路。取经路上，杀气、妖气甚至傲气都消退了，但消退不等于消失，在你终成正果之前，它们还藏在体内，寻找死灰复燃的时机。时机到了，它们就爆发出来，以"六耳猕猴"的形式出现。

触发真假美猴王事件的，是一个意外：孙悟空打死了强盗，唐僧生气，又一次撵他走。耐人寻味的是，这次作者的态度好像站唐僧一边：错误是孙悟空的，不是师父的。惩恶扬善是没问题的，但这次孙悟空有点太过激了，他本来可以采取更合适的、更慈悲的处理方式。

你说当年刚出五行山"我"也打杀过六个贼人，可当年是当年，如今你已进入佛门那么久，对自己该有更高的要求。六贼里有一个是杨老汉的儿子，杨老汉招待过唐僧师徒，还跟他们推心置腹过：这儿子虽然不成材，但我老人家就他一个后代，将来还得靠他养老送终。悟空竟然毫不犹豫地杀了杨老汉的儿子，还杀得理直气壮，最终让杨老汉彻底老无所依，这的确显得缺乏慈悲心。于是，作者干脆把这一回命名为"神狂诛草寇，道昧放心猿"，一语双关，暗示孙悟空"神狂"了，"道昧"了。"放心猿"三个字，乍一看像在说唐僧赶走孙悟空，仔细一想，讲的未必不是孙悟空本人的情绪管理失控，是孙悟空"放"出了自己的心猿，或者说"放"出了自己的心魔就这样，"二心"出现了，"心"的修行受到了严重干扰和挑战。

中国文化一直讨论人性本善还是本恶的问题，其实"心"都有"二"重性，有善良的、真诚的一面，也有嗔恨的、罪恶丑陋的一面。什么是成长？就是发现后者、警惕后者、驯服后者，在后者不自觉跳出来的时候，不要让它造成恶果。因为是从你自己心里跳出来的，所以不是一个外来的妖怪，你不能再去责怪哪个神仙看守不严，哪个坐骑凡心未泯，哪个山头关于唐僧肉的传说过于逼真，你只能面对一个和你一模一样的、长相性格武功乃至弱点全都别无二致的存在。

孙悟空这次很委屈，连花果山都没回，直接跑去观音那里，还大哭了一场。对比一下之前的离开，比如三打白骨精那次，他的情绪完全不一样。莫非连孙悟空自己都意识到了，这次的问题很大程度来源于自己。知道自己有问题还控制不住，当然是很懊恼很绝望的，这是孙悟空的困惑。"知道自己有问题"是消除问题的前提，这是孙悟空的进步。

在很久以前，也就是孙悟空修行最初深夜里去见须菩提祖师接受长生之道时，便出现过"六耳"这一词，书中原话是："此间更无六耳，止只弟子一人"，意思是"没人偷听，就我在"，但没人偷听偏偏被形容为"更无六耳"。"六耳"这个词，从那时起，就代表了巨大干扰。"六耳"再次袭来，悟空终将面对又一次考验。

六耳猕猴第一次露面，先劝慰唐僧"没有老孙，你连水也不能得""无我你去不得西天也"，遭到拒绝与呵斥后，开始翻脸发怒："你这个狠心的泼秃，十分贱我"——这些话未必不是孙悟空潜意识下的心声，未必不是孙悟空在唐僧身边感到的委屈和不服气，只不过孙悟空的克制力与责任感、他对正果的向往，以及他与唐僧既已建立的感情阻止了他说出这些话，甚至阻止了他往这个方向去想。但不去说、不去想，不意味着某些念头和某些怨气彻底不存在。

然后六耳猕猴的行凶动机是啥呢？不要钱、不要人、不要命，更不是想吃唐僧肉长生不老，而是要自己去取经："我独成功""教那南赡部洲人立我为祖"。这也与孙悟空非常相似，众所周知，悟空没色欲、贪欲、口腹欲，唯一的弱点就是比较虚荣、爱面子，喜欢大家夸他、感念他，永远记得他。

这两回里还有一些很细节的、让人读了不那么舒服的描写，比如"孙大圣有不睦之心，八戒、沙僧亦有嫉妒之意，师徒都面是背非"，比如"行者本是良心，沙僧却有疑意"，你看，取经团队的和谐出现了严重问题，大家竟然在彼此猜忌。在与六耳猕猴的作战过程里，孙悟空自己的反常之处也相当多：天宫地府都认不出二者，两个猴子竟然都在笑。拜托，"六耳"当然会为不被认出而高兴，悟空你有啥可乐的？就算这里"六耳"要伪装，要模拟悟空的情绪，也应该是悟空懊恼，"六耳"也懊恼，怎么会"六耳"开心，悟空也开心？

这些不正常，唯一的解释只有那两个字：心魔。

所以谁都拿心魔没办法，唐僧和观音、天庭和地府，都不行，最后能帮悟空识破心魔的地方只有灵山，能为悟空指出心魔的人只有佛祖，因为那是终极的觉知、明了、洞察。值得注意的是，觉知、明了、洞察这些词，依旧只会发生在自己心里。

台湾学者郑明娳在《西游记探源》中曾写道："就全书来看，火焰山是悟空转变的一大关键，在此之前，他残性未泯""火焰山的火就代表悟空的心中之火，全书把它安排在二心（真假美猴王）之后，意味深长，故此之后，悟空行性大为改善，不再逞凶使恶"。

这几句也许有点深奥，也许有点过度解读，但可以确认的是，紧接着在火焰山这个庞大的障碍面前，在牛魔王这个强大的对手面前，我们将会看到取经队伍空前团结、配合默契、力克劲敌的动人场景。

因为心魔破解了。

第51问 "红孩儿是太上老君的儿子""去取经的其实是六耳猕猴"，如何看待网友们的这些脑洞

"红孩儿是太上老君的儿子"，这属于"恶搞型解读"。

"真的孙悟空被如来打死了，去取经的其实是六耳猕猴"，这属于"阴谋论型解读"。

当然，这俩用词本身带了一点批评的、负面的味道——"恶搞"和"阴谋论"字面意思显得贬义居多，也许换成"脑洞式解读""另类解读""新视角解读"更平和一点。

经典名著的特点在于，它内容庞杂，信息量大，人物数量多、关系复杂，这等于是给"挖掘和拆穿"提供了天然的素材库。

他说"红孩儿是太上老君的儿子"，你问他为啥？他讲起来头头是道：第一，红孩儿是个正常人类孩子的长相，一点都不像牛魔王；第二，他懂得使用三昧真火；第三，他母亲铁扇公主竟然拥有太上老君的芭蕉扇……好像真颇有道理。当然，他讲归讲，你听归听，网友们留言说"没毛病"归留言，但凭良心说，没谁把这些当真。毕竟非要较真的话，它们大多不值一驳，毕竟"自圆其说"的逻辑，往往充斥着掐头去尾、断章取义、选择性无视。

一句"去取经的如果是六耳猕猴，孙悟空的性格为何前后如此统一"，甚至一句"作者既然花了那么大力气塑造了孙悟空这样一个英

雄的男主角形象，为啥要偷偷摸摸让六耳猕猴取代他，这么写的动机到底在哪里"，就已经能宣布讨论结束了。但这又不是法庭，不是亲子鉴定，多数时候何必那么着急上火。其实就连提出上述说法的人，几乎也都还是抱着文字游戏的心态，拿它调侃和调剂而已。你看了场精彩的世界杯决赛，也要约小伙伴踢场球，只要你们开心，目的就达到了，旁边两个体育评论员和战术分析师非要品头论足：你们踢得太不正规太不职业，你们的脚法和世界杯决赛上的那些人差得太远……那就没意思了。

既然如此，我还是主张用相对客观的态度来评价此现象。就像无数西游发烧友论坛上在争论三界六道的权力运作关系、妖怪的实力排名等话题，非要问这些跟《西游记》的文学价值、现实意义、主旨思想、作者生平、历史地位有什么联系，毫无疑问，谈不上有。因此，大学课堂上讲《西游记》，学术界论文和研讨会里谈《西游记》，一些老师在图书馆或者电视台开讲座普及《西游记》，往往不会从上述话题着眼入手。总的来说，这更像是不同身份、不同诉求的读者从不同的趣味里接受《西游记》，产生了不同的读法和反馈。但它们之间不是对立的、你死我活的关系。网络上掀起热议的西游"脑洞"话题与学者、专家、教授、治《西游记》者关心的严谨领域，一直都有着很奇妙的互补关系，彼此相映成趣。它们一起构成了《西游记》对我们文化生活的贡献，一起构成了属于《西游记》的资源。

这么说吧，一部作品的解读方式，在我看来，大致有这么三个层次。

文学史解读：故事雏形，人物源流，传递了哪些思想观念，反映了什么社会文化思潮。

文学性解读：情节、结构、人物、修辞。

文学外解读：也就是我们上面说的那些内容。

只要我们自己别混淆它们，只要让它们各自在自己的"赛道上"发挥效用，该娱乐身心的就娱乐身心，该增益学术的就增益学术，该对我们文学修养产生提升的就产生提升，该逗我们哈哈一笑的就哈哈一笑，那它们就都有存在的理由。它们能够共存，才是《西游记》宏大、深刻、包罗万象的证明，也才是大家喜爱《西游记》的证明。

第八章

漫漫长路（四）：从祭赛国到朱紫国，从盘丝洞到无底洞

第 52 问　　九头虫是个很有渊源的神兽吗

九头虫在西天路上诸多妖怪里，乍一看属于很低级、很不上台盘的。首先，因为他干的事不厚道，偷走祭赛国的佛宝还"做烂事不留名"，弄得金光寺里一群无辜的和尚被冤枉。其次，他连个自己的洞府和地盘都没有，跑到人家碧波潭入赘当上门女婿。再者，他这名字也没取好，九头"虫"，叫起来直观印象就显得档次低。最后吧，央视版电视剧的主创们为了增加戏剧性，原创了一段情节，让他在许多年前勾搭走小白龙的未婚妻万圣公主，小白龙相貌堂堂、出身高贵，又是主角团队成员之一，观众们都喜欢他，也就难免恨他之所恨，对这个贼眉鼠眼的情敌更加讨厌。

没错，九头虫人品低劣、行事恶毒，确实不是啥好人，但你要说他很弱很不值一提，却也未必。

你看他偷宝物的过程："显大法力，下了一阵血雨，污了宝塔"——气势宏大，一副能改天换日的样子。

你看他偷宝物的目的与后续保养：让他妻子"去大罗天上灵霄殿前，偷了王母娘娘的九叶灵芝草，养在那潭底下"，于是"金光霞彩，昼夜光明"——直接打天宫的主意，还发动老婆一起，简直《西游记》版雌雄大盗。

你看他偷宝物后的警惕性："近日闻得有个孙悟空往西天取经，说他神通广大，沿路上专一寻人的不是，所以这些时常差我等来此巡拦，若还有那孙悟空到时，好准备也"——这段话是《西游记》里的著名丑角"奔波儿灞"与"灞波儿奔"交代的，话中可见其先下手防御意识非常强。

何况，他还保持着一项纪录：《西游记》里绝无仅有的逃走不知去向的、没被抓住的妖怪。西游众妖的结局通常有三种：被打死消灭，被收服投降，被本家主人领走继续当坐骑。可这九头虫呢，当他负伤逃往北海时，一向嫉恶如仇、斩草除根的大圣竟然主张"且莫赶他，正是穷寇勿追"。

"穷寇勿追"这个成语是说别逼急了对手，被他狗急跳墙发起狠来，自己可能也会受到损伤。孙悟空此时说这个，归根结底还是对敌人的实力有所忌惮。毕竟，他曾与孙悟空大战三十回合不分胜负，后来面对悟空、二郎神两大绝顶高手合力攻击时，又变成原形，现出九个脑袋，擒走八戒逆转战局，最后还是被作战经验极为丰富和聪明的二郎神，用金弹弓和细犬这些出其不意的秘密武器才击败，也算是打得荡气回肠、惊心动魄。

那这个看起来很差劲、能力却很突出的九头虫，到底是什么来头？

后世已有一些考证者半是推断半是猜想地提出，他是某种上古神兽的化身。

中国神话的原形里，上古时代长有九头的异兽非常多。

比如《淮南子》中记载的"九婴"，能喷水吐火，叫声如婴儿啼哭，有九头，故而得名。在尧的时代，九婴为害人间，被神箭手后羿射杀于北狄凶水之中。

比如《山海经》中记载的"相柳"："蛇身九头，食人无数，所到之处，尽成泽国"——不仅吃人，还能制造洪水。还有"九凤"：人面鸟身的神，长有九首。

再比如《齐东野语》中记载的"鬼车"："俗称九头鸟，世传此鸟昔有十首，为犬噬其一，至今血滴人家，能为灾咎。"

好了，看到这里，我们基本可认为西游故事的传播者们是延续了、借鉴了此类远古神话的灵感和造型，将其浓缩再现，这才塑成了九头虫的形象。这一形象虽然承担了反派角色，道德败坏，但终归有一个那么遥远又宏大的来源，所以它的法力水准也必然不会太低。其实，《西游记》里后来出现的九灵元圣——九头狮子，也可视作这种"九头神兽"渊源传承的另一次再现。

那上述几个大怪兽，哪个最接近九头虫呢？或者说，哪个和九头虫的"亲缘关系"最近呢？我个人感觉，是"鬼车"——那个"九头鸟"。相比九婴、相柳这种如今已经没什么人听说过的名字，九头鸟的讲法流传更广也更久，在《西游记》成书的时代，此神兽必然也还深入人心。最关键的是，前面引述的对九头鸟的介绍里有"昔有十首，为犬噬其一，至今血滴人家，能为灾咎"。被狗咬掉一个头，这和《西游记》里九头虫的负伤过程一模一样啊。在九头虫逃跑后，书里还补了这么一句："至今有个九头虫滴血，是遗种也"，跟"至今血滴人家，能为灾咎"是不是也吻合呢？

我简直怀疑，《西游记》作者直接用了这段鬼车（九头鸟）的相关资料。再来看看原文对九头虫现出本相后的描述："毛羽铺锦，团身结絮。方圆有丈二规模，长短似鼋鼍样致。两只脚尖利如钩，九个头攒环一处。展开翅极善飞扬，纵大鹏无他力气；发起声远振天涯，比仙鹤还能高唳。眼多闪灼幌金光，气傲不同凡鸟类。"虽然叫"虫"，但你看有羽、毛，脚尖利如钩，有翅膀，会"高唳"，类比对象是大鹏和仙鹤，最后半句干脆明说了——"不同凡鸟"。好了，你说他是个啥动物？他分明就是只鸟嘛。

这里需要向大家普及一个概念，或者说一个用词法——古代人口中的虫，不同于我们今天所说的昆虫，那时虫的范围要大得多：禽为羽虫，兽为毛虫，龟为甲虫，鱼为鳞虫，人为倮虫……它是一切动物的总体泛称，连人都被包括在内了。难怪许多古代小说戏剧里管老虎叫"大虫"。既然这样，九头鸟当然也可以叫九头虫咯。

第 53 问　为啥要写荆棘岭木仙庵里的树精藤怪

荆棘岭、木仙庵，这俩地名摆出来，估计有一半读者都莫名其妙——啥？《西游记》里还有过这么两处所在？非得说"树精藤怪"，知道的人才多点，毕竟，央视版《西游记》里简短地有过这段，里面那个叫杏仙的美女还挺出彩的，在唐僧面前表演了一段连唱带舞，那首歌叫《何必西天万里遥》，高潮部分的两句"欢乐就在今朝、欢乐就在今宵"余韵悠长，可谓那一版电视剧里最优美的插曲之一。这段故事总结概括一下就是：几棵修炼成精的老树把唐僧拐去，一起喝了点茶，聊了点文学。

这一回回目叫"木仙庵三藏谈诗"——谈诗？动不动就性命攸关的西天路上，啥时候出现过这么美好、这么优雅的享受？当然，最后这些老树精得寸进尺，想把同样也是植物修行成人的杏仙许配给唐僧，结果毫无意外，唐僧拒绝，徒弟们赶到，唐僧得救。前半段，一点危机感都没有，后半段，一点悬念感都没有，总结下来，一点意思都没有。那问题来了，为啥要写这样一段内容呢？而且你看，央视版电视剧经费那么紧张，那么多重要章节都舍弃了没拍，偏偏拍了这段——作为序幕放在"误入小雷音"之前，特别像一个小插曲、一个助兴节目。

其实，这段还真有点深意，而且这深意还真和"作为小雷音寺的序幕"有点关联。

学者梁归智先生对这一回故事有深刻解读："荆棘岭木仙庵谈诗，

一般读者都不太明白，说那几个树怪花妖并没有什么大过错，不过摄来唐僧吟诗赏月，开了一次文学聚会，为什么被孙悟空和猪八戒残酷地铲除？其实这一回和下一回的小雷音寺，分别比喻文字障和学术障的危害，同样是不正当欲望。"

细心的你也许会发现，这一回和下一回的小雷音寺有个共同点，那就是：上当的、闯祸的，是唐僧自己，不是因为孙悟空卖弄本领，也不是因为猪八戒好色贪吃。因为唐僧心中有对西天大雷音寺的一份赤诚信念，所以才会看到一个山寨版就无比狂喜，一头撞进小雷音寺里；因为唐僧有文化、有修养，是个读书人，是个知识分子，喜欢讲经论道，喜欢和同样有文化有修养的人聊天，所以才会在木仙庵里流连忘返。

这就是梁先生那段话里说的"文字障"和"学术障"，精通文字的人才可能有文字障，热爱学术的人才可能有学术障，孙悟空和猪八戒他们都不会遇到这种困扰，这是独属于唐僧的考验、特别有针对性的考验。

一路都是妖魔鬼怪，一路都是面目狰狞的血盆大口，一路都是上来就把你吊起来研究蒸着吃还是煮着吃的恐怖片，这里出现了几个鹤发童颜的、谈吐风雅的老者，而且对你那么尊崇、敬重，以至于那么追捧："圣僧自出娘胎，即从佛教，果然是从小修行，真中正有道之上僧也。吾等幸接台颜，敢求大教？望以禅法指教一二，足慰生平。"一看圣僧就是有道之人，我们诚惶诚恐地、十分荣幸地想请您给我们讲讲佛学。这难道不是搔到了唐僧的痒处？这难道不是最能让唐僧欣然接受的请求？

所以我们看唐僧的表现：先是还了礼，道："弟子有何德行，敢劳列位仙翁下爱？"再是"慨然不惧"，然后又是"以为得意，情乐怀开，十分欢喜"。唐僧面对妖怪，啥时候"不惧"过，啥时候喊过人家

"仙翁"，啥时候又"十分欢喜"过？

但是，在作者看来，包括在梁归智先生这样的研究者看来，这种遇到吹捧后的虚荣，这种急于谈论和分享自己擅长的东西的表现欲，还有这种吟风弄月的华丽藻辞，都是危险的，都是修行阻碍，所以这里叫"荆棘岭"，因为华而不实的语言、对虚荣心的放纵，同样是必须砍去的荆棘，同样会伤害纯洁的人性。

你精通佛法，我就向你请教；你擅长文学，我就找你对诗；你看重名声、荣誉、个人修养，我就营造一个知识殿堂的氛围，不停表达我对你的仰慕……谨防"投其所好"，就是这一难的深意。好在，唐长老虽然沉溺了一下，放纵了一下，但最终还是跨过去了。

另外，哪怕仅仅从阅读感受、从写作节奏上看，插入这一段也是没啥坏处的。要知道，一路都是你死我活的大战，会让读者很累。在碧波潭伏龙寺九头虫之后，在小雷音寺黄眉老佛之前，放进木仙庵，就像两个华彩乐章之间的一段舒缓间奏，也像两道主菜之间的一盘沙拉、一杯清茶、一份水果，稍稍放松一下，等着下一次腥风血雨、紧张刺激，这就是我们通常说的"张弛有度"。

第 54 问　龙王们到底有没有资格自己降雨

降雨问题，在《西游记》里确实是个"问题"。全书和降雨相关的，至少有以下名场面：

泾河龙王与算命先生袁守诚打赌，私自改变降雨数据，触犯天条，被判斩刑。

车迟国，唐僧师徒与三国师斗法，比赛谁能率先求雨，孙悟空搞定了一众神仙，成功胜出。

朱紫国，孙猴巧行医，给国王开的药需用"无根之水"送下，找来龙王下了场雨。

悟空为三年未下雨的凤仙郡出头斡旋，说动玉帝回心转意，允许下雨。

除此之外，还有类似大战红孩儿时龙王相助降水，但性质属于"灭火"，算"消防行为"，而非"气象行为"，不在讨论范围内。

从泾河龙王被处死的案件就能看出，在西游世界的章程里，下雨是由天庭管理、玉帝统筹的，各路龙族没有决定权，一旦自说自话、越级办事，代价会很大，直接死刑。然而后面的剧情中，四海龙王，尤其是东海龙王，被悟空招来下雨的次数还真不少——都是紧急情况，貌似都没在玉帝那里报备。这些"计划外降雨"怎么就没被追究呢？因为它们的执行者是地位最高的龙，就拥有了免责权？还是因为取经团队的主角光环太厉害，玉帝都只能网开一面？这么一想，泾河龙王死得也太冤了吧。

原因就是频繁说到的：《西游记》经过了漫长的历史演变，是一部"世代累积"的小说，是各种民间神话、传说、戏剧、说唱艺术反复叠加的集合体。泾河龙王的下雨和西天路上的下雨，它们本就来自不同的故事体系，在进入《西游记》之前是各自独立的，当然遵循各自的不同设定。进入《西游记》之后，作者也许做过调整修改，以便整体统一，但免不了还是存在一些问题，这也可以理解。

其实真回到故事内部去推敲，它们也并非完全矛盾。

凤仙郡不下雨，是地方官得罪了玉帝，是"有权力决定下雨的那个人"决定不给凤仙郡下雨。悟空看到干旱，第一反应还是找龙王，但龙王说："我只是个当差的，哪能擅自下雨呢？你要真想下的话，还得到天宫找玉帝请一道降雨圣旨。另外，别忘了问明要下几个点儿啊！"于是大圣一个跟头来到天庭，搞定了米山、面山等考验，又让郡侯做了道场忏悔罪过，这才天降甘霖。

起于玉帝，终于玉帝，龙王要找玉帝请旨，旨意里要注明数量——这逻辑，与泾河龙王那回明显是一致的。

那么凤仙郡没问题，例外只剩下车迟国和朱紫国。

车迟国僧道比拼，下雨的确是竞赛内容，但它的触发前提，是三五十名乡老来皇宫前祈请"万岁，今年一春无雨，但恐夏月干荒，特来启奏，请那位国师爷爷祈一场甘雨"，国王这才让大家各显神通。就是说，车迟国的确需要一场雨了。"求雨"在这里是合规合情合理合法的，你只是提出诉求而已，审不审批是玉帝那边的事情。玉帝审批也没错，上天有好生之德嘛，所以来的是全套班子：管风的风婆婆、巽二郎，管云的推云童子、布雾郎君，再加上雷公电母，以及四海龙王，还严格按照工作流程一批批地来。最重要的是，邓天君还解释了："发了文书，烧了文檄，惊动玉帝，玉帝掷下旨意。"

求雨不是谁都能干的，要有修为和道术的法师，并具备"上达天听"的能力和资格才行，虎力、鹿力、羊力三位大仙就占了这么个位置，才体现出自己的不可替代。其实求雨这件事从头到尾还得按天庭的正规流程来办，该怎么下，该下多少，该下在哪里，都得天庭说了算，无非是用"国师求来"的名义下，还是用"唐朝和尚求来"的名义下，就这点区别。下过雨赈济了万民，老百姓无论感谢道士还是僧人，最终肯定还是感谢天庭。

而泾河龙王就不一样了，他该怎么下偏不怎么下，该下多少偏不下多少，该下在哪里偏不下在哪里，而且下雨的目的也变了，不是代表天庭救济下界，而是公器私用充当自己打赌的筹码。做个比喻，车迟国是真有"出警"的必要，三位国师或者孙悟空提供电话帮大家打了110，于是"警察局长"玉帝发布出警命令，"支队长"四海龙王赶来办案了。泾河龙王则是，作为"派出所所长"，直接非法调用警车和警力帮自己去打了场群架。你说哪个问题更严重？

好了，车迟国描述龙王降雨的一段韵文里，还出现了这么一句："神龙借此来相助，抬起长江望下浇。"这句话很关键。龙王来送雨，水从何处来呢？是从江河湖海等各种人间水系里调取的。天庭杜绝私自降雨，最核心的理由就在这里：去江河湖海调水，等于改变了世间万物的律动平衡，打破了自然规律，很容易引发灾殃。泾河龙王干的，就是这种事儿。带着这个结论，我们再来看朱紫国。

国王等着吃药，孙悟空叫来了龙王，龙王说："小龙只身来了，不曾带得雨器，亦未有风云雷电。"孙悟空说："用不着许多，你打几个喷嚏，吐些口水，就搞定啦。"打几个喷嚏，吐些口水，这是啥？这是自产自销，浪费了一点微不足道的体液分泌物而已，对江河湖海来说，秋毫无犯，压根没造成影响外扩。

第55问 强抢民女的妖怪，为何情种居多

《西游记》里男性妖怪，除了要吃唐僧肉，"犯罪率"最高的领域就是强占民女，比如赛太岁，比如黄袍怪。不对，他们占的不是"民女"，他们胃口比较大，下手对象不是公主就是皇后。

常规印象里，妖类残忍凶恶，女孩子柔柔弱弱的，到他们身边绝对凶多吉少。总之，他们对女孩没一点点怜香惜玉之心。

别忙，是否怜香惜玉，要看对象。在对待自己抢来的这俩女子——宝象国百花羞公主和金圣宫娘娘的态度上，赛太岁和黄袍怪竟一反常态，成了两个有点"妻管严"的卑微男人，甚至是两个痴情种。

黄袍怪和百花羞一起生活多年平安无事，外加生了俩孩子，百花羞当然是不情愿地忍辱负重、等待时机，可黄袍怪自己呢，认认真真地在过属于"两口子"的日子。对百花羞，黄袍怪真是半点戒备心也没。

唐僧师徒一到，黄袍怪的人生重心明明已经转到了吃唐僧肉上，可唐僧偏偏被百花羞悄咪咪放走了，按说黄袍怪那阎王脾气，此刻该暴跳如雷才对。哪知公主一番解释，黄袍怪回答的竟是："浑家，你却多心呐！甚么打紧之事。我要吃人，那里不捞几个吃吃？这个把和尚，到得那里，放他去罢。"可惜固然可惜，但只要媳妇儿高兴，说放也就放了，明知错过的是天上地下最珍贵的"食物"，可是和公主的心愿相比，长生不老也可以舍弃。

待到猪八戒、沙和尚再次打上门，黄袍怪等于已经知道了公主对自己是有二心的，是托了唐僧去宝象国求救的，这总要从此留些心眼了吧。可等孙悟空变成公主模样装病时，他却再次毫不犹豫地拿出了自己最珍贵的内丹舍利。孙悟空把舍利吞下，现出本来面目，黄袍怪第一反应依旧是关心老婆——"浑家，你怎么拿出这一副嘴脸来耶"，而不是"哪里来的猴头，竟敢变化了骗走我家宝物"。

赛太岁就更惨了，金圣宫娘娘穿了紫霞仙衣护体，他三年亲近不得就活生生苦等三年，也没见去抓个新的美女来替代，痴心不改啊。然后金圣宫娘娘得孙悟空指点，假装回心转意开始演戏骗取紫金铃，再看赛太岁的表现——赔礼道："娘娘怪得是！怪得是！宝贝在此，今日就当付你收之。"便即揭衣取宝。连续两个"怪得是"，诚惶诚恐，透过文字都能脑补出一副打躬作揖的样子，简直近似《红楼梦》里急着要哄林妹妹开心的贾宝玉，哪还有一点点"太岁""妖王"的做派？

至于眼睛都没眨地把看家宝贝交出去，更是和黄袍怪交出舍利一样，建立在绝对的信任之上。更搞笑的是，悟空把紫金铃拿走了，却不会用，于是又被赛太岁拿回。吃一堑，长一智？不存在的，赛太岁仍然对金圣宫娘娘没有丝毫怀疑。这使悟空又再次与金圣宫娘娘定计盗铃，结果又成功了。

如此漏洞百出的拙劣美人计，竟连续用成两次，因为啥？因为爱情。

这难分伯仲的两大"宠妻狂魔"，真是书中一个耐人寻味的奇观。作者为啥要这么写？总不会是对此二妖有格外偏爱，更不会是想借机为世间众生树立俩模范丈夫形象吧？原因很复杂。

如果爱情无法解释，那就解释为一段宿命。

百花羞公主本是天宫披香殿的玉女，和黄袍怪的前身——星宿奎木狼彼此眉目传情有了好感，但又不敢公开谈恋爱，"恐点污了天宫胜境"，所以说好了下凡来当这十三年的夫妻。只不过百花羞投胎技术好，到了皇宫里，黄袍怪却变作了妖魔，于是这十三年只能用那么不正常的方式来兑现。

朱紫国国王年轻时喜欢打猎，有一回放箭射伤了西方佛母孔雀大明王菩萨所生的两只小鸟，佛母生气，降下法旨，"吩咐教他拆凤三年、身耽啾疾"，意思就是和妻子分离三年，并感染呼吸系统疾病，原来赛太岁、金圣宫娘娘，甚至降妖治病的孙悟空，全都是"工具人"，大家只是在不知情的前提下，配合着表演了一场对国王的惩罚而已。既然是无冤无仇的"表演搭档"，相互客气一点不正好吗？

除此之外，还有很容易被忽略的一点：在古代神魔小说的价值观念里，妖类虽然会法术、有神通，但他们的阶位是低于人类的，他们虽然可以虐杀人类，但他们在人类面前是劣等物种，是有自卑感的。就像狮子、老虎可以吃人，但狮子、老虎依然是动物，是"畜生"，没资格当人。多少妖类苦熬苦练，仅仅是为了"修成人形"——看起来像人，这已经是毕生目标。这些没资格当人的妖想和人恋爱，绝对是冒天下之大不韪，是犯天条，这就使得人妖爱情里的妖必须具备一个超级强大的心理动机才行，说白了，必须爱到不行了，才敢冒这种险。

《白蛇传》里的白娘子、"聊斋"里的狐仙们都是如此，都是"爱到不行了"，赛太岁和黄袍怪也别无二致。只不过白娘子和狐仙们比较美，比较温柔贤淑，而且在属于她们的故事里是主角身份，作者和读者的感情代入对象就是她们，所以大家都会理解她们的爱，会觉得她们的爱是合理的，也会祝福她们的爱能有个好的结果。但在《西游记》里，赛太岁和黄袍怪都是配角，是取经团队的磨难和麻烦，再加上这两位面目丑陋狰狞，性情暴虐凶残，所以大家无论如何也不会站到他们的角度和立场上去想，所以他们的爱就成了麻烦，成了我们口中"妖怪竟也这么痴情"的笑谈。

第 56 问　孙悟空为啥爱用"外公"占人便宜

说到孙悟空最爱使用的"自称"，我们肯定脱口而出："老孙"呗。"吃俺老孙一棒""俺老孙去也"，这些口头禅都被拍进电视剧里了。其实不完全正确。翻翻原著你会发现，孙悟空叫自己"老孙"的时候，其实没想象中那么多。在如来、观音、师父面前，他整体上还是挺规矩的，一般都以"弟子"自居。而到了不需要客气、需要羞辱喝骂的对象（比如妖怪们）面前，孙悟空最爱拿来称呼自己的是"外公"。不信请看，我们随便摘取罗列一些原文内容：

此时却惊动那寺里大小僧人、上下房长老，听得钟声乱响，一齐

拥出道:"那个野人在这里乱敲钟鼓?"行者跳将出来,咄的一声道:"是你孙外公撞了耍子的!"(第十六回)

行者执铁棒,撞至面前,大咤一声道:"不要闲讲!快还你老外公的袈裟来!"……那怪闻言,呵呵冷笑道:"你是那里来的?姓甚名谁?有多大手段,敢那等海口浪言!"行者道:"是你也认不得你老外公哩!你老外公乃大唐上国驾前御弟三藏法师之徒弟,姓孙,名悟空行者。若问老孙的手段,说出来,教你魂飞魄散,死在眼前!"(第十七回)

"你孙外公在此,送出我师父来。""你这个儿子,忒没眼色!你外公虽是小小的,你若肯照头打一叉柄,就长三尺。""你外公手儿重重的,只怕你掼不起这一棒!"(第二十一回)

"这泼怪物,错认了你孙外公!赶早儿送还我师父、师弟、白马、行囊,仍打发我些盘缠,往西走路。若牙缝里道半个'不'字,就自家搓根绳儿去罢,也免得你外公动手。"(第三十四回)

"你这伙作死的毛团,不识你孙外公的手段!不要走!领吾一棒!"(第三十五回)

"你孙外公在这里也!"(第五十回)

"走过来,吃老外公一拳!"(第五十一回)

"泼怪物,快出来与你孙外公见个上下!"(第五十二回)

那魔头倒在尘埃,无声无气,若不言语,回过气来又叫一声:"大慈大悲齐天大圣菩萨!"孙悟空对妖怪说;"莫费功夫,省几个字儿,只叫孙外公罢。"而那妖魔惜命,真个叫:"外公,外公!"(第七十六回)

"泼孽畜!你孙外公在这里!送我师父出来,饶你命罢!""不要走!吃你外公老爷一棒!"(第八十六回)

简直是想当人家外公成瘾,孙悟空要是写个同学录、填个个人档案啥的，"兴趣爱好"一栏里，除了吃桃子、打妖怪，估计得再写上一条"当外公"。

说实话，总想嘴上占便宜并不是一件好事。中国人家族观念比较强，讲究长幼尊卑、亲疏有别，因此，通过自居长辈来贬低对方，便成为一些人在表达愤怒或仇恨时的一种手段，这很不文明，也很没档次。

很遗憾，孙悟空也有这习惯，这是他的"历史局限"，我们暂且不批评他了，重点是，为啥是"外公"？妖怪大多是动物所变，对人间的伦理不太熟悉，所以，还真有许多不明白外公是啥的。

计盗紫金铃营救金圣宫娘娘，孙悟空在门外骂战，自称朱紫国来的外公，赛太岁就听不懂，还跟娘娘一本正经讨论了半天："你们朱紫国有没有个姓'外'的""《百家姓》上有没有'外'这个姓"……最后也没得出个所以然，跑出洞迎战时，还直接发问："哪个是朱紫国来的外公？"这一段真心非常搞笑。等于孙悟空占便宜成功，还是在人家不明就里的情况下，利用了人家的知识盲区，充分体现了这只"泼猴"的调皮与狡猾。

玩笑归玩笑，"外公"的重要在《西游记》很多地方都有体现。不仅孙悟空，猪八戒也爱说这个。

乌鸡国那回，孙悟空让八戒下井背国王尸体，气得老猪对唐僧吐槽："行者的外公，教老猪驮将来了。"悟空生气道："你这馕糟的呆子！我那里有甚么外公。"八戒反呛："哥，不是你外公，却教老猪驮他来怎么？"

第六十七回孙悟空向驼罗庄的老者行礼打招呼，猪八戒又说："听见说拿妖怪，就是他外公也不这般亲热，预先就唱个喏！"

历代评点家对此还颇有一些生拉硬拽的解读，搞笑得很。比如刘一明《西游原旨》里认为，外公暗含了"外来主人公"的意思，它表示，孙悟空身上那股"先天真气"，是从外而来的，是从虚无中、从天地间得来的，而不是体内自带的……

对此，我个人觉得有点牵强，还不如这么想：外公是"母系长辈"——妈妈的父亲。为啥不提爸爸那边的亲属呢？也许这和孙悟空的出身有关。

众所周知，孙悟空是一块石头里蹦出来的，确切说，是石头吸收了天地精华、日月灵气才孕育而生。无论如何，既然有个"孕育"的地方，那勉强可以认为他有"母亲"，至少是有"母体"。母体就是这块石头。那父亲是谁？是天地精华还是日月灵气？太宽泛了，也太抽象了。没法说，也说不清。所以孙悟空就成了个"只知其母，不知其父"的特殊物种，所以，孙悟空就会"只提其母，不提其父"了——这多多少少会促使他更喜欢拿母系长辈"外公"来说事儿。

其实，个人认为更合理的解释是：《西游记》的作者，或者说《西游记》所产生的那个社会文化里，"外公"显得很特别，很容易被提到。

我们后面会讨论《西游记》的作者问题，这个问题三言两语说不清，在这儿姑且先默认《西游记》是由大家目前比较公认的吴承恩先生所写。

吴承恩的家庭背景是怎样的呢？在他为其父亲所作的《先府宾墓志铭》中，吴承恩说道："弱冠婚于徐氏。徐氏世卖彩缕文縠，先君遂袭徐氏业，坐肆中。"吴承恩之父从小日子过得很贫困，成年后娶了徐家女儿，继承了岳父家的事业，这才慢慢好转。从中可以了解到，这徐家的父亲、"先君"的岳父，也就是吴承恩的"外公"，他是吴承恩父亲人生转折的关键，是他所拥有的这份家业、这份生意，才让吴承恩自幼的生活有了基本保障，甚至才能摆脱贫困去读书认字。那么对于吴承恩而言，这位"外公"可以说是生命里的贵人，也可说是最值得尊敬的、拥有绝对权威的长者。就这样潜移默化、有意无意地他把自己对外公的感情写进了书里。

　　还有一点也很微妙，正因为在古代中国"重男轻女"的宗族结构里，爷爷、爸爸、儿子的传承构成了一个核心路径，所以爷爷和爸爸，等于是你的"自家人"，并不是你的"亲戚"，外公、舅舅、姨妈，这些才属于你的"亲戚"。今天很多饭店、民宿、旅游景点喜欢取名叫"外婆家"，笔者生活的城市杭州，"外婆家"是最有名的餐饮品牌之一。为啥不叫奶奶家？因为传统认知里，奶奶家就是你自己家，外婆家才相当于除了你自己家之外和你最亲密的那个家。同理，外公相当于除了你自己家里人之外和你关系最近的、辈分较高的一个"亲戚"。爷爷和爸爸掌舵着你的家族，他们会督促你守规矩、讲礼仪、读书学习，难免会显得严格、刻板，让人畏惧，你要是学坏了还可能被他们"家法伺候"。"亲戚"就不一样了，"亲戚"则更多负责提供慈爱、温柔和宠溺，在你去他们家"做客"的时候，他们会端出无数好吃的好玩的。那么，在书里用"亲戚"的名义（而不是爷爷、爸爸这些"大家长"的名义）打趣，是不是能让整个故事氛围、让阅读心情变得更轻松愉悦呢？《西游记》浓郁的人情味道就是通过这种称呼细节、玩笑细节来体现的。

第 57 问　《西游记》里最特殊的女妖怪是谁

　　无底洞在《西游记》原著中占据了五回内容，是"女妖精"里最多的——白骨精、蝎子精、蜘蛛精都是一回半，玉兔也就两回。

　　作为一种名列"四害"的动物，老鼠的位置始终很边缘化。稍稍正面一点、可爱一点的形象，也就《红楼梦》里宝玉为了哄骗春睡方醒的林妹妹，临时编出了一个耗子精偷香芋的悄悄话，另外就是部分江湖汉子的绰号，比如锦毛鼠白玉堂和白日鼠白胜。这种歧视一直持续到大家熟悉的当代动漫里，甚至迪士尼的米奇传入之后，在《黑猫警长》与《邋遢大王》时代，老鼠依旧是标准的反面角色。第一次变好，估计得等到《舒克与贝塔》或者《蓝皮鼠与大脸猫》。从这个意义上，把老鼠塑造成美丽女妖怪的《西游记》，不愧是中国神魔小说里最有创造精神的先行者。

居住在陷空山无底洞的金鼻白毛老鼠精是西天路上出现较晚的妖怪，即使是女妖，这之前也已经有白骨精、蝎子精、铁扇公主、蜘蛛七姐妹、比丘国美后，外加金角银角大王的干娘九尾狐奶奶、牛魔王的小妾玉面狐狸、九头虫的老婆碧波潭公主等登场过。估计到这个时候，关于鸟兽虫鱼修炼成精的"脑洞"被动用得差不多了，八十一难却还没凑齐，于是作者想到了老鼠，但老鼠的登台面临巨大的写作难度，耗子体小身弱，要是修成男人，估计还不够孙猴子一棒，就得轻易被解决，实在太没戏份；要是修成女体，那"贼眉鼠眼""獐头鼠目"这种成语，又与人们对美的期待相差太远。于是在这里，《西游记》作者展示了他充足的博物学知识和活学活用能力，"金鼻白毛"就这样出现了。

这只鼠的身世，哪吒三太子的叙述比较全面："他有三个名字：他的本身出处，唤做金鼻白毛老鼠精；因偷香花宝烛，改名唤做半截观音；如今饶他下界，又改了，唤做地涌夫人是也。"金鼻白毛老鼠精、半截观音、地涌夫人，如果再加上这一回标题里所谓的"姹女"，一共具备四个雅号。雅号多，其实是文人的嗜好。这么看来，这只美女老鼠非常特殊，她被赋予了文人的特色，被当作半个知识分子来写。

大家在一些科普类读物里知道，老鼠确实是很聪明的动物。毕竟，人家是凭着脑子在严酷的生活环境里存活下来的，被灭了这么多年，肯定积累了极其丰富的斗争经验。对于美女老鼠的文人气，书中旁证很多，比如在黑松林里博取唐僧同情时说的那一番自我剖白，有头有尾有理有节，远比当初采取同一手段的红孩儿精彩；又比如两次使用绣花鞋遁形术，第一次在金箍棒下成功逃生，第二次更是调虎离山成功骗开八戒沙僧。真可谓有勇有谋，大有智计百出、兵不厌诈的味道。

这个鼠精凭着弱不禁风的女儿身，构建了取经路上的一次巨大麻烦，在白骨精还停留在白虎岭劫杀单身行人的时候，我们的鼠精已经敢于自称半截观音，打打如来座前香花宝烛的主意了。

奇怪的是，以老鼠精的智商，该懂得夜长梦多的道理，何不在把唐僧掠入无底洞当天就不由分说"霸王硬上弓"，还要酸津津花好多时间去筹办什么婚礼，为三位徒弟的营救行动留下如此宽裕的缓冲期？连太白金星都懂得恐吓孙悟空"再不回去估计连小和尚都生了下来"，一向富于行动力的鼠精怎么突然行事拖拉了呢？

答案很遗憾：正因为鼠精脑子太好，感情太丰富，才想要按部就班地把人间夫妇的程序走完，想要与唐僧升华出感情的温度，妄想着在那暗无天日的无底洞里，跨越佛与魔的鸿沟，尝试着培育爱情吧。这份"恋爱脑"的愚蠢，让鼠精一次次地犯错：被丝毫没有斗争经验的、老实巴交的唐僧骗过，吞下了猴子变化的桃；第二次战胜"孙猪沙"三兄弟后，依旧没能下决心快刀斩乱麻，还在等着唐僧两相情愿，于是猴子火速上天搬来了救兵。

她既能在雷音寺偷食香花宝烛，想来也偷听过如来讲经，心里萌出了皈依从善的念头。她既愿认李天王为父，认哪吒为兄，虔诚地立牌位焚香供拜，想必也有亲近正道、被天庭和人间接纳的愿望。她把唐僧看作了又一次机会，但她错了。

第 58 问　大鹏是种什么生物

　　无论哪路网友列举《西游记》里比较厉害的妖怪，大鹏排名前三几乎没有争议，甚至更多时候，他是"独居榜首"的那个。当然，仔细读原文你会发现，单以武艺而论，大鹏倒也没有明显胜过孙悟空，两人交锋时基本还是平手状态，是后来八戒沙僧过早被擒、三妖合体围攻之下，猴子才打不过遁走的。但是，这只是"打"而已，"厉害"这个词，指的不只是"打"。

　　"综合能力"上，大鹏实在太特殊了。别的妖怪都单打独斗，自己搞一座洞府过活，只有他，玩的是团体行动：大鹏是狮驼三妖里最先打听到吃唐僧肉能长生不老、也最先动了念头要劫杀取经人的，但他担心"自家一个难为"，所以主动找了青狮、白象结拜兄弟，还自己主动当老三——明明是发起人，却让别人作大哥、二哥，果然，越有野心越想办大事的人，越是能屈能伸、不拘小节。

　　后来我们也看到，这个三妖组队是真正意义上的并肩作战，跟五百年前孙悟空、牛魔王他们那种只在一起喝喝酒全然不同。这种凝聚力的形成，跟充当牵头人的大鹏所具有的威信和号召力密不可分。

　　别的妖怪最多只占山为王、吃掉过路人，只有大鹏最狠，把一座城市里的男女老幼全都吞了个干净，甚至还以妖精之身占领统治着狮驼国——这是西天路上，甚至是我所知道的古代神话故事里，唯一一个全境被妖精占领了的、成为妖精家园的人间国土。

　　大鹏双翅一扇九万里，速度上完全克制了筋斗云——悟空翻个跟头十万八千里，但这翻跟头的过程，连蹦带跳全套动作下来怎么着也得十秒钟吧，大鹏只要花两秒钟扇两下翅膀，就远远超越在前。大鹏随身宝贝叫阴阳二气瓶，高二尺四寸，内有七宝八卦、二十四气，要三十六人按天罡之数才能抬动，孙猴子如此强大的金刚不坏之身，每次被抓进各种收纳系宝物里都跟玩儿一样，唯独在此瓶中，被"烧软了孤拐"，最后靠的是观音所赐"救命毫毛"才勉强活下来。

大鹏头回登场就看穿了孙悟空的变化术，知道不能把他吃进腹中，避免了猴子最擅长的将计就计，后续又果断布置调虎离山，把师徒四人一网打尽，再后面又能以谣传"夹生吃唐僧"的流言来攻心，瓦解破坏了悟空的斗志，在这一段里，悟空非常罕见地不断出现痛苦情绪，听闻师父的"死讯"时，走出妖洞回到山上却不敢再去叫阵时（注意是"不敢再去"，大圣之前啥时候有过"不敢"啊），去西天求援面对如来时，一次次"泪如泉涌，悲声不绝"。前面的其他回答里也提到过，他潜入妖洞后，对八戒的称呼是"悟能"——他从来都只叫呆子、夯货，心情好时充其量也就叫一声八戒，这次却用了正经的法名，可见他潜意识里已经完全没了开玩笑的心情，恐惧和绝望几乎让他失去了顽皮爱闹的"猴性"。可以说，对孙悟空的打击之彻底、之全面，整部书中，再无其二。

这样的大鹏，最终叫喊出了书中最罕见的口号："我们一齐上前，使枪刀搠倒如来，夺他那雷音宝刹"——要知道，孙悟空当初也只是要抢玉帝的位置而已，这位的目标都是西天佛祖了，真是要"逆天了"。

这样的大鹏，最终被作者调动出了书中最罕见的捉妖"全明星阵容"："过去、未来、见在的三尊佛像与五百阿罗汉、三千揭谛神，布散左右，把那三个妖王围住，水泄不通"——当初擒拿孙悟空，也不过就如来一尊佛动手即可。

这样的大鹏，被擒住之后，如来竟也对他不打不杀不罚，而是温言软语地招安，"教他在光焰上做个护法"，还给了超级优厚的、有诱惑力的条件："我管四大部洲，无数众生瞻仰，凡做好事，我叫他先祭汝口。"——全世界美食供"你"先吃。

出手擒拿大鹏前，如来对其有过详细介绍：

自那混沌分时，天开于子，地辟于丑，人生于寅，天地再交合，万物尽皆生。万物有走兽飞禽，走兽以麒麟为之长，飞禽以凤凰为之长。那凤凰又得交合之气，育生孔雀、大鹏。孔雀出世之时最恶，能吃人，四十五里路把人一口吸之。我在雪山顶上，修成丈六金身，早被他也把我吸下肚去。我欲从他便门而出，恐污真身，是我剖开他脊背，跨上灵山。欲伤他命，当被诸佛劝解，伤孔雀如伤我母，故此留他在灵山会上，封他做佛母孔雀大明王菩萨。大鹏与他是一母所生，故此有些亲处。

其实这段话信息量比较有限，无非说大鹏是一种神奇的鸟类，跟凤凰是母子关系，跟孔雀是兄弟关系。

其实，大鹏在神话谱系里的形成过程很复杂。

中国原始传说中，有"鲲鹏"这样一种奇特的生物，它是鱼类和鸟类的合体，在二者间随意变化。战国时期，《列子·汤问》和《庄子·逍遥游》都对此有过记载，尤其后者非常有名："北冥有鱼，其名为鲲。鲲之大，不知其几千里也。化而为鸟，其名为鹏。鹏之背，不知其几千里也；怒而飞，其翼若垂天之云。是鸟也，海运则将徙于南冥。"

北海有一条大鱼，它的名字叫鲲。鲲的体型巨大，不知道有几千里。当它变化为鸟，名字叫鹏，鹏的脊背，不知道长几千里；当它用力鼓动翅膀而飞的时候，那展开的双翅就像悬挂在天空的云。这只鹏鸟啊，海水运动时将要飞到南海去。

画面是不是很美很壮观？老祖宗们浪漫雄奇的想象力让人咋舌。鹏程万里、鲲鹏之志，这些成语就来自此处。

这鲲鹏硕大的体型，尤其是翅膀、强悍的飞翔能力、在天地间自由来回的洒脱神通，和《西游记》里的大鹏倒也同工异曲。

古印度神话传说中，有一种叫"迦楼罗"的巨型神鸟，是印度教三大主神之一毗湿奴的坐骑，后来又被佛教体系吸收，位列"天龙八部"（担任护法的八种生物）之一。迦楼罗专门以龙和蛇为食，这与《西游记》中大鹏每天吃五百条龙的凶残习性完全匹配，迦楼罗的护法神身份和如来收服大鹏后的安排也挺吻合。

所以我们可以这样认为，大鹏的来历有中国和印度两条源流。在佛教兴盛、佛教传入中国、佛经故事吸收本土神话加以改造的这一系列复杂过程中，"神鸟"这个图腾被反复利用与塑造，最后，护法迦楼罗和半鱼半鸟的大鲲鹏发生了形象交融，落定为一个确切的形象，并最后被用在《西游记》里，成了法力无边的妖王。

当然，古代小说里，大鹏也不都是反面形象，《说岳全传》里鼎鼎大名的岳飞就被描述为大鹏转世，所以岳飞字"鹏举"嘛。还真别说，《西游记》里的大鹏这份武艺高强、足智多谋、敢作敢为的气质，倒真有点超级名将的味道。

第 59 问　孙悟空真的很爱哭吗

细心的读者也许会发现，咱们这一问涉及的内容大概恰好对应了孙悟空在取经路上感情最丰富、最脆弱的一段时期。

第七十五回被收入阴阳二气宝瓶中时，孙悟空"忍不住掉下泪来"。

第七十七回听说唐僧被妖怪吃了，孙悟空"忽失声泪似泉涌"。

第八十三回发现唐僧不见了，孙悟空"止不住眼中流泪"。

第八十六回花豹子精以"分瓣梅花计"（其实就是调虎离山连用

几次）引走几位徒弟，趁机抓走唐僧，孙悟空又"止不住腮边泪滴"。

短短十回里，他哭了四次。这哪里是我们心目中英勇顽强、坚韧不拔、无所畏惧的美猴王？这简直就是个泪点低到爆表的"爱哭鬼"！最后这次哭，连猪八戒都看不下去了，在旁边说了句语气很重的话："不要哭，一哭就脓包了！"

孙悟空当然不是"脓包"，但孙悟空也的确不像我们想当然认为的那样"猴儿有泪不轻弹"。有人详细统计过，整部《西游记》，孙悟空一共哭了十八次，在"西游落泪榜"上的排名，仅次于哭了三十多回的唐僧。问题是，唐僧慈悲为怀，性格"懦弱"，又是没有法力的普通人，他哭多少次都可以理解，而且作为团队领导，有时候"哭"也是一种团结大家、感动大家、勾起大家保护欲的方式——宋江、刘备都超级能哭，但孙悟空为啥也哭得那么频繁呢？

在戏剧影视文学中，我们通常把故事里的角色分为两种：扁型人物和圆型人物。

顾名思义，扁型人物是比较扁平的，只有一种核心特征，而且这种核心特征从头到尾都没有变化。换成一个你们更熟悉的词，就叫"脸谱化人物"。

中国古代小说戏曲里，简直是脸谱化人物的密集区域：关羽从头到尾都是忠义的化身，张飞从头到尾都是勇武的化身，曹操从头到尾都是奸诈的化身……这样写的好处是鲜明、直接，有冲击力，让人印象深刻，也便于营造矛盾冲突，进而让故事更精彩。但坏处也很明显：夸张、失真、不可信。鲁迅先生说《三国演义》"欲显刘备之长厚而似伪，状诸葛之多智而近妖"——把刘备的宽厚仁慈渲染得太过头了，简直近似虚伪；把诸葛亮的神机妙算渲染得太过头了，简直像个妖怪。所以，文学本身的发展，小说写作水平的进步，必然伴随着"把扁型人物拉圆"的提高过程。

圆型人物，指的就是相对复杂的、有多种性格侧面的、优点突出但也存在弱点的人物，也是更接近现实的人物。

《西游记》也许正在经历这种有意识的变化，也许正在学着避免"欲显唐僧之长厚而似伪，状悟空之神通而近妖"的过犹不及，所以对它的天字第一号大英雄，它也没有回避其柔软的、多愁善感的、情绪丰富的那一面。这恰恰是《西游记》的出色，是《西游记》的精益求精。这也恰恰体现了孙悟空的可爱与可亲。因为孙悟空的这些哭，都不是没来由的，也不是自寻烦恼的，里面至少有一半以上都是为了唐僧而哭。除了刚才提到的那些，还包括：

第三十四回"只为想起唐僧取经的苦恼，他就泪出痛肠，放眼便哭"。

第五十一回打不过青牛精，流泪感叹"师父啊！指望和你——佛恩有德有和融，同幼同生意莫穷"。

第六十五回在小雷音寺败给黄眉老佛，逃命后"咬牙恨怪物，滴泪想唐僧，仰面朝天望"。

以及那两次最著名的"被赶走"：

第二十七回三打白骨精后"噙泪叩头辞长老，含悲留意嘱沙僧"。

第五十七回打死强盗后被逐，到了观音面前"倒身下拜，止不住泪如泉涌，放声大哭"。

不是感同身受于唐僧所遭到的磨难，就是懊恼于自己救不了唐僧的无助，再不然则是被唐僧误解了的委屈。

当然，第二回卖弄本领被须菩提祖师赶回家时，"挥泪"问了句"教我往那里去"——这也在广义上算作"为师父流泪"。

你在意一个人，才会反反复复为他落泪；你把一个人的事业当成自己的事业，才会在这项事业遭遇挫折时难过伤心。换了猪八戒，遇上师父失踪或师父翻脸，正乐得"分行李回高老庄去"，哭什么哭？

这些"哭着的孙悟空",让我们看到的不是懦弱,而是他的忠诚、尽责、重情重义。更何况,哭完之后,下一步或者继续去作战,或者上天去求援,总之,哭是情绪插曲,而不是放弃态度,不是"除了哭啥也不做"。套用一句网络流行语:自己选的取经路,哭着也要走下去。虽然看着惨兮兮,但要知道,这也是一种永不放弃的毅力。

如果说上述所有都是"该哭的时候哭",那么还存在着一次极为特殊的"不该哭却哭了"的时刻。那就是开篇第一回,孙悟空刚当上猴王,眼见着过上了无忧无虑、快乐自由的日子,但他却在"与群猴喜宴之间,忽然忧恼,堕下泪来"。吃着喝着玩着闹着,怎么看都该笑才对。但是,偏偏在大家都开心到疯了的时候,他却安静下来,想到了死亡,想到了时间,想到了青春的短暂,想到了这么宏大的命题,然后想到了要去找一条挣脱生老病死的解脱之路,想到了要去学本领,要去寻求真理。这是"哲学之哭",是"超越凡俗之哭",是"不满足当下之哭",这体现出的,是迥异于常人的大智慧、大志向,是迥异于常人的敏锐、深刻。这只哭着的猴子,已经由此注定了自己璀璨辉煌、建功立业的一生。

第九章

终成正果：天竺国和灵山

第 60 问　金平府观灯：元宵节怎么总是出状况

　　西天取经走过了十四年寒暑，按说其间肯定经历过不少节日，但几乎没见到书中有这方面描写，充其量是作为某些事件的前因提一句——黄袍怪去宝象国掳走百花羞是在很多年前的一个中秋节，赛太岁去朱紫国掳走金圣宫娘娘是在很多年前的一个端午节——唐僧师徒四人都不曾参与其中。也很好理解，风餐露宿地赶路，哪有心思过节。唯独快到西天时，在金平府，故事里第一次具体描写了一个节日：元宵，而且唐僧师徒还充分体验和分享了这个节日，他们游玩于街市，和全城百姓同乐。那回回目就叫"金平府元夜观灯"，一冲眼仿佛某条安定祥和、其乐融融的社会新闻报道。

　　之前咱们就吐槽过这事儿，金平府隶属于天竺国，其远在西天，那地方竟然也会热热闹闹遵循东土大唐习俗过元宵？

　　原著里对金平府灯会进行了大段描写："三五良宵节，上元春色和。花灯悬闹市，齐唱太平歌……万千家灯火楼台，十数里云烟世界。那壁厢，索琅琅玉辔飞来；这壁厢，毂辘辘香车辇过。"这完全就是一幕中原王朝城市里喜闻乐见的气象。只能说，作者又一次"推己及人"地使用了自己熟悉的身边场景来想象异国风情。

　　后面发生的一切大家都知道了，青龙山玄英洞三头爱吃香油的犀牛精来元宵的金平府找油吃，遇到了佛寺里的唐僧，于是将他抓走，由此又引发了一场营救师父的大战。这个元宵节真可谓乐极生悲。

　　其实，乐极生悲的元宵节又何止这么一个？之前有人做过盘点，中国古典名著里的元宵节，简直就是"事故高发地"的代名词。

《三国演义》里，曹操独揽大权、飞扬跋扈，朝中有五位大臣（耿纪、韦晃、金祎、吉邈、吉穆）计划联手，利用正月十五庆赏佳节之际，起兵讨伐曹贼，可惜这五人毕竟势单力薄，手中没什么兵权，也缺乏斗争经验，最终计划失败了，他们纷纷死于乱军之中，五家宗族老小，还有被株连的三百多名官员，也都被曹操下令斩首，一个温馨欢乐的看灯夜，就这样被搞得人人自危，杀得血流成河。

《水浒传》里第一次出现元宵节，是宋江和花荣在清风寨看灯时，被心肠歹毒的刘高老婆认出他是"土匪窝"里来的，吃了官司，险些送命；第二次出现元宵节，是大名府灯会，时迁趁着游人如织、灯火通明的掩护，点燃了翠云楼，梁山好汉们里应外合，就此发起对大名府的偷袭，城中尸山血海，死伤不计其数。

《红楼梦》里第一次出现元宵节，是甄士隐的女儿英莲外出看灯被拐走，从此开始了她一生的悲惨命运；第二次出现元宵节倒相对比较美满，元春晋封贵妃回家省亲，成了贾府辉煌的顶峰，但这里面的劳民伤财、铺张浪费，以及贵妃后面和家人们所做灯谜里的暗示隐喻，其实也敲响了盛极而衰的预警。

就连一些没那么知名的小说，元宵节也没能得以幸免，《隋唐演义》里秦叔宝一行七人夜入丞相府、杀掉宇文公子、大闹长安城是在元宵夜，《薛刚反唐》里薛刚闹事一脚踢死皇子，唐高宗气得掉下御楼伤重不治也是在元宵夜。哪怕当代畅销书和影视作品都沿袭了这个传统，大家如果看过热播剧《长安十二时辰》或读过马伯庸老师的原著，应该能想起长安的那场末日危机也发生在元宵节当天。

元宵节要是会说话，真得对着漫长的中国文学史哀呼一声："我招谁惹谁啦？"元宵节的"万能背锅侠"身份当然有原因了，当然不是由于历朝历代的文学家和写手都针对它、都存在偏见了，恰恰相反，是元宵节太珍贵、太难得了，作为故事材料，它绝对无可取代。

这涉及中国古代一项持续很久的城市管理制度：宵禁。

宵禁一词在现代也有使用，指在特定时间、特定区域内禁止夜间活动，往往是作为灾害、瘟疫、战争、骚乱等极端情况下临时性维持秩序的手段，等恢复了稳定，也就终止了。但在历史上，宵禁却作为常规性的制度，一以贯之地存在，而且适用对象遍及皇城、京城、商业重镇、港口、关防要塞乃至边远村寨，是非常重要和严格的安保措施。这主要是因为：第一，中国作为一个农耕社会，原本就推崇日出而作、日落而息的生活习惯；第二，古代缺少照明设施，夜间只能借助月光和星光，行走不便，再加上很多野兽都习惯晚上出没，甚至迷信里认为妖魔鬼怪也都在太阳落山后才会出来，所以既不宜夜行，也不敢夜行；第三，所谓"月黑风高"，晚上总是和许多阴谋诡计、违法犯罪行为联系在一起，对官府来说，大家晚上都老老实实待在家里，是最乐于看到，也最便于管理、最让人安心的选择。

前面讲到三国，要知道，曹操年轻时担任洛阳北部尉，大宦官蹇硕的叔父就因为夜里上街，违反了法令，即被曹操乱棍打死，大家还纷纷钦佩曹操的刚正不阿、铁面无私。是不是有点太不近人情了？久而久之，老百姓也都默认成自然了，何况那时也没啥吸引人的夜生活。但一年到头，大家总会有久静思动的时刻，也会想着偶尔找个晚上出来搞点社交聚会、娱乐活动吧。别着急，元宵节就是仅有的那个政府允许所有人"破例"的日子。那一天不仅可以夜间出来玩，而且可以玩通宵！于是，每到这一天，几乎每个城市和乡镇都要举办大型的庆祝活动，大家赏花灯、猜灯谜、逛夜市、吃小吃、看各种卖艺表演，不玩到天亮不回去，甚至连平日里白天都很少有出门机会的女孩子，这天也可以结伴自由夜游，一来二去，元宵节就有了古代情人节的附带属性，许多年轻男女在这个夜晚谈情说爱，邂逅了自己的心上人。"众里寻他千百度，蓦然回首，那人却在灯火阑珊处"说的就是这个夜晚的浪漫。

现在你能理解了吧，一个所有人都习惯了晚上待在家的时代，一个所有官员、吏员等维持秩序的人都习惯了晚上没人出门的时代，每隔365天忽然冒出这么一个摩肩接踵、熙熙攘攘、挤到路都走不动的夜间，一些"不习惯"就该爆发了，出点状况也是大概率事件。再加上古时候的房屋建筑几乎都是木结构，元宵节又是点灯用火、燃放烟花爆竹的高峰期，光火灾这一项的发生概率就不知道高到哪里去了。这种"很快乐又很危险"的状况，成了古代人心里的潘多拉魔盒，成了印象深刻的诱惑，也就毫无疑问要被文艺作品和民间故事反复地拿来演绎。这些写故事的人自身的态度，就代表了老祖先们对元宵节爱恨交织的矛盾。《西游记》的作者也不会例外。

第 61 问　中国古代就知道犀牛了吗

前面就提过，《西游记》虽然包罗万象，但总要受到作者生活环境、见闻、知识结构的限制，写到各种修炼成妖的飞禽走兽，也必须得是那个时代的中国人看到过（至少是听说过）的物种。这里面有本土动物比如老虎，也有外来物种比如狮子，却终归不可能有斑马、袋鼠、考拉、企鹅、北极熊、马来貘……所以，玄英洞里三头犀牛精引起了不少人的兴趣与质疑。犀牛不是只分布在非洲及东南亚的一小块地方吗？难道中国古代就已经知道犀牛了？

还真是如此，而且很早就知道了。我们如果去北京的国家博物馆参观，可以看到一件汉代国宝级文物：错金银云纹青铜犀尊，就是一件犀牛形状的青铜酒器，非常精美传神。

别忙，还可以回推到更早。我们在高中学过一篇春秋时的古文——节选自《论语》的《季氏将伐颛臾》，那里面，孔子有句话叫"虎兕出于柙"，这"兕"，据说也是指犀牛。还记得金兜洞的"兕"大王吗？这么看来，犀牛在《西游记》里竟然都不是第一回出现啊。

不过也有人认为，作为上古神兽的"兕"，是个状如犀牛、但又不是犀牛的东西，全身苍黑色，有且只有一只"板角"（就是独角兽那样的犄角），而且必须要"逢天下将盛"（赶上风调雨顺的太平盛世），才会出现于世上被大家看见——这是标准的"祥瑞"。

当然，"兕"中最著名的，就是所谓板角青牛——太上老君的坐骑，也就是金兜洞兕大王的原型。

稀里糊涂的，反正是传说中的动物，也无法考证，但我们应该可以认为，就算这"兕"严格意义上并非犀牛，多半也是根据犀牛的样子想象出来的，多半也是"犀牛的神话版近亲"。

关于犀牛长什么样子，从《尔雅》到《本草图经》，口径都基本一致：体型像牛，面部像猪，脚有三蹄……但众所周知，犀牛身上最有辨识度的，就是犀牛角，最珍贵最值钱的，也是犀牛角，乃至犀牛家族的灾难、遭遇的捕杀和盗猎，如今濒临灭绝，祸患也都来自犀牛角。所以中国的先民们认为，犀牛的种类，就得按角的数量来划分：

宋代《埤雅》中，称三角的犀牛为"水犀"，二角的为"山犀"，角生在顶上的为"顶犀"，生在鼻上的为"鼻犀"。

而晋代博物学家郭璞又提到，犀牛的"三角一在顶上、一在额上、一在鼻上"。事实上，我们谁都没见过三角的犀牛，在科学材料里我也没发现关于这种三角犀的记载。

唐代《岭表录异》一书又说犀牛"首有二角，一在额上为兕犀，一在鼻上较小为胡帽犀；鼻上者，皆窘束而花点少，多有奇文。牯犀亦有二角，皆为毛犀……"有的角在鼻子上，有的角在额头上，有的角上有纹路，有的角上有花色斑点。倒是有热心网友综合了上面的描述，勉强推断出，若按今天的分类，"毛犀"大概是苏门答腊犀，"兕犀"和"胡帽犀"大概是爪哇犀或印度犀……

总之，古人很喜欢记述犀牛（毕竟很罕见，又很奇特，在书里提及一下，也能显示作者的博闻强记、见多识广），但古人的记述又很混乱，概念上随心所欲、自相矛盾、说法不统一的地方很多。因此，明清《西游记》的绣像本（就是配有插图的版本）里，三头犀牛精总是被画得跟一般的黄牛、水牛没啥区别。

只能说，中国古代就知道世界上存在犀牛这种奇特的动物，也已开始将其纳入各种轶闻掌故当中，但这"知道"的程度，还远没达成"通晓"，更谈不上"研究"了，充其量是从自身需要出发去"借用"和"附会"。

中国文化里有关犀牛最常见的是两个"附会"，或者说两种"吉祥话"，一个是犀牛望月，一个是犀牛辟水。

三国时期的《南州异物志》里记录："犀有特神者，角有光耀，白日视之如角，夜暗掷地皆灿然，光由中出，望如火炬。欲知此角神异，置之草野，飞鸟走兽过皆惊。"大致翻译一下就是：犀牛角白天看着平淡无奇，但在夜间、暗处却会放出明亮的光芒，与月亮遥相辉映（所以才"望月"），甚至能惊走其他鸟兽。这类记载后续还有很多很多。一来二去，犀牛的一个经典造型就成了在月下独坐，用犄角像瞄准镜一样正对着月光。

明中都皇城一块石碑的须弥座（就是碑的基座）上的浮雕里，被发现了一头奔跑的犀牛，而在此犀牛的正前方，就是一朵如意祥云托举着一弯月牙的图案。分析此种传说形成的缘由，我个人估计，首先是因为犀角那个形状的确看着有点像倒扣的火炬火把，让老百姓产生

"它能照明"的错觉；其次，前面也提到了，犀角十分名贵，那么围绕着它有意识地编织一些神神道道的故事，肯定更有利于"炒作"出高价格，你就当成是一种"软广告植入"吧。

至于犀牛辟水，古书中的条目就更多了。

晋代《交州记》："有犀角通天，向水辄开"——犀角可通天，犀牛入水时，水面就会顺着犀角分开。

南朝《南越志》："巨海有大犀，其出入有光，水为之开"——大海中有大犀，它出入水面时会发光，水面会被它破开。

奇怪的是，这些奇谈怪论里，犀牛都被认为是一种"海兽"——水里的动物。这也许来自于犀牛传入中国的路径，无论是以实体动物传入，还是以画像、雕刻等"图案"传入，基本都是从东南亚或南亚那边的海路而来，西北草原上可没有犀牛的影子。阴差阳错，"犀牛海上来"成了犀牛自己漂洋过海游过来，犀牛也就与大海绑定在了一起。在河南开封、湖南株洲等地，都有"镇水铁犀""镇河铁犀"的雕塑。我所生活的城市杭州，大名鼎鼎的于谦祠里，也摆着一头很萌的铁犀牛，这就是当年于谦主持治理黄河成功后，亲自督工建造的，还为它题写了铭文：希望"波涛永息"。这些，都是"犀牛辟水"带来的美好祈愿。

你看玄英洞的犀牛怪分别叫辟寒大王、辟暑大王、辟尘大王（犀牛角是灵物，能防各种邪祟），你再看他们后来落败时竟逃进了西海当中（犀牛能辟水、是海兽）——这种种安排，其实多多少少都反映了中国古代文化里的"犀牛认知"。

第 62 问　天竺国就是现在的印度吗

没错，天竺就是古代中国（也包括亚洲其他很多国家）对印度，以及印度半岛上其他国家的一个统称。

印度第一次出现在中国人的视野和记载中，还是司马迁的《史记·大宛列传》，当时它的音译名叫"身毒"——这俩字来自印度河的梵文"Sindhu"，仔细念几遍，感觉跟"印度"还是比较像的，但这俩字写出来真不好看。情况在玄奘出发的初唐已经有了变化，"身毒"变成了"天竺"，天竺虽然看着像盆景观植物的名字，但无论如何都比"身毒"好太多了。

我觉得，这首先得益于古代印度自身取得的发展和进步——成为一个文明发达的国家，尤其在宗教文化上，对周边乃至整个亚洲产生了深远的影响。其次，唐朝是个开放、包容、文化多元的"世界性帝国"，它不排外，也不盲目自大，这也是它能如此强大的基础和前提。

那古代印度人怎么称呼中国呢？

在古印度人眼里，大唐土地位于东方，而"东方"正是太阳升起的方向，所以印度古人从这一现象出发，给中国起了一个非常生动的名字："震旦"。

天竺、震旦，一个柔和浪漫，一个气势恢宏，这是两个文明古国最初的遥相致意，彼此都给了对方足够美好的想象。

这美好的想象促动了玄奘法师不远万里的旅途。这美好的想象也被带进了《西游记》里，天竺国被描述为离灵山近在咫尺的圣地，甚至常常被拿来和取经的真正目的地混作一谈，指路的樵夫曾对唐僧说"向西方不满千里，就是天竺国极乐之乡也"——好像天竺国本身已构成"极乐"的最佳代言，和西天佛境已显得毫无差别。

天竺国也是唐僧师徒所经诸国中唯一一个规模和发达程度基本可与大唐媲美的，它不像车迟国、乌鸡国、女儿国那些小地方，写来写去就只有一座都城，它有州（玉华州），有郡（凤仙郡），有府（金平府、铜台府），有县（地灵县），可见国土辽阔，行政管理完备成熟。因此，天竺国在书中所占篇幅也极大，从第八十七回师徒四人进入凤仙郡开始，到第九十七回师徒四人辞别寇员外、离开地灵县为止，严格意义上，故事全部发生在天竺国境内，前后整整十一回，占整本小说的十分之一！

话说回来，大家可能不知道，天竺的音译名第一次被调整为"印度"，这件翻译史和外交史上的大事情，还真就是"唐僧"做的——当初玄奘法师西行归国后，在他的著作中写道："夫天竺之称，异议纷纭，旧云身毒，或曰贤豆，今从正音，宜云印度。"就是说："天竺这地方，到底叫个啥名字呢，一直以来讲法太多啦，我现在研究了一下，最标准的发音，该是印度才对。"从此规范了读音，这才正式把天竺正名为"印度"。

第 63 问　玉兔也是妖怪吗

天竺国是西游路上最后一个重要的地标，玉兔是西游路上最后一个重要的劫难。

中国人自古就相信月亮里住着一只兔子，早在战国时代，屈原的《天问》里就说："厥利维何，而顾菟在腹？"（月亮具有什么特性，竟然抚育了一只兔儿在它怀里？）汉乐府、两晋玄言诗里也大量提及这只兔子："白兔长跪捣药虾蟆丸""兔捣药月间安足道""月中何有，玉兔捣药"等，还给它分配了具体工作——捣药。其实你可以选个中秋节，看看月亮上那些环形山组成的黑色阴影，脑补一下可能会发现还真像一只兔子在捣药的形状。至于兔子和嫦娥的关系嘛，开始他们大概是两个互不相干的神话，只不过都和月亮有关，最终就被整合到了一起：反正嫦娥是个美丽的仙女，女孩子都喜欢小动物，那就让玉兔给她当宠物呗。

没错，宠物，记住这个词，这个词决定了很多东西。

玉兔在《西游记》里的经历，其实更像是一段中国神话里特别常见的思凡故事，就像白素贞、织女、七仙女以及三圣母。但玉兔并不能像她们一样招人同情，因为她的思凡落在了那位百折不挠的取经人头上，她的思凡动摇了《西游记》的主体道德标准——"爱人无罪，爱唐僧就是罪"。

在玉兔之前，唐僧已经遭遇过几位爱慕者，但她们在严格意义上都不属于"思凡"，因为她们本来就在"凡"当中：毒敌洞里弹琵琶的蝎子精是一只低等昆虫，木仙庵里参加赛诗会的杏仙是一株普通植物，金鼻白毛老鼠精虽然认了李天王当义父，怎奈人家根本不带她玩。她们对唐僧的需要，是"修行需求"，是要借力于唐僧来"脱凡"。

玉兔不一样，玉兔不是凡人，不是妖怪，甚至不是坐骑，玉兔拥有高贵的出身，玉兔是从天庭下来的人物（宠物），玉兔是嫦娥仙子的掌上明珠。要知道连孙悟空都曾经断言说："（天竺国）这边路上将近佛地，断乎无甚妖邪。"所以她的思凡梦，特别精致和讲究。她见的世面太多了，才不会满足于寻常妖精在深山古洞里吃几只人肉叉烧包的低劣享受。玉兔挑选的是美丽安详的天竺国、距离西天最近的地方，玉兔挑拣的身份是公主、万千恩宠于一身的国王千金，玉兔挑拣的情人是唐僧、相貌堂堂的大唐御弟。比较不地道的是，玉兔没有直接投胎，而是往人家已经稳定的皇室家族里插了一脚，把这份幸福建立在了真公主受罪的基础之上。后来嫦娥仙子说，真公主前世也是她身边的侍女，某次心情不好打了玉兔，于是积造成这段孽缘，注定要被玉兔坑一次，受一场骨肉分离的苦。失去身份的真公主被收容在舍卫国祇树给孤独园中，这个园子可不得了，它是佛陀讲金刚经的地方。玉兔和真公主就在这个佛教圣地里实践着她们的孽缘。

这个作为圣地的天竺国，这个有追求的宠物玉兔，共同演绎了一段按部就班的故事。遭遇、招亲、强留、识破、降服，每一步都在所有人意料之中。这个故事在电视剧中被拍得很精彩——靠的是异国风情、印度歌舞。

抛了绣球之后，她沾沾自喜筹办盛大婚礼，就像所有西天路上试图和唐僧结合的女性一样浪费着时间；被孙悟空识破之后，她没有死皮赖脸装无辜以博得肉眼凡胎的官员和她"父亲"的同情，而是急不可耐现出真身，弄得所有天竺国人立即一致对外。

第一场厮杀，悟空不怎么认真，被她拿着一只捣药杵"斗经半日，不分胜败"，结果到了第二场对决时，玉兔姐姐开始人来疯，卖弄见识，说出孙猴子"弼马温"的底细，弄得后者大怒，开始大显神通，两三下她就打不过了。

因为她是宠物，所以她看重形式的完美；因为她是宠物，所以她缺乏冷静的应对；因为她是宠物，所以她在天上见多识广，连孙悟空当年混得最惨的日子都了若指掌。

因为她是宠物，所以她犯了这些错误，为她不自量力的思凡画下了句号。

像金鼻白毛老鼠精那种用绣花鞋金蝉脱壳、调虎离山的妙计，是多少年野外生存里学会的斗争经验，安睡在广寒宫温柔乡里的小白兔永远都不会学到。

第 64 问　阿难和迦叶是谁，
无字真经真就一文不值吗

《西游记》里的阿难和迦叶真的很讨厌。

传经过程里，此二位公然索取贿赂（"人事"）不成，把一堆空白的无字真经拿给唐僧师徒，遭燃灯古佛设计揭穿后，竟然也没被追究，如来还替他们讲出了一堆"经不可轻传"的大道理，于是老哥俩继续担任拣选经文的重任，继续厚着脸皮二次索贿，这回连唐僧都学乖了，亲手交出紫金钵盂，这才勉强拿到货真价实的经文。一系列小人得志的过程，看得大家咬牙切齿，又好气又好笑。

在家喻户晓的《西游记》电视剧里，导演把这俩外貌设计得奇形怪状，还加入了不少刻画其嘴脸的小细节——比如陪唐僧吃斋时一副难看样，临了还顺手牵羊拿走一些葡萄和香蕉。于是，"阿难、迦叶是丑角"，这印象进一步深入人心了。

其实，阿难和迦叶在真实的佛教历史中，绝对是举足轻重的人物，他俩是佛祖比较喜欢的两个学生。如果我们去参观寺庙，注意力估计都被威严的佛祖、慈祥的观音、笑眯眯的弥勒，还有造型各异的四大金刚五百罗汉所吸引，忽略了在大雄宝殿正中、释迦牟尼佛的两侧，往往都会侍立着两尊不太起眼的小塑像，他俩就像佛祖的随从、秘书、助理一样，左侧的就是迦叶，右侧的就是阿难，迦叶往往是个老人的样子，阿难则是年轻人的长相（顺便说一句，据记载，阿难是佛的弟子里长得最帅的，跟你在电视剧里看到的那个丑角形象完全不同哦）。

阿难和迦叶基本算是佛祖最出色、也最得赏识的学生，他俩在佛经的流传过程里发挥了不可磨灭的作用，所以《西游记》里如来选派他俩来负责传经就是顺理成章的事了。

那迦叶、阿难所给的"无字真经"，是不是就意味着假冒伪劣，是不是就一文不值呢？好像也没那么简单。个人认为，无字真经更侧重于一种思维方式，它告诉我们可以尝试丢掉文字，不要被文字困住，因为它相信最伟大高深的道理与境界，是无法用文字来领悟和到达的。这意思，多多少少有点像我们说的"尽信书，则不如无书"。而迦叶正是那位倡导"不要依赖文字"的大师。在《西游记》里，给了历尽千辛万苦的唐僧师徒一批"无字"真经，这种安排，仅仅是巧合，还是别有深意呢？它也许在提醒唐僧：真经很伟大，真经求来很不容易，但真经不是终点，不要让真经成为一种迷信和一种枷锁……

第 65 问　所谓八十一难，具体是哪八十一个

这又是我们读《西游记》时常常会犯的、一个想当然的错误：很多人都觉得，八十一难，就意味着唐僧师徒一路上战胜了八十一次敌人，降伏了八十一个妖怪。其实，拿原著详细统计一下就会发现，西游路上有名有姓的妖怪或对手，总共也不到三十个。不到三十个妖怪，咋整出八十一次磨难？那就需要做更细化的拆分。

在《西游记》的第九十九回里，一路暗中保护唐僧师徒的五方揭谛、四值功曹、六丁六甲、护教伽蓝们，和西天取经的"总负责人"观音菩萨一起，对西行途中经受的种种考验做了登记总结，这也是八十一难唯一一次被具体地、详细地罗列盘点（确切说是"八十难"被罗列盘点，因为菩萨很快发现少了一难，这才有了后面的通天河老龟发飙连人带经书一起落水的篇章）。从中可看出，八十一难的设定与归纳其实挺模糊。

首先，如前所讲，作者常常将一个完整的大难活生生切割为两

三个乃至四五个小难，且这种切割的标准非常随意：如"黑松林失散二十一难""宝象国捎书二十二难""金銮殿变虎二十三难"，实际上是黄袍怪故事的三个阶段，只不过存在时间上的先后顺序和绝望程度上的递进关系；至于像"夜被火烧第十难"和"失却袈裟十一难"，则干脆是同一个晚上同时发生的，只不过是同一件事的两个结果，或者说前者作为原因导致了后者的结果而已；然而，像三打白骨精这种明显存在三次遭遇叠加的情形，却又被笼统记为"贬退心猿二十难"，并不曾好好利用，将其一一拆出"妖变姑娘二十难""妖变大娘二十一难""妖变老头二十二难"。

其次，判定一个境遇为"难"的标准很不清晰，比如在车迟国，存在危险的内容都已经包含于第三十四难"大赌输赢"中了，第三十五难"祛道兴僧"纯粹是赌输赢胜利、降伏三怪的成果，且是很好很光明的成果——国王发布榜文召回被驱赶的和尚们，还设宴款待唐僧，亲自送出城外，前前后后无论从哪儿看都是"功""德""福"，而不算"难"。同样道理，三十八难"鱼篮现身"是观音点化鲤鱼精，四十一难"问佛根源"是如来暗示金兜洞兕大王的来历，五十六难"朱紫国行医"是孙悟空做好事帮国王看病（且与五十七难"拯救疲癃"基本是一回事儿），八十难"凌云渡脱胎"更是登临圣界、成就正果的标志，它们都与"难"的定义差距甚远。

再者，"难"的主人公究竟是谁，到底以谁的视角和体验来感受、来经历这些"难"，也显得摇摆不定，大多时候，作为真正意义的"取经人"，唐僧毫无疑问是"难"的承受者，要不然也不会把前四难都留给他的出身与童年，连"金蝉遭贬"的前世记忆都算成了第一难，可到后面我们又发现，很多磨难更像是独属于孙悟空的，"收降八戒""请圣降妖""求取芭蕉扇"都是孙悟空在忙碌，"心猿遭害""多目遭伤""失落兵器"都是孙悟空直接遇麻烦，与唐僧关系并不大，至于"四圣显化"，那就更是单单属于猪八戒的考验了。

既然有这么多"瑕疵"，作者干吗非得去迁就这"八十一难"的"KPI考核指标"呢？就老老实实地统计下打败了多少次妖魔，翻过了几座险山恶水，穿行了多少座城池，不也很可观、足够体现旅途的艰辛了吗？这就涉及"八十一"在中国文化中的独特意义。

八十一是九乘以九的得数，九是最大的个位数，被古人叫作"阳数之极"，是关于极限、彻底、圆满的符号，天有"九霄"，地有"九泉"，国土由"九州"组成，器物以"九鼎"为尊，人物分"九流"阶层，天子叫"九五之尊"，连城门数、宫殿数、台阶数、门钉数也多以九计，八十一等于把九重复循环了九次，就成了终极圆满、事物发展至于完备的象征。所以，八十一这个数字在古代天文地理、礼仪官制、医药占卜等各种领域，都曾被有意识地、满怀敬意地使用。冬至以后，以九天为一个单位，到"九九"时，万物回春，万象重启，正好八十一天。

战国时神医扁鹊所著的《难经》围绕《黄帝内经》中的疾病、诊断、脉象、穴位等知识，提出八十一个艰深的问题且一一解答，影响深远，故而此书又名《八十一难经》。瞧，原来"八十一难"早就被用过啦，只不过这个"难"是说"难题"而非"磨难"。因此，别说作者有强迫症，就连观音菩萨，看完唐僧的灾难簿，都要再飞速安排一难，来补足"八十一"的数字缺憾。这一刻，"八十一"的地位显得独一无二、不可取代。因此，我们大可以忽略八十一难那些具体名称和描述，而仅仅从宏观寓意的高度去理解，它们是对人类社会、对人生历程中种种磨砺和坎坷的整体隐喻，有政治的、有自然的、也有心灵体验的，必须面对，无从避免。

清代张书绅评论《西游记》时曾说："人生斯世，各有正业，是即各有所取之经，各有一条西天之路也。"既然我们每个人都有自己的十万八千里要走，那么我们每个人也都会迈过自己的九九八十一难。别害怕，别退缩，每闯过一难，我们都会更接近梦想，更接近真理，更接近心中的那座灵山。

第66问　如果八十一难的最后一难是吃肉，唐僧应该吃吗

"如果八十一难的最后一难是吃肉，唐僧应该吃吗？"这问题，乍一看，不怀好意得简直像个恶作剧。然而，它其实是个经典命题。很多辩论赛，都会用它当题目，因为它涉及一个人生中很常见的困境：毕生追求的大使命和无法放下的小内心之间出现了两难。

对于普通人，我们几乎都有确切的"无法放下"，"大使命"对我们来说，只是一个遥远而抽象的口号。我们大概率谁都没遇到过"要拯救世界"这样的任务，但我们谁都有自己永远不愿牺牲的"最爱的人"。我们熟悉后者远远多过熟悉前者，所以，后者带给我们的感受远远比前者更具体。

同理，"有位高僧要把真经带回东土大唐"只是一个神话，"和尚吃肉"通常是一件丑闻，一件在现实中也可能发生，可能引起我们厌恶的、引起我们讨论的丑闻，所以我们才对"后者会不会发生"那么有兴趣。但是请注意，正因为前者是神话，是高于现实生活的奇迹，这才决定了我们绝不能站在实用主义的、鸡零狗碎的层面来回答它，绝对不能因为我们这些普通人做不到，就得出谁都做不到的推己及人的判断。我们必须相信，有人真的可以做到，真的可以把什么都"放下"。

唐僧一路胆怯、害怕、动不动"骨软筋酥""魂飞魄散""落于马下"，可无论多少回，他依然"舍身拼命""往前苦进"百折不挠，这就是小怯懦和大勇敢在同一个人身上的共存。从性格来说，唐僧仿佛"窝囊废"，是不太适合担任取经大业的，但从信念来说，唐僧心若磐石，没人比他更适合担任取经大业，这就是唐僧最伟大最让人钦服的地方：他有很多的"不能为"，但他永远能"敢为其不能为"。

出家人遵守戒律，是为了约束自己、修炼自己、完善自己，是为了最后到达和实现信仰。如果戒律变成了信仰的阻碍，那戒律本身就成了必须放弃的东西，因为戒律只是过程和工具，信仰才是终极目的。为了信仰把戒律都丢掉，就是"敢为其不能为"。

一开始，唐僧不是没有僵化地固守戒律：孙悟空三次因为"伤害无辜"被赶走，就是唐僧对"出家人不能杀生"的一丝不苟的强调。但是，"不能杀生"和"不分善恶"之间，哪个才是更大的愚？"不能杀生"和"让取经半途而废"之间，哪个才是更大的罪？"不能杀生"和"让这些被放过的强盗妖魔继续杀生"之间，哪个才是更大的反慈悲？

那么，逐渐成长之后的唐僧呢？

在女儿国，他答应先和女王假结婚再找机会脱身——都听说过"出家人不打诳语"吧？说谎话，是不是犯戒？

在灭法国，他化妆扮作客商，佛教里说"出家人不近俗物"（和尚不能穿普通人的衣服），这是不是犯戒？

每次倒换通关文牒时，他都向各位国王朝拜，佛教里又说"出家人不能礼敬白衣"（和尚不能对俗人行礼），这是不是犯戒？

子母河喝落胎泉水堕胎，算不算直接杀害了肚子里的一条小生命？

无底洞跟金鼻白毛老鼠精喝交杯酒，再骗她吃下孙悟空变化的桃子，是不是一口气把女色、喝酒、说瞎话全犯了个遍？

不用我们来设置"八十一难最后一难是吃肉"这种极端考验，唐僧早就自己把各种戒都破过了。可以说，唐僧走向开明、通达、理解真正的佛法、接近正果的过程，就是他逐渐放下对"戒律"的形式主义搬运，懂得"敢为其不能为"的过程。

最后讲个真实的故事：2008 年汶川地震，四川什邡市妇幼保健院一夜之间成了危楼，可院中还住着二十几位待产的孕妇。灾民众多，帐篷都不够住，各种医疗机构也几乎都被毁了。这时，有人想到了医院对面的罗汉寺，找到了住持素全法师。这是佛门清净之地，怎么能让人在里面生孩子呢？可素全法师的态度是：不能救苦救难，还叫什么大慈大悲？佛门的确有很多忌讳，但见死不救，才是最大的忌讳！他召集寺里的所有师父们，立下了几条规定：无条件收容所有产妇，无条件配合与帮助产妇生孩子，无条件提供一切供产妇吃用的物品。

于是，香案拼在一起，铺上几张草纸，简单消毒后，就成了临时产床，一个个小生命在上面呱呱坠地。

于是，僧人们让出了所有房屋，打着伞露宿在院子里。

结果就是，那样简陋的条件下，没有一例病危，没有一例难产，没有一例感染。

直到今天，这些已经长大的孩子每年还会回到罗汉寺——他们共同的家，纪念这场曾经的缘分。素全法师说，这都是他的孩子。这个故事，是不是和"唐僧该不该吃肉"同工异曲？

爱，才是这个世界上最大的原则、最大的佛理、最大的奇迹。

第十章

内容感悟：《西游记》宏观解读

第 67 问　金公、木母这些词是什么意思，《西游记》的回目为何这么晦涩难懂

中国古代四大名著里，要说谁水平和地位最高，一般认为是《红楼梦》，要说谁最好看最有意思，那就见仁见智了，估计每个人都有自己的答案。但是，要说谁的回目（就是每一回的标题）最难懂，那应该没什么悬念，是《西游记》。

"宴桃园豪杰三结义，斩黄巾英雄首立功""司马徽再荐名士，刘玄德三顾草庐""陆逊营烧七百里，孔明巧布八阵图"……这是《三国演义》的回目。

"花和尚倒拔垂杨柳，豹子头误入白虎堂""横海郡柴进留宾，景阳冈武松打虎""及时雨会神行太保，黑旋风斗浪里白条"……这是《水浒传》的回目。

无论古文功底好坏，至少从字面上我们基本能看出这一回大概讲了啥。

《红楼梦》的回目稍微文艺一点，像"薄命女偏逢薄命郎，葫芦僧判断葫芦案""情切切良宵花解语，意绵绵静日玉生香"之类，都用了修辞手法，但猜一猜，至少能看出前者在讲一件冤案，后者在讲一段温柔的感情。

唯独《西游记》"发挥极不稳定"，其中当然也有部分简洁明了的，比如"八戒大战流沙河，木叉奉法收悟净"，比如"孙悟空三岛求方，观世音甘泉活树"，都是水浒三国的那种套路，但更多情况下充斥着莫名其妙的说法，"二心搅乱大乾坤，一体难修真寂灭"是什

么意思？"婴儿戏化禅心乱，猿马刀归木母空"在讲啥？"心猿遭火败，木母被魔擒"，心猿是谁？木母又是谁？别说你，连专业研究人员都要为之晕头转向。

其实这是因为，《西游记》在回目名称里掺杂了大量的修心养性"学说"。在这套"学说"里，西游角色纷纷拥有了自己的代指，一些西游故事也纷纷拥有了自己的寓意。当标题上使用的不再是本名、本事，而是代指、寓意的时候，你自然要困惑啦。

心猿、意马，它们都旨在修心养性，心猿指代孙悟空，意马指代白龙马，它们都是隐喻，当《西游记》在讲述一个人如何安放内心，如何与自己的灵魂相处时，它们都对应着你的某种精神体验、某种精神考验。

同样，"二心搅乱大乾坤"，本意是指真假美猴王那回六耳猕猴这个"世界上另一个我"的出现对取经的干扰，隐喻则是指人内在的恶念与杂念对其心灵平静构成的干扰破坏，这个题目把本意与隐喻同时融入其中，等于既提示了内容，又提示了该怎样去理解和参透这些内容。

而金公、木母又代表了什么呢？有一种说法认为它们代表了"五行"，金公是孙悟空（因为他火眼金睛、头戴金箍），木母是猪八戒（因为中国文化里，五行又和天干地支相配，亥正好对应着木，而亥在属相里又正好是猪）。"心猿遭火败，木母被魔擒"意思就是孙悟空被火烧了，猪八戒被妖怪抓了。而孙悟空一直管着猪八戒，猪八戒最怕被猴哥提弄，也与五行彼此相克，木被金所克有关。

第 68 问 《西游记》里为啥有那么多韵文

韵文，是一种讲究韵律的文学体裁。诗、词、曲、赋，都是典型的韵文。我们儿时背"床前明月光"和"鹅，鹅，鹅，曲项向天歌"的时候，就已经与韵文产生了联系。

的确，韵文特别能体现汉语的声调之美，中国人自古就特别偏爱韵文。在明清小说中，韵文的插入也是非常普遍的现象。这主要是因为这些小说其雏形和来源（《水浒传》也好，《三国演义》也好）大多是"口头文学"和"民间曲艺"，所以它们在字里行间总会有意无意地带上这些"口头文学"和"民间曲艺"的遗存，就像你眉目间总有你爸妈的神态一样。如果我们小时候跟着爷爷奶奶一起听过什么大鼓书啊、莲花落啊、快板书啊之类的"口头文学"和"民间曲艺"，肯定有深刻印象：它们无一例外采用的是"说唱"形式——讲着讲着、念着念着，就要开始唱了。既然是唱，那就要有朗朗上口的唱词来作为材料，这就轮到韵文登场了。而古代小说里的韵文，正是这种"一言不合就开唱"的表演形态在书本中的遗存。

正因为"同一类祖先、同一类基因"，古代小说在韵文的运用程序上都有极高的相似性：

比如都有"垫场型韵文"，在全书，或者每一回的首尾，都会有作为开篇和总结的韵文，一般是"诗曰：×××××"，然后再进入正式内容，到此回要完了，则用"这正是×××××（两到四句诗）"来收官，再跟上"欲知后事如何，且听下回分解"。

最著名的就是《三国演义》开头那段脍炙人口的《临江仙·滚滚长江东逝水》：滚滚长江东逝水，浪花淘尽英雄……就像今天的评书和单口相声，开讲前一般都有个"定场诗"，念完，一拍惊堂木，这才把故事正题娓娓道来。

比如都有"描述型韵文"，一般用来写景、写场面、写人物外貌和穿着，"好一座高山，但见……（几句或十几句诗）""这场大战，怎生模样？只见是……（一大段对偶排比押韵的长短句）"。

比如都有"评价型韵文"，用于对某个人物或某件事进行定性和评论（一般在事件落幕后或人物死亡后）——"后人有诗，单赞此事，道是：×××××"，或"有诗为证，正所谓：×××××。"

一直到清代，小说和曲艺说唱基本"脱钩"完成了，《红楼梦》这样的作品已经完全由某个独立的作者自行在书桌前完成，不需要经过"民间积累"阶段了，这时韵文才逐渐淡出——除了"剧情需要"（书中人物本身要进行诗歌创作，比如大观园里搞诗会，林黛玉写了一首，薛宝钗写了一首……）之外，很少以直接参与叙事的形态发挥作用。

这就是韵文与古代小说之关系的基本情况，但它还不足以完全概括《西游记》，因为《西游记》中的韵文，相比同时代其他文本而言，显得数量尤其大，种类尤其多，范围尤其广，内涵尤其丰富。

这首先是因为《西游记》特殊的成书过程，它的母本包括《大唐三藏取经诗话》、杨景贤的杂剧《西游记》……"诗话""杂剧"，不难想象，在这些文学样式里，"唱"要占据多大比例，韵文又要占据多大比例。等于说，西游故事一直以来，就很习惯于被韵文所记录和讲述。

再一个，因为《西游记》是个"长途旅行"的"公路片"结构，师徒四人眼前（也等于我们读者眼前）不断会出现新的景观，也就不断需要介绍和描写——刚才就讲了，用韵文来写景是最常规不过的操作。

就拿第六十八回唐僧师徒来到朱紫国来看。

进城之前路上看到的是：海榴舒锦弹，荷叶绽青盘。两路绿杨藏乳燕，行人避暑扇摇绮。

进城之后看到的城市风貌是：门楼高耸，垛迭齐排。周围活水通流，南北高山相对。六街三市货资多，万户千家生意盛。果然是个帝王都会处，天府大京城。绝域梯航至，遐方玉帛盈。形胜连山远，宫垣接汉清。

孙悟空去麒麟山寻找妖怪、营救金圣宫娘娘，降落云头看到的山景是：冲天占地，碍日生云。冲天处，尖峰矗矗；占地处，远脉迢迢。碍日的，乃岭头松郁郁；生云的，乃崖下石磷磷。松郁郁，四时八节常青；石磷磷，万载千年不改。林中每听夜猿啼，涧内常闻妖蟒过。山禽声咽咽，山兽吼呼呼。山獐山鹿，成双作对纷纷走；山鸦山鹊，打阵攒群密密飞。山草山花看不尽，山桃山果映时新。虽然倚险不堪行，却是妖仙隐逸处。

山前又看到一股烟：青红白黑黄。熏着南天门外柱，燎着灵霄殿上梁。烧得那窝中走兽连皮烂，林内飞禽羽尽光。但看这烟如此恶，怎入深山伏怪王！

烟里又冒出一股沙：纷纷絿絿遍天涯，邓邓浑浑大地遮。细尘到处迷人目，粗灰满谷滚芝麻。采药仙僮迷失伴，打柴樵子没寻家。手中就有明珠现，时间刮得眼生花。

好容易到了獬豸洞外，又要介绍洞门口的妖魔阵仗：森森罗列，密密挨排。森森罗列执干戈，映日光明；密密挨排展旌旗，迎风飘闪。虎将熊师能变化，豹头彪帅弄精神。苍狼多猛烈，獭象更骁雄。狡兔乖獐轮剑戟，长蛇大蟒挎刀弓。猩猩能解人言语，引阵安营识汛风。

你看看，这才讲了一段情节，已经出现多少字数的韵文了。

我小时候第一次读《西游记》原著，对这些诗词曲赋特别反感，觉得它们又啰唆又难懂，经常主动跳过去不看。毕竟，纯粹从"看故事"出发，它们在与不在不太有影响。但如果想要全面把握《西游记》的创作风格、内涵主旨和文学水平，那还是离不开对这些韵文的深入解读的，至少我们得琢磨琢磨它们的特点。

《西游记》里的韵文也有"没特点"的套路化和常规化的情况。

我们看这段：

山环楼阁，溪绕亭台。门前杂树密森森，宅外野花香艳艳。柳间栖白鹭，浑如烟里玉无瑕；桃内啭黄莺，却似火中金有色。双双野鹿，忘情闲踏绿莎茵；对对山禽，飞语高鸣红树杪。真如刘阮天台洞，不亚神仙阆苑家。

我们再看这段：

松坡冷淡，竹径清幽。往来白鹤送浮云，上下猿猴时献果。那门前池宽树影长，石裂苔花破。宫殿森罗紫极高，楼台缥缈丹霞堕。真个是福地灵区，蓬莱云洞。清虚人事少，寂静道心生。青鸟每传王母信，紫鸾常寄老君经。看不尽那巍巍道德之风，果然漠漠神仙之宅。

前者是盘丝洞蜘蛛精们的师兄——多目怪蜈蚣精所居住的黄花观，后者是人参果的主人——镇元大仙所居住的五庄观。

多目怪是个妖精，镇元子是个仙人。他俩修行之处虽然都叫"观"，你觉得能一样吗？可上面两大段韵文里，建筑、景色、鸟兽、气候、植物，能看出什么区别？别说同一本书内部的相互比较了，《西游记》里的"描述型韵文"拿到另外小说里一样可用，跟另外小说里写一座大山、一条大河、一片森林的方式几乎没什么本质差异。

讲到底，还是当初说唱文学太流行，民间艺人的文化水准也不是特别高，听众就更不用说了，面对这么大规模、高产量的表演任务和传播任务，没那么多时间和力量去创作特别细致、特别新颖、特别有亮点能让人一眼就记住的诗句，只能彼此借用、彼此参照，把许多放之四海皆准的修辞与词藻不停地拼贴重组，最终使某一类对象默认有一套现成的文辞。好比你去别人家拜年，说的永远是"恭喜发财""招财进宝""万事如意""福如东海寿比南山"之类的，也永远不会出错，谁也没那闲工夫提前研究拜年对象的血型、星座、性格、爱好、职业等，然后专门为他"量身定做"几句吉祥话出来。

说完了"没特点"，再来说"有特点"。

第一，《西游记》常以韵文来铺写战斗场面。

仍以狮驼岭举例，孙悟空先后与狮、象对决，后来大鹏加入，"孙猪沙"兄弟三人又和三妖有一场三对三的大战，书中也各有单独的韵文段落描写这三场厮杀：

他两个先时在洞前撑持，然后跳起去，都在半空里厮杀。这一场好杀：天河定底神珍棒，棒名如意世间高。夸称手段魔头恼，大捍刀擎法力豪。门外争持还可近，空中赌斗怎相饶！一个随心更面目，一个立地长身腰。杀得满天云气重，遍野雾飘飘。那一个几番立意吃三藏，这一个广施法力保唐朝。都因佛祖传经典，邪正分明恨苦交。（悟空对战青狮）

他两个在洞门外，这一场好杀：黄牙老象变人形，义结狮王为弟兄。因为大魔来说合，同心计算吃唐僧。齐天大圣神通广，辅正除邪要灭精。八戒无能遭毒手，悟空拯救出门行。妖王赶上施英猛，枪棒交加各显能。那一个枪来好似穿林蟒，这一个棒起犹如出海龙。龙出海门云霭霭，蟒穿林树雾腾腾。算来都为唐和尚，恨苦相持太没情。（悟空对战黄牙老象）

六般体相六般兵，六样形骸六样情。六恶六根缘六欲，六门六道赌输赢。三十六宫春自在，六六形色恨有名。这一个金箍棒，千般解数；那一个方天戟，百样峥嵘。八戒钉钯凶更猛，二怪长枪俊又能。小沙僧宝杖非凡，有心打死；老魔头钢刀快利，举手无情。这三个是护卫真僧无敌将，那三个是乱法欺君泼野精。起初犹可，向后弥凶。六枚都使升空法，云端里面各翻腾。一时间吐雾喷云天地暗，哮哮吼吼只闻声。（三兄弟对战三妖）

通读之后，也许你会感叹，虽然这大段的铺陈里，也不乏一些重复的共性，比如都得罗列打斗双方是谁，都得交代为啥打斗，都得用"这一个怎么样，那一个怎么样"的句式来组织语言，但它们之间还是体现出了各自的新意，毕竟参与者不同，兵器法术不同，形势胜负也不同，也就不可能一种写法用到底。总之，只要你有耐心阅读，还是会觉得挺有味道、挺刺激的，有点像体育比赛里的慢镜头回放。至少这比一般古代小说里标准化的"二人大战五十回合不分胜负"或"交马只数合，某某某卖个破绽，回身便走"要详细得多，也生动得多。

第二，《西游记》里开始出现由书中人物直接创作的韵文，这个模式，已经接近我们刚才说的《红楼梦》时代的特征了。

就像木仙庵里唐僧和一堆树精藤怪们所作的诗，还有九十四回唐僧和天竺国王在御花园里游玩写的诗。这种韵文的难度很大，因为你现在是以角色的口吻、特征、性格、想法乃至文化水平在替他们进行创作，一字一句都要与"人设"相匹配。

从创作水平来讲，《西游记》在这一项上差《红楼梦》很远，没出现像林黛玉的《葬花吟》那种名篇，也不会以诗词来影射暗示人物命运，但《西游记》依然有开创性的意义，毕竟这在之前的小说中不太多见，主要因为《水浒传》《三国演义》或是政治军事斗争为主，或是江湖好汉大老粗们的戏份，没多少填充"风雅"的空间。

第三，自我介绍性韵文不少。《西游记》里人物相见相识或者准备战斗之前，常常安排一个互相交代自己来历的环节，而且这种交代大多是以韵文说出的。这就使得几个主要人物，尤其是孙悟空，显得特别热衷"自我说唱"，随便举几个例子。

第十七回，孙悟空对黑熊怪介绍自己：

自小神通手段高，随风变化逞英豪。养性修真熬日月，跳出轮回把命逃。一点诚心曾访道，灵台山上采药苗。那山有个老仙长，寿年十万八千高。老孙拜他为师父，指我长生路一条。他说身内有丹药，外边采取枉徒劳。得传大品天仙诀，若无根本实难熬。回光内照宁心坐，身中日月坎离交。万事不思全寡欲，六根清净体坚牢。返老还童容易得，超凡入圣路非遥。三年无漏成仙体，不同俗辈受煎熬。十洲三岛还游戏，海角天涯转一遭。活该三百多余岁，不得飞升上九霄。下海降龙真宝贝，才有金箍棒一条。花果山前为帅首，水帘洞里聚群妖。玉皇大帝传宣诏，封我齐天极品高。几番大闹灵霄殿，数次曾偷王母桃。天兵十万来降我，层层密密布枪刀。战退天王归上界，哪吒负痛领兵逃。显圣真君能变化，老孙硬赌跌平交。道祖观音同玉帝，南天门上看降妖。却被老君助一阵，二郎擒我到天曹。将身绑在降妖柱，即命神兵把首枭。刀砍锤敲不得坏，又教雷打火来烧。老孙其实有手段，全然不怕半分毫。送在老君炉里炼，六丁神火慢煎熬。日满开炉我跳出，手持铁棒绕天跑。纵横到处无遮挡，三十三天闹一遭。我佛如来施法力，五行山压老孙腰。整整压该五百载，幸逢三藏出唐朝。吾今皈正西方去，转上雷音见玉毫。你去乾坤四海问一问，我是历代驰名第一妖！

第五十二回，孙悟空对兕大王介绍自己：

自小生来手段强，乾坤万里有名扬。当时颖悟修仙道，昔日传来不老方。立志拜投方寸地，虔心参见圣人乡。学成变化无量法，宇宙长空任我狂。闲在山前将虎伏，闷来海内把龙降。祖居花果称王位，水帘洞里逞刚强。几番有意图天界，数次无知夺上方。御赐齐天名大圣，敕封又赠美猴王。只因宴设蟠桃会，无简相邀我性刚。暗闯瑶池偷玉液，私行空阁饮琼浆；龙肝凤髓曾偷吃，百味珍馐我窃尝；千载蟠桃随受用，万年丹药任充肠。天宫异物般般取，圣府奇珍件件藏。玉帝访我有手段，即发天兵摆战场。九曜恶星遭我贬，五方凶宿被吾伤。普天神将皆无敌，十万雄师不敢当。威逼玉皇传旨意，灌江小圣把兵扬。相持七十单二变，各弄精神个个强。南海观音来助战，净瓶杨柳也相帮。老君又使金刚套，把我擒拿到上方。绑见玉皇张大帝，曹官拷较（拷问）罪该当。即差大力开刀斩，刀砍头皮火焰光。百计千方弄不死，将吾押赴老君堂。六丁神火炉中炼，炼得浑身硬似钢。七七数完开鼎看，我身跳出又凶张。诸神闭户无遮挡，众圣商量把佛央。其实如来多法力，果然智慧广无量。手中赌赛翻筋斗，将山压我不能强。玉皇才设安天会，西域方称极乐场。压困老孙五百载，一些茶饭不曾尝。金蝉长老临凡世，东土差他拜佛乡。欲取真经回上国，大唐帝主度先亡。观音劝我皈依善，秉教迦持不放狂。解脱高山根下难，如今西去取经章。泼魔休弄獐狐智，还我唐僧拜法王！

第六十三回，孙悟空对九头虫介绍自己：

老孙祖住花果山，大海之间水帘洞。自幼修成不坏身，玉皇封我齐天圣。只因大闹斗牛官，天上诸神难取胜。当请如来展妙高，无边智慧非凡用。为翻筋斗赌神通，手化为山压我重。整到如今五百年，观者劝解方逃命。大唐三藏上西天，远拜灵山求佛颂。解脱吾身保护他，炼魔净怪从修行。路逢西域祭赛城，屈害僧人三代命。我等慈悲问旧情，乃因塔上无光映。吾师扫塔探分明，夜至三更天籁静。捉住鱼精取实供，他言汝等偷宝珍。合盘为盗有龙王，公主连名称万圣。血雨浇淋塔上光，将他宝贝偷来用。殿前供状更无虚，我奉君言驰此境。所以相寻索战争，不须再问孙爷姓。快将宝贝献还他，免汝老少全家命。敢若无知骋胜强，教你水涸山颓都蹭蹬。

一次又一次的"啰唆絮叨"，我们肯定要觉得，孙悟空这个自恋狂，不就是出海学艺、大闹天宫这些个往事么，好汉不提当年勇，你讲了又讲，有啥意思嘛。其实，这又是非常典型的"说唱文艺"遗风：西游故事那么长，无论作为评书，还是作为大鼓，还是作为评弹，都无法一次讲完，势必会出现"今天讲一回，明天或下周同一时间继续讲下一回"的情况，甚至是下月（如果是村镇里赶庙会的话）都有可能，那听众们忘了上次讲啥了怎么办？或者说有新的听众来参加，觉得没头没脑怎么办？于是这种人物自主念诵的方法便充当了"前情提要"或"背景介绍"了。因此你看，在对九头虫自我介绍的时候，孙悟空甚至还把祭赛国佛宝失窃的过程给讲（唱）了一遍，拜托，这失窃就是九头虫搞的，他会不了解前因后果？会用得着你孙猴子来告诉他听？不好意思，他了解，听众们不一定了解，他这是在代表听众们进行复习。

话说回来，如果留心比较，在这些看似重复的自我介绍里，还是能找到细微差别的，比如，凡是面对妖魔，孙悟空就会大讲"闹天宫"的事迹，但面对人间国王，就讲得较少——前者既有"摆资历吓住对方"的意图，又有"对方也是神魔世界里的物种，能听懂这是咋回事"的前提（凡人国王可能连"天宫"在哪儿都不清楚）——这也能看出，《西游记》的细节处理还是非常有匠心的。

第 69 问 《西游记》的非凡想象力体现在哪里

"想象"这俩字，门槛说高也高，说低也低。我女儿五岁时就告诉我，下雨是因为神仙在天上吃饭把汤洒了，这想象够灵动了。我家楼下小男孩跟伙伴吵架，说要变个巨人把对方灭掉，这想象够霸气了。但毫无疑问，我女儿和楼下小男孩都写不出《西游记》，因为他们毕竟只是在奇想、异想，甚至瞎想、乱想。

想象是人与生俱来的本能，小孩子一般都很能想，但长大以后，怎样建构、组织、打磨这些想象，让它们变得宏伟壮阔，让它们成体系、有条理、彼此关联、互相自洽，让它们能装进我们真实的情感，表达我们真实的喜怒哀乐，让它们折射我们内心的希望和爱憎，这就是想象的高层次玩法了。

人类社会诞生之初，什么都不发达，什么都不懂，大家的认知水平几乎停留在"小朋友"阶段，于是"科学不够、想象来凑"：比如天上有神住着，海里有龙住着，地底下有鬼住着；比如人是有可能长生不老的，比如人死后是有灵魂的。它们就像我女儿的神仙洒汤和楼下小男孩的巨人变身一样，是想象的本能状态、初始状态、原生状态。它们各自以片段形式存在着，互相之间也构不成什么联系：有时候神住在天上，有时候神住在山中，有时候神住在洞里，有时候神住在岛上，还有时候神就在家里，这便是还没有"建构、组织、打磨"过，还没有"成体系、有条理、彼此关联、互相自洽"的想象。

然后你会发现，《西游记》做的工作，就是海纳百川、融会贯通，就是把这些"本能状态、初始状态、原生状态"全都提升到了"高阶状态"，让它们共存得特别好。

《西游记》的想象不是东一榔头、西一棒槌，而是一个完整的世界，有自己的时间、空间、地理、水文、种群，遵循着成体系的身份规则和技能规则，有着可解释的行为方式、社会属性、职业特征、价值标准。"四大部洲，三界五行，诸山列国，天庭龙宫地府，儒释道三教，神族、人族、龙族、妖族"，像不像我们偏爱的玄幻游戏？是不是非常带感？

就拿地理空间来说吧：

在人世，《西游记》勾勒了四大部洲，每个大陆上都有不同的国家，不同的国家有不同的国情，车迟国敬道灭僧，女儿国都是女孩，祭赛国有佛宝普照四方，天竺国规模很大不亚于东土大唐。

在天上，《西游记》建立了天宫，天宫有明确的主宰者——玉皇大帝，有精神领袖——太上老君，有各种职能机构——炼丹的、种蟠桃的、养马的……

在地底，《西游记》描述了恐怖的阴曹地府，地府有办事机构——十殿阎王和他们周围的判官、鬼卒，有刑事机构——充斥着各种酷刑的地狱，还有人事机构——负责投胎转世的轮回。

在海里，《西游记》安排了四海龙王，他们住在水晶宫里，统御一切水族，还负责降雨。海上还有许多仙山仙岛，岛上住着神仙——他们和天宫里那些有职务的神不一样，他们有个名字叫"散仙"。

在遥远的西方则有一块独立的净土，那就是大雷音寺所在的灵山，也就是取经的目的地。

除此之外，还有很多的高山、很多的水体，有水的地方都有龙——就像四海龙王的外派联络站，有山的地方都有山神土地——就像天宫的地表办事处，当然，更多情况下，山与河容易被妖精侵占，妖精会住在洞里，这些洞又不仅仅是我们理解中的岩洞、溶洞、窑洞，它们更像异次元空间的入口，所以叫"洞天"——像比丘国国师的清华庄，在一棵大杨树里，但实际面积远远大于一个"树洞"的概念（国师又不是小松鼠）。这么说吧，几百年前，《西游记》的作者就已经有了当代科幻小说里才会出现的类似于"平行宇宙"的概念了。

完不完整？清不清楚？细不细致？

不仅如此，《西游记》还整合了历朝历代无数的想象元素，把中国民间传说里的、地方戏曲里的各种各样有意思、有影响力的想象结晶，全都变成了它自己的东西：哪吒的故事、二郎神的故事、龙王的故事、观音的故事、二十八宿的故事、嫦娥和玉兔的故事……

所以，用一个哲学词汇来说，《西游记》标志着中国人的想象资源第一次形成了完整的"世界观"；用一个当代动漫游戏产业的术语来说，《西游记》标志着中国人的想象资源第一次聚合成了"大 IP"

和"××宇宙"，这是非常非常伟大的工作。

然而，《西游记》的想象并未完全与现实脱轨，这个也极为关键。

"天上掉下个大怪物，八个脑袋，十六只手，牙齿长在肚脐眼上，眼睛里横出三棵树，耳朵眼不停喷火……"这是乡下老太太睡前吓唬孙子的胡扯，看着热闹，其实没啥技术含量，信口乱说就好了。

这世上最好看的故事，其实都有半真实、半虚拟的特性。你看《哈利·波特》里的英伦风情，你看《哆啦A梦》里的日本市民生活。《西游记》也一样，它再怎么想象，浓浓的生活气息、浓浓的尘世烟火味是抹不掉的。

刚才就讲了，天宫多像地上的皇宫，地府多像一个流程严密、环节复杂的办事中心？这些看似荒诞不经的背后，都有我们最熟悉不过的东西在支撑着。

西天路上许多国王被妖怪、国师、奸臣、美姜蒙蔽，这在中国历史上屡见不鲜。

跳在云端瞬间十万八千里，匪夷所思吧，但动作还是"翻跟头"，因为孙悟空是只猴子；七十二变拟物化形，超级厉害吧，但时不时就漏出一条尾巴被识破，因为孙悟空是只猴子。

师徒四众总让人想起一个家庭，或者一个工作团队……

这都是"浓浓的生活气息、浓浓的尘世烟火味"。

到虚拟的环境里，还遵循着真实的逻辑；能放飞想象的同时，还牵住这想象，让这想象那么可亲。能随时"超凡"，又随时"临凡"的想象，才是最"非凡"的想象。

第 70 问　《西游记》是一本以佛教为主题的小说吗

每次说到《西游记》的主题，总有人不假思索地说："还用讲吗，《西游记》就是一本以佛教为主题的小说。"

乍一看，这话好像没错：《西游记》的主角都是佛门弟子，《西游记》的原型是佛教史上的高僧，《西游记》的主线是要去往佛教圣地灵山取回佛教的经书，《西游记》里论及法力最高者，佛教这边的如来和观音菩萨好像也胜过道教那边的玉皇大帝和太上老君。但是，把原著仔细研究一下就会发现，这判断并不成立。

鲁迅先生认为，《西游记》作者虽儒生，此书实出于游戏。

胡适也认为，《西游记》至多不过是一部很有趣味的滑稽小说、神话小说，它并没有什么微妙的意思，它至多不过有一点爱骂人的玩世主义。

两位大师的意思，我们之前也提到过很多次：《西游记》最大的主题，就是为了"好玩"。

总的来说，《西游记》是一部和佛教有关，使用佛教材料与资源作为小说素材的作品，它的真正主题还是游戏、趣味、想象，其中对于善良、信念、慈悲、济世救民的推崇，与佛教内在精神还是一致的。

第 71 问　我们能在《西游记》里看到自己的人生吗

《西游记》的内涵非常丰富，有宗教、有政治、有社会、有民俗，还有我们经常提到的纯粹的娱乐与搞笑。但我一直觉得，《西游记》最打动我的地方，在于它其实写了一个人的一生。

我们想想自己从小到大的心理体验：

小时候每天吃吃喝喝睡睡，那么无忧无虑，那么享受一个顽童的状态，被所有人宠着，好像永远不会有值得担心的事情，甚至觉得生活会永远这样幸福地继续下去，这就是我们的"花果山福地、水帘洞洞天"。

后来逐渐有了烦恼，同时也有了求知欲和好奇心，想知道很多东西，把"为什么"挂在嘴边，甚至爸妈都被问烦了，这就是我们的"漂洋过海、求仙学艺"。

等到上学了、读书了，能力和本领也越来越强，但是，又总是耐不住课堂与老师的"枯燥乏味"、忍不了父母老师安在我们头上的各种秩序，时不时要玩点叛逆、搞些破坏——就算没胆子偷偷翘个课或出去打个游戏，至少也会开开小差走走神，偷偷懒不做作业，课本里夹个漫画书，趁父母不在家多看一会儿电视，等等，这就是我们的"大闹天宫"。

直到一些更庞大的东西——高考也好，大学里那个真正喜欢的专业也好，毕业后工作和谋生的压力也好，事业心与实现理想的强烈动机也好，要照顾家人的责任感也好——让我们懂得了在这世上并不能那么随心所欲，还有太多无奈需要接受，也还有太多东西需要我们去承担，然后我们克制自己、约束自己，对自己提出了更高的要求和使命，在自由和秩序中找到了平衡，终于成为一个合格的成年人，这就是我们的"西天取经"、我们的"灵山成佛"。

这是纵向上的《西游记》对于"一生"各个阶段的模拟。

我们再想想自己人生中的各种选择与可能性：

有人活得特别认真、执着，向着目标百折不挠，这就是唐僧；

有人活得特别勇敢、洒脱，充满想象力和张扬的个性，这就是孙悟空；

有人活得特别开心、快乐，想得通透，享受生活，这就是猪八戒；有人活得特别谦虚谨慎、沉稳踏实、善良朴素，这就是沙僧。

这是横向上的《西游记》对于"一生"各种拼图的演绎。

《西游记》里孙悟空被称为"心猿"，明代谢肇淛说："《西游记》曼衍虚诞，而其纵横变化，以猿为心之神，以猪为意之驰，其始之放纵，上天下地，莫能禁制，而归于紧箍一咒，能使心猿驯服，至死靡他，盖亦求放心之喻，非浪作也。"这段话在历朝历代对《西游记》主旨的解读里最为有名，鲁迅先生的《中国小说史略》也直接引述了它，大致意思是说，《西游记》的寓意在于讲清楚人和自己内心的相处过程——从"始之放纵"的"随心"，到"使心猿驯服"的"修心"，才能达到安心、顺心、诚心。

我们活着，最大的课题不就是与自己内心的相处吗？所有的痛苦、焦虑、不甘，所有的满足、愉悦、成就感，不都是来于心、归于心、感于心吗？那么还有比"怎么找到自己的心，怎么安放自己的心"更值得我们去思索一辈子的事情吗？这是内在的《西游记》对于"一生"最深刻命题的回答。

还不仅仅是这些，甚至可以说，《西游记》里体现的"一生"，恰恰是最圆满、最完整、最具有成长性、最符合中国文化理想的一生。现代著名哲学家冯友兰把人生的境界分为四种：自然境界、功利境界、道德境界、天地境界。自然境界就是按照动物一样的本能去生活，功利境界就是追逐功名利禄、赚钱、当官、获得好名声，道德境界下人能自觉地利益他人，把善良和美好的人性作为幸福的基本条件，天地境界则把自己的每一个行为和念头，都与众生、与万物联系了起来，对整个宇宙有了一种代入感，将自己融入了一切生命和整个世界。

带着对这四种境界的认识，我们再来看《西游记》、看孙悟空：

自然境界：天生石猴，无忧无虑，玩耍、吃果子、洗澡、跟猴群打闹，一切都是天性。

功利境界：开始神通广大之后，也开始有了野心，但请注意，这些野心，都是指向"自我满足"的，跳进水帘洞，是为了当王；出海学道，是为了不死；龙宫索宝，是为了拥有一套装备和武器；大闹天宫，是为了当官、当齐天大圣，为蟠桃会没请自己而泄愤，一切都是功利。

道德境界：跟随唐僧之后，几乎是实现了第二次出生（孙悟空跳出五行山的那个场面，和他出世时多么相似，都是天崩地裂、岩石飞溅，这就是重生的意义——五行山又名"两界山"：正好标志着两种境界的跨越）。付出五百年的煎熬和反思，终于从"做啥事都为了爽"变成追求真理和普度众生，当然，这个变化不是一朝一夕完成的，它非常艰难，随之而来的有摇摆、彷徨、委屈、不甘，若干次的倒退和逃走，有紧箍咒的律条约束。

天地境界：领悟了最终极的道理，站在一个前所未有的高度看待这个世界。因为道德也还是有局限的，比如，两个互相喜欢的人可以自由恋爱，这个在今天当然符合道德，但放在过去就可能是反道德。而且，道德也是要具体问题具体分析的，唐僧认为要慈悲，要宽恕，不能乱杀生，孙悟空认为对妖精和恶人不能心慈手软，两者都对，都高尚，都在道德上说得通。所以，连道德也还需要再一次超越。站在天地境界那个高度上，对道德的刻板遵守也就没有了，于是你瞧，紧箍咒也自动消失了。而且这一切是顺理成章完成的，不需要再付出那么多痛苦去自我压抑，在灵山的那顿饭，猪八戒竟然很快吃饱了，不再馋嘴了。这就是像孔子说的：从心所欲，不逾矩。一生最高的境界，就这样实现了。

第 72 问　为什么说孙悟空是童心的象征

孙悟空无疑是很多人最喜欢的神话英雄，但大家有没有想过为什么我们如此喜爱他？其实，我们喜欢孙悟空，不仅因为他厉害、他优秀、他神通广大，更因为他很像我们。如果最喜欢的就是最厉害的，那书里比孙悟空厉害的也不是没有啊，看完《西游记》，咱们应该都成为如来佛的粉丝才对。可惜没有，如果与现实生活对应的话，如来佛也许像我们的父亲和爷爷，也许像我们的老师、班主任甚至校长，总之像一位学问渊博、善于启发、不苟言笑、总在严格要求我们的长辈。对这样的长辈，尊敬、崇拜、信赖都可以，喜欢？似乎不是这种感情。长辈也不是都很严肃，也有特别慈祥有爱、特别疼我们的长辈，观世音就是啊。但长辈永远都是长辈，对长辈，"喜欢"这个词总不那么合适。

孙悟空不一样，孙悟空几乎就是我们自己，至少是我们身边某个关系很铁、玩得很好的伙伴。因为孙悟空虽然也具有比肩"长辈"的能力，但他的思维方式不是长辈的，他的心理特征是和我们一样的。孙悟空身上充满了"童心"，或者说，孙悟空这个人本来就是"童心"的象征。

这"童心"体现在哪里呢？你可以说他叛逆，你也可以说他搞笑，你更可以说他热闹、好动、话痨。反正能举出非常多的例子，这些例子都有满满的"孩子气"。

比如，孙悟空善于变化，也喜欢变化，这像不像孩子最爱干的事情，像不像许多幼儿园都会组织孩子们去做的那种体验游戏——扮成各种职业人士，沉浸于自己见过的成人世界里的诸多场景（商店、医院、邮局、警察局等）玩过家家？

比如，孙悟空不掩藏情绪，有什么都直接说，喜欢谁不喜欢谁都马上表露出来，这像不像孩子的特点，而且是特别可贵的特点——他们还没学会成人世界的虚伪，还不会装模作样、表里不一。

再比如，孙悟空不遵循那些烦琐的礼法，也不在乎领导上下级之类的关系，见如来、见玉帝都是满口老倌儿、老孙，当齐天大圣时，好歹也是个干部，但对满天神仙也"俱只以兄弟相待，彼此称呼"——《西游记》里的天庭对应着人间的朝廷，等级还是挺森严的，要不然办个蟠桃会也不至于对谁有资格参加谁没资格参加列出那么明确的标准，可在孙悟空眼里，所有的神都只是他哥们儿而已。这多像小孩子嘴里没有级别、没有阶层，看到市长、局长也叫伯伯叔叔，看到送快递的、当保安的也叫伯伯叔叔，至于爸爸妈妈、爷爷奶奶，哪怕是宠物猫狗及没有生命的洋娃娃和毛绒公仔，在孩子口中都可以是一回事，都属于"我的好伙伴"。

当然，除了上述这些，我觉得孙悟空的"童心"，最根本的支点还在"有趣"上，它构成了孙悟空整个生活的重心。

当我们还是孩子的时候，还不懂得什么大道理，还没学会"唱高调"，还没被很多世俗规则给拴住手脚，还不会拿着"必须多挣钱，必须买房子，必须结婚成家才算成功"之类的要求来评价自己，甚至连"成功"这个词都还没进入我们大脑。我们还可以尽情地把玩作为与世界相处的方式，把游戏作为学习和熟悉一切的渠道，把趣味作为一切的动机，去游乐场是为了享受有趣，去幼儿园也是为了有趣，和人交朋友是为了分享有趣，和动物交朋友也是为了有趣，读书是为了有趣，看动画片也是为了有趣，就连上课都是为了发现更多的有趣。

以前，很多人敌视这种有趣，觉得它会让孩子玩物丧志、影响学习。但今天，教育学和心理学的进步，已经使不少家长、老师、成年人明白，这份对有趣的热情和执着是非常可贵的，它不仅不是学习的敌人，甚至可以是学习最大的推动力。这也是为什么大家会越来越重视和普及"快乐教育"的概念；这也是为什么优秀的教育大师往往都是能把课讲得有趣，能把课后练习也设计得有趣，能带着学生一起享受有趣的独具匠心者；这也是为什么哪怕在写这本书的时候，我作为作者，都会时时刻刻提醒自己：没人喜欢看枯燥无味的内容，我要尽可能让它变得更有趣一些。

这段起于有趣、终于有趣、围绕着有趣展开的日子，太具有童话色彩、太让人沉浸留恋了，这也是那么多人一辈子都在怀念童年的原因，这也是那么多人的一生都可以被童年治愈的原因。

孙悟空也是，他做一切事情都是有趣至上，都是出于好奇和好玩。照样能举出非常多的例子，这些例子都是满满的"有趣至上"。

计盗紫金铃时，在妖怪洞府中偷宝物，这件事本来紧张刺激，应该绝对谨慎小心，但孙悟空却丝毫不在意，在盗完宝物准备溜出洞府时，还在剥皮亭前把豹皮幅子展开来看，甚至把中间的棉花扯了，以至于惊动了妖怪，不得不变成苍蝇藏在妖洞中。

孩子不总是无论啥拿到手里都喜欢拆一拆吗？父母不总是又好气又好笑地叫自家熊孩子为"破坏专家"？这里的孙悟空像不像小时候弄坏了家里收音机、照相机、手机的你呢？连小说中的诗句对此事的评价也是"弄巧翻成拙，作耍却为真"——强调一切的来源是"作耍"。"作耍"是让你"成拙"了、搞砸了，但架不住"作耍"属于"为真"啊，属于真性情啊，属于真好玩、真有趣啊。有了这"为真"，"作耍"和"成拙"也变得无比可爱、无比可亲了吧。

另一个差不多的情况发生在平顶山莲花洞，就是金角银角大王那里，那段因为被电视剧照原样拍了，所以更加脍炙人口：孙悟空变成金角银角的干妈狐狸老奶奶的样子，进入洞府，准备伺机营救被困的唐僧和师弟们。

进展很顺利，金角银角压根没看出破绽，但猪八戒吊在高处看出来了。猪八戒是自己人，看破也不会说破，可孙悟空没管好自己的嘴，来了一句："我儿，唐僧的肉我倒不吃，听见有个猪八戒的耳朵甚好，可割将下来整治整治我下酒。"于是八戒急了，道："遭瘟的！你来为割我耳朵的！我喊出来不好听啊！"金角银角也明白了，最终计划失败。

孙悟空当然不可能真的要吃猪八戒的耳朵，孙悟空就是为了开一个玩笑，他那么聪明，那么了解猪八戒，当然也知道这句玩笑会造成怎样的后果，但他就是忍不住不开这个玩笑。错过了救师父的机会，再找机会就是了，关键是"我"玩笑开了啊，嘴瘾过了啊，多爽多嗨啊！

现实中孩子知道课本上不能乱涂乱画，也知道课本上乱涂乱画会被老师批评，还知道除了课本自己有的是地方可以写写画画，但就是忍不住啊。

孙悟空的忍不住，多像孩子啊。

还有一回，也是假扮妖怪——变成牛魔王的样子进入火云洞，被红孩儿识破了，等于又一次营救唐僧的计划失败了。

红孩儿这次的危机比金角银角那次还严重，因为孙悟空自己都刚被三昧真火烧成重伤，在鬼门关上逛了一圈才起死回生。要是换了别人，这下非得活活急死加烦恼死，但被识破后慌忙逃出洞穴的孙悟空在干吗？"搴着铁棒，呵呵大笑，自洞那边而来"，搞得沙僧莫名其妙，孙悟空还一本正经解释说"他叫父王，我就应他；他便叩头，我就直受，着实快活"——占了红孩儿一回便宜，太开心了。连沙和尚这么老实的人都忍不住埋怨："哥啊，你便图这般小便宜，恐师父性命难保。"

沙和尚知道，孙悟空当然也知道，但孙悟空如果不那么做，就不是孙悟空了，也就不会那么讨人喜欢了。

第 73 问 《西游记》深受大家喜爱，
那明朝人是怎样看待"童心"的意义的

孙悟空这个角色是童心的象征，《西游记》这本书又何尝不是童心的完美体现？

在《西游记》的世界里，没有不可冒犯的权威，没有必须遵守的规矩，作者和读者，写的人、看的人、书中人，谁都像一个"玩嗨"了的孩子，肆意纵情地穿梭在各种神奇、各种不可思议当中，挥洒着自己的想象和创造力。

就拿《西游记》的主角们来说，玄奘法师这样一个历史级高僧，去西天见佛祖这么一个伟大的事业，怎么包装都不为过吧？那好，现在需要有人当保镖，这保镖又需要是一个动物的形象，这都没问题，反正中国神话里有的是被赋予过象征意义的、高大上的神兽，龙、凤、麒麟、狮、虎，再不济仙鹤、梅花鹿、乌龟也可以啊，从中随便选一两个来当玄奘法师的随从都再合适不过了。可最终被选定的是啥？竟然是一只猴子和一头猪！这不是孩子气是什么？这不是"一切都能拿来开玩笑"的游戏精神又是什么？

我越读《西游记》越发现，这真的是一本"搞笑压倒了一切"的书，到处都是一些非常具有趣味性的"闲笔"。

平顶山猪八戒被派去巡山，躺在地上偷懒，一边编着故事准备等会儿应付唐僧的问询（就说这山叫石头山，山上有个石头洞……），被孙悟空变成小虫跟着，原封不动地听见，回来之后，一字不差学给他，这让八戒尴尬不已，也让悟空和读者忍不住捧腹大笑。

无底洞猪八戒去问路，见了俩小女妖精，搞不清该叫奶奶还是叫姑娘，八戒再次尴尬不已，读者也再次笑破肚皮。

这样一些描写对故事情节的推进和发展其实真没啥实质意义。巡什么山嘛，喊个土地来一问就可以了解全部信息啦，大敌当前，不该抓紧时间吗？区分什么奶奶和姑娘嘛，唐僧都被抓走十万火急啦，你还有心在那里教八戒使用礼貌用语啊？但这些看起来没啥用的段落多搞笑啊，多有意思啊。在"童心"的取舍标准里，搞笑和有意思不比"剧情推进"更加重要吗？

《西游记》所体现的"童心"为什么会出现呢？是中国文化在《西游记》诞生的时代里，刚好产生了什么新的思想，才结出了这独一无二的果实吗？没错。这新的思想，就叫"童心说"。"童心说"是明代哲学、文学、美学思想中极为重要的一个新生潮流，它的提出和中国社会当时正在发生的各种变化有关（比如商品经济的发达，比如城市的大量出现，比如通俗娱乐的兴起，比如王阳明"心学"影响下儒学的变化，比如普通知识分子们开始推崇个性解放，等等，这些话题比较复杂，也比较深奥，我们不一一详细展开）。总之，你就记住，到了明朝中叶，《西游记》诞生前后，很多中国人终于开始觉得，"孩子气"是一种很有价值的东西，尤其对文学创作而言，它特别珍贵。

"童心说"的提出者，是思想家李贽。李贽，字卓吾，他虽然一生命运坎坷，但在社会上、在民间却特别红，说是"顶流文化人"都不为过。

《西游记》问世之后，大家争相出版，市面上有各种版本，其中有一种最为流行，就叫《李卓吾先生批评西游记》——这一版除了印刷小说正文，还在字里行间附上了很多李卓吾写的评语、感想，这些评语和感想就像现在网络视频里的"弹幕"一样，特别有意思，也特别有见地。

其实学术界研究得出结论：这些"弹幕"并不是李卓吾的手笔，但它们非要打着李卓吾的旗号，从中也能看出，第一，李卓吾很出名，书商都想"蹭流量"；第二，也是最关键的，《西游记》和李卓吾的文学思想应该是高度吻合的,《西游记》可以说是李卓吾"童心说"很好的体现者和实践者。

"童心说"的核心,简单来讲,就是:古今之至文,未有不出于童心焉者矣。翻译成现代汉语就是:从古到今最出色的文学作品,几乎都是用"童心"写成的。

什么是童心?李贽总结为:妙、真、善、趣。这几个字,至今还常常与"童"字连缀在一起使用:童真、童趣。仿佛"童"是它们天然的伙伴和主人,是它们最适合也最频繁的发生时区。然而,李贽觉得,随着人的长大,越来越多的知识、道理、规矩被灌输进脑子,要遵守的"清规戒律"越来越多,要顾虑的事情越来越多,要讲究的人情世故越来越多,这些东西在心中占据了主导地位,那个最朴素的童心就日渐稀薄,直至失去了。因此,在日趋复杂的生活面前,勇于去找回那份新鲜的、活泼的、生机勃勃而充满好奇心的眼光,让依然具有童心的人享受童心,让曾经具有童心的人找回童心,这是文学艺术存在的最大理由。

所以,李贽告诉大家:我们不是只能读《论语》《孟子》之类的四书五经,唐传奇、元杂剧、《西厢记》《水浒传》,这些由"童心"主导的作品,都可以说是古往今来的好文章、好作品。这里面,他没有点《西游记》的名字,因为他写这些话的时候,《西游记》还没正式问世、至少还没广为流传。但是没关系,很快《西游记》就要登场,就要为这"妙、真、善、趣"的童心提供最佳注脚了。

七十二变、八十一难、上天入地、奇山怪水,不"妙"吗?

敢爱敢恨、说闹就闹、想哭就哭、想笑就笑,不"真"吗?

嫉恶如仇、降妖除怪、忠诚勇敢、永不放弃,不"善"吗?

总是顽皮捣蛋的孙悟空,总是傻里傻气的猪八戒,时不时犯点小迷糊和小恐惧的唐僧,时不时飘过一句小吐槽的沙和尚,不"趣"吗?

事实上，儿童思维以其纯洁无瑕、去伪存真、无拘无束、爱憎分明常常被当作哲学与文学理论中的重要资源，全世界范围都是如此。尼采的"复归无垢的婴孩"、马斯洛的"第二次天真"和"健康的儿童性"、华兹华斯的"童年家园"论等，都是最典型的代表。《西游记》同样是上述理论最贴切的呼应、再现和实践者。这也是为什么《西游记》不仅受到中国孩子的喜爱，而且受到全世界人民的喜欢，能够成为具有国际知名度的中国神话的原因。

第 74 问　为什么孙悟空会筋斗云，却不能背着唐僧飞到西天

这问题属于"有道理，但没意义"的那一种，因为按照它的逻辑，我们完全可以问得更多、更彻底。

比如，"为什么唐僧这么弱，还非要让他去西天？"

比如，"孙悟空神通广大，为什么不直接任命他当取经人？"

甚至比如，"观音最初不是奉了如来的法旨去长安寻访取经人吗？既然如此，她直接把真经带在身边，到了长安亲手交给唐朝皇帝好了呀。"

我提出的这三种方案，不是更加方便快捷吗？

没错，上述所有提问都建立在"想要让取经行动更加方便快捷"的动机前提之下。但你有没想过，取经压根就不是一件可以方便快捷的事情。

取经的缘起，有西天和东土两个源头。

西天那边是"我佛造经传极乐"，等于说，这是佛门内部的教义

传播行为。唐僧是佛祖的二弟子金蝉子，是十世修行的得道高僧，孙悟空是啥？压在五行山下的犯了罪的妖仙，此时他跟佛门之间没半毛钱关系。

东土那边是"唐王游地府"之后发愿要超度冤魂，这也正好对应了如来口中真经的三大功效"谈天、说地、度鬼"中的"度鬼"，等于说，这是政府行为，是国家行为。唐僧是唐王的御弟，也是领了圣旨的钦差使者。孙悟空是啥？东胜神洲的一个天生石猴，此时他跟位于南赡部洲的大唐王朝之间没半毛钱关系。

孙悟空代替不了唐僧。

书中猪八戒问过孙悟空，咱们怎么不直接把师父驮到西天去——八戒那一刻的想法跟大家一样，都是"求快"，然后孙悟空回答："我和你只做得个拥护，保得他身在命在，替不得这些苦恼，也取不得经来；就是有能先去见了佛，那佛也不肯把经善与你我。"

孙悟空只是"拥护"（保镖），且"拥护"的目的只在于"保得他身在命在"的底线，而不是让他这一路尽可能轻松愉快，因为"这些苦恼"和"见了佛""取得经来"之间是因果关系：必须亲历苦恼，才有资格得到佛的认可，才有资格得到真经。

具体到"飞"这个动作上。何止是"飞"到西天不行，飞一段都不行。要不然，取经路上每条大河前，为啥大家总要犯愁怎么过去。

流沙河边，悟空八戒就讨论过此，结论是："师父乃肉身凡胎，托不起来。"当然这话也未免绝对，车迟国斗法，悟空不是变作祥云把唐僧送上了云台去比坐禅吗？但那是"上升"，而不是"前行"。大约"飞"近似一种修行成功的标志，或者说是一种资质。唐僧到达灵山成佛之后，没有谁为他就地紧急培训过腾云驾雾，可他自然而然就和徒弟们一同驾起云头"飞"回了东土。它甚至不是一门技术，而是一个顺理成章的结果。

如果说这些还不够明白的话，那第八回里如来第一次提到真经时说的，简直能直接抄下来充当此问题的全部答案：

我待要送上东土，叵耐那方众生愚蠢，毁谤真言，不识我法门之要旨，怠慢了瑜伽之正宗……去东土寻一个善信，教他苦历千山，远经万水，到我处求取真经，永传东土。

看到没？苦历千山、远经万水是如来对真经的"出厂设计"和"产品使用指南"。

到达西天后，传经前后，如来也告诫唐僧师徒："经不可轻传"，还有"示于一切众生，不可轻慢……宝之重之！"既然说"不可轻传"，既然说"不可轻慢"，如何能显出这份"不轻"的分量，如何能强调这份郑重、这份不容易？当然是十万八千里，当然是八十一难，当然是一十四年寒暑，当然是千辛万苦、披星戴月、一番番春秋冬夏、一场场酸甜苦辣的考验啦。

"背着唐僧飞到西天"，比出国旅游一趟都简单，真经也不就跟旅游回来携带的纪念品、特产没啥两样了？

重点是让取经人"走"到西天，而不是把真经"送"到东土。没有这条路，没有这场"走"，唐僧得不到磨炼，孙悟空得不到成长，正果就失去了铺垫、积累、考验和锻造。没有这条路，没有这场"走"，既显不出真经的可贵，也显不出人物建功立业的可敬，当然，同样实现不了情节的可读。

记住，你在路途中得到的精神升华，是远比目的地更重要的东西，甚至那才是真正意义上的目的地，真正意义上的"真经"。

第十一章

源流和演变：《西游记》的成书与改编

第 75 问　在小说之前，《西游记》还有过哪些版本

尽管对于其中某些里程碑事件、某些重要节点，我们在之前的许多问题里（比如谈到玄奘法师的事迹，比如谈到孙悟空、猪八戒等角色的形象演变）已经有所提及，但完整地总结概括《西游记》成书过程还是必不可少的。我们大概可以把《西游记》这部小说从无到有的过程分为这样四个阶段。

第一阶段，它从一个具体发生过的历史事实（玄奘西行）到被书面记录下来进入形形色色的文章和书籍当中。

以前就介绍过，在玄奘法师回国之后，除了译著经书，他还回忆和口述了自己这一路上的种种见闻，这些口述由他的弟子辩机记下，形成了一本叫作《大唐西域记》的著作，它广泛记录了西域的山川地貌和风土人情，是不可多得的历史资料、文化资料、考古资料和地理资料，它自带的神秘感和传奇性也构成了《西游记》最遥远的雏形，奠定了《西游记》最初始的氛围。

这之后，玄奘法师的另外两名弟子慧立和彦悰接上了围绕师父光辉功业的写作传播任务，撰写了《大慈恩寺三藏法师传》，顾名思义，这是一本玄奘的个人传记，因此它的重点也随之从风景、民俗等这些"知识点"移开，落在了人和人的行为上，或者说落在了和"剧情"更加靠近的地方。

它的主要内容，就是玄奘法师西行求法的完整经过，以及后来译著佛经的情况，虽然这么讲显得有些枯燥，但要知道，作为佛门有意要塑造为偶像的高僧，法师的种种奇遇，法师种种逢凶化吉遇难成祥

的转折，少不得会被放大、渲染，甚至添加不可思议的神异色彩，结果就是想象力、浪漫主义、神佛魔怪这些元素和这些创作取向从此进入了"取经主题"当中，《西游记》里那个光怪陆离的世界启动了第一声序曲。

第二阶段，它开始进一步神话化。

唐代佛教盛行，但佛教教义又比较深奥，一般老百姓跟咱们一样，拜拜佛还可以，对佛经做起"阅读理解"来就有点跟不上了。为了向更多的普通人传讲佛法的道理，为了让佛教更加亲民、更具有感召力和吸引力，各大寺院和僧人们"研发"出了一种叫"俗讲"的形式。

什么是俗讲呢？你就理解为"佛教版本的评书或单口相声"吧：把佛经内容、佛教思想、佛门弟子的事迹编成有趣的故事，可能还要加入说唱、图画、动作等多元形式，加以生动鲜活地展示。

那好，你想想，对"佛教版本的评书"来说，还有比玄奘法师西行这件事更加让人神往、更加具有传奇色彩、更适合被"俗讲"的题材吗？

不出所料，刻于南宋、流传于元代的《大唐三藏取经诗话》成了当时最风靡的俗讲材料之一。它虽然文字粗糙简单，但大致勾画出了《西游记》的框架，尤其是让"取经团队里有个猴行者"的认知深入人心。

第三阶段，它从神话和宗教走入通俗文学中。

取经故事的影响力在上个时期，经过"俗讲"等途径的推动，已经从寺院渗透进了民间，在全社会范围内广泛流传，成为文艺创作活动的重要题材。市民群众没寺院里的僧人那么多"学术"要求和思考要求，他们只想要热闹、好看、刺激、好笑。这样，西游故事的虚构成分也日益增多，西游故事的娱乐元素也日益增多，西游故事的表演形态也日益增多，戏曲、说书，全都参与进来了。

金代戏剧剧目里有《唐三藏》，宋元南戏（一种主要流传于南方地区的戏曲形式）里有《陈光蕊江流和尚》，元代和明朝初期更是先后出现了两部杂剧《西游记》——一部为元代吴昌龄所作，另一部则长达六本二十四折，学术界多半认为是明初的杨景贤所作。

就这样，唐僧的身世、三个徒弟的形象（猪八戒出现，"深沙神"也开始改叫沙和尚）、许多妖魔鬼怪的传说都在这些通俗文学内部慢慢成形了。除此之外，一条明显的变化轨迹也正在产生：那些零碎的、片段的小故事，逐渐被串联成了大故事。也就是说，随着积累越来越多，到了量变走向质变的时候，到了被汇总、拼合的时候，何况，已经有了汇总、拼合的初步成果。到此，一个以长篇小说形式来讲述《西游记》的作品已经呼之欲出了。

第四阶段，小说《西游记》的产生。

经过前面所讲述的漫长过程，到明朝中期，基本故事情节和基本角色已备齐，就像是一场宴会，你昨天买来几种蔬菜，他前天抓来几只鸡鸭几条鱼，我大前天做好几种主食和点心，现在，只要有个大厨整合一番，让它们接二连三落锅、加热、装盘、端上桌，就可以大饱口福啦。

这个"大厨"，和之前"买几种蔬菜、抓几只鸡鸭"的"无名英雄们"相比，毫无疑问，是个更有水平的作家和文人（而不是通常意义的"民间艺人"），他提供的是更有野心的谋篇布局、更传神的人物塑造、更优美细腻的景物描写和心理描写、更严谨缜密的情节安排，甚至是看起来更高端更有档次的哲学思想和宗教思想，是西游、取经题材走到此时在段位上、规格上的一次飞跃蹿升。

当然我们也要看到，中国古代社会推进到这个时期，经济、消费、城市规模都有了让人瞩目的进展，"能看得懂书"的人越来越多了，"能买得起书"的人也越来越多了，有了这个诉求才有了"要提供更好看的小说"之前提，这就构成了文学史上所表述的"市民阶层的壮大和新的读者群与作家群的形成"以及"文学的商业化、世俗化",这才是"大厨"得以涌现并加入盛宴的基础。这个"大厨"可能是吴承恩,也可能是其他还没被发现和认定的某个人。而且,即使到了这个阶段,《西游记》也还不是一蹴而就,也还有"热身赛"和"预演":专家们推断,至少在元末明初已经有一本比较完整的长篇小说《西游记》在流传了,这个版本目前已经找不到了,但它在其他丛书和目录里保留有某些片段——永乐皇帝组织编修的《永乐大典》里有此书中"梦斩泾河龙"的相关内容,朝鲜古代的汉语教科书《朴通事谚解》里有一段"车迟国斗圣"也来自此书。

在此基础上,现存最早的《西游记》版本应该是明代万历二十年（1592 年）金陵世德堂（这是当时一个出版社的名字）刊印的《新刻出像官板大字西游记》——"新刻"表示时间,"出像"说明有插图,"官板"是对刻印技术质量的保证,"大字"则是版面视觉效果,这部书有 20 卷、100 回,篇幅已与今日看到的等同。另外据考证,差不多同时还有三种百回本的《西游记》版本在出版。反正,至今仍在被我们阅读和传诵的、至今仍在中国的每一个家庭和每一条大街小巷中津津乐道的名著《西游记》,终于彻底诞生了。

《西游记》取得了巨大的成功,随之带动了各种神魔小说在那个阶段层出不穷,之后短短几十年里,有三十多部内容各异的神魔题材小说涌现在市面上,尤其是这种"把神仙妖魔和某些历史真实人物事件相交融"的写法,成了当时最大的流行,如同样大名鼎鼎的《封神演义》,还有大家可能不太熟悉的、但几乎一冲眼就知道是神魔小说的《八仙得道传》《斩鬼传》《绿野仙踪》《三宝太监下西洋记》……

"神魔"得以和"历史演义""英雄传奇""才子佳人"等并列齐观,成为中国古代小说的主要类别之一,这一切,都要感谢《西游记》那划时代的光芒。

第十一章 源流和演变:《西游记》的成书与改编

第 76 问 《西游记》的作者是谁，是吴承恩吗

今天我们在书店买到的每本《西游记》，封面上都印着"吴承恩著"。

今天我们在课本上学到的每篇节选自《西游记》的文章，下方脚注里都有一条需要记忆的文学常识：《西游记》为明代吴承恩所作神魔小说。

今天我们在荧屏上、银幕里、电脑和手机播放器中看到的每部改编自《西游记》的影视作品或动画作品，片头字幕里都标着——原著：吴承恩。

江苏淮安吴承恩的故居周围，已经建起了《西游记》文化街区和主题公园。

六小龄童老师还专门组织拍摄了电视剧《吴承恩与西游记》。

吴承恩是《西游记》的作者，已经成为一种社会性共识，但共识不等于正确答案。充其量，共识是已经得出的所有答案里，看起来最正确的那个。《西游记》的作者究竟是谁，目前学术界还没有定论。只能这样讲：被提出的所有人里，吴承恩相对比较有说服力。但这个说服力是和其他说法相比得来的，但就绝对的证据数量和质量来说，其实也挺薄弱。

吴承恩生活在明代中期，字汝忠，号射阳居士，又称射阳山人，南直隶淮安府山阳县河下（今江苏淮安）人。在相关记载里，吴承恩从小聪明过人、博览群书，尤其喜欢各种浪漫的神话故事。另外，他还擅长绘画、书法，多才多艺。但是，大概把心思都用在了这些"业余爱好"和"副科"上了，写不好应试作文，在科举中，他屡遭挫折，常年只能以卖文为生。唯一做过的官，是嘉靖三十九年（1560年）到浙江长兴担任县丞，而且也很快就辞官离去了。晚年他一直闭门写书，终老于家。

好了，看看这段陈述，你当然会觉得里面有很多蛛丝马迹都和"《西游记》作者"这个标签对得上号。

比如从小聪明，喜欢神话故事——写出《西游记》的人能不聪明，能对神话没兴趣吗？

比如多才多艺——《西游记》里面的内容就超级丰富啊。

比如科举失败——要是当了大官，谁还有心思跟时间写小说啊。

比如晚年闭门写书——那应该会写出一本大作吧。

另外嘛，还有一些零零碎碎的"西游相关元素"发生在吴承恩的周边：离淮安不到一百公里的连云港有一座"花果山"；《西游记》里有不少词汇像是淮安方言里的表达；甚至是网友们发现的，《西游记》里妖怪们商量吃唐僧肉时，最常提出的烹调方式就是"蒸"，而淮安一带的菜系里特别偏爱蒸菜。

但所有这些，无论正确与否，都是"结果逆推"，都不是证据。唯一比较靠谱的证据是，淮安的地方志《淮安府志》里有记录当地出的名人，在"吴承恩"这个词条下面列了几本他写的书，其中有《西游记》。可是，那里面只列出了书名，并没有进行任何内容介绍，所以没有人可以判断这个《西游记》是否就是我们平常说的《西游记》。吹毛求疵一点：吴承恩某次去淮安西边的哪里玩了一趟，回来写了本记录风景和风土人情的游记，取名"西游记"，这也没毛病啊，谁规定只有孙悟空和唐僧的故事才能叫"西游记"？

最早提出"吴承恩是《西游记》作者"并进行了论证的，是鲁迅和胡适两位先生，他俩在我们这本书中被提及率很高，因为中国古代小说研究的许多观点和方法，都是由他们奠基的。到了当代，刘修业、刘怀玉、苏兴、蔡铁鹰、竺洪波等《西游记》研究界的重要人物，也都是"吴承恩说"的支持者。

虽然至今还有不少学者试着提出其他作者人选，但他们的权威性和影响力实在无法和鲁迅胡适二位先生相提并论。

其实，能举出来否定"吴承恩说"的反例也有。

在目前已经知道的明清时期市面上流通的比较著名的几种版本的《西游记》里（明刻本《新镌全像西游记传》《新刻出像官板大字西游记》《李卓吾先生批评西游记》等），均未署名"作者吴承恩"。

现在能找到的吴承恩留下的诗文，还有他的笔记、书信中，从未提到自己在撰写《西游记》的事情，这也有点不正常。

至于大量淮安方言的出现，细心的读者会发现，《西游记》中同时还存有许多其他地方方言。

那好，既然吴承恩不怎么"靠谱"，那你说谁"靠谱"？真抱歉，另外那些更加不"靠谱"。

有人提出，《西游记》的作者是丘处机。

你没看错，丘处机，就是《射雕英雄传》里那位武艺高强、脾气暴躁的道长，杨康的师父，全真七子之一。他在历史上，实有其人。

在南宋末年，全真教影响力很大，丘处机的名气也很大。大到惊动了成吉思汗都慕名来请，请他去传道。据说，丘处机真的去了趟蒙古草原，朝见铁木真大汗，不仅讲解道法，还劝说铁木真重视和平，不要滥杀无辜。这件事在当时颇受好评，于是丘处机的弟子就以此为题材，写了本《长春真人西游记》，简称《西游记》。后来，人们以讹传讹，把《长春真人西游记》与小说《西游记》混淆了，认为丘处机就是小说《西游记》的作者。

还有人提出，《西游记》的作者是明嘉靖年间的内阁首辅（差不多等于宰相了）李春芳。李春芳曾在江苏一个叫华阳洞的地方读书，还给自己取了个号"华阳洞主人"，《西游记》最早的通行版本"世德堂本"卷首偏偏就有"华阳洞天主人校"的题款。此外，《西游记》九十五回还有一首诗："缤纷瑞霭满天香，一座荒山倏被祥；虹流千载清河海，电绕长春赛禹汤。草木沾恩添秀色，野花得润有余芳。古来长者留遗迹，今喜明君降宝堂。"有人玩了个类似藏头诗的文字游戏，在这首诗的第四、六、七句，分别找出了几个字，拼起来，正好是"春芳留迹"，这简直是摩尔斯密电码了。

我相信大家看完上面两段应该会有自己的判断了，你觉得这两段能站住脚吗？你会相信丘处机和李春芳是《西游记》的作者吗？

总之，应该这么说吧，《西游记》的作者可能性排序："某位目前还没被提出的神秘作者"大于吴承恩，吴承恩大于"目前已被提出的其他作者"。但是，我们已经无数次强调过了，《西游记》不是一本孤立成型的小说，不是某一个人在某一段时间里单独创作出来的，《西游记》是世世代代无数佛经故事、神话传说、民间戏曲、话本说书所累积叠加形成的一个伟大结果。从某种程度来说，明代小说《西游记》的写定者其实只是起到了一个"统合资料"的作用，那么他究竟是谁，其实也关系不大了。我们完全可以把"吴承恩"三个字，仅仅作为一个代名词，用来表示所有对《西游记》的成书作出过贡献的人，他们永远配得上拥有我们的感激和仰慕。

第 77 问 《西游记》有没有续集，
取经之后还会发生什么

给名著写续集是一件特别流行的事情。你想想，既然是名著，那肯定深受大家喜欢，既然大家那么喜欢，读完之后多少会觉得不过瘾，会盼着要是能把故事再多往下讲一点，那该多好啊。这个心情老百姓有，文化人和作家们也会有，老百姓有阅读的需求，文化人和作家有续写的能力，再加上出版商们嗅觉敏锐，看出其中大大有利可图（就像那些走红的好莱坞电影，哪个不是一而再再而三地拍第二部第三部啊，虽然后面拍出来的往往口碑不如最初，但票房还是有一些保障的），三方一拍即合，续集顺理成章、粉墨登场。

就说古代小说里名气最大的《红楼梦》吧，清代和民国时问世过的"红楼"续书，随便一列就有很多，比如《后红楼梦》（逍遥子撰）、《续红楼梦》（秦子忱撰）、《绮楼重梦》（兰皋居士撰）等。

话说回来，《红楼梦》的情况很特殊，毕竟曹雪芹只留下了八十回的稿子，后面四十回本来就缺了，供人想象和补完的空间非常大。这一点上，《西游记》就比较不利，它的结局太完整、太圆满了，真经取回，妖魔灭完，师徒四人成正果，还能变出啥新花样来呢？能变出来的，想必定是"脑洞"巨大、善于"无中生有"的高手。于是，《西游记》的续书，属于"少而精"的状况。

西游续书流传较广、水平较高、较有影响力的，主要有三部，分别叫《续西游记》《后西游记》和《西游补》——后、续、补，这仨字倒都体现了典型的"续书标题"。其中，《续西游记》和《后西游记》使用的是同一种思路：重走西天路。也就是说，它俩与其说是续写《西游记》，倒不如说是模仿西游的结构弄了个姐妹篇：又来了一遍千山万水、降妖除怪的长途跋涉。只不过对于长途跋涉的主体，《续西游记》里是原班人马，《后西游记》里是原班人马的后代传人；只不过对于"重走西天路"的性质，《续西游记》里是"倒走"，《后西游记》里是"再走"。

《续西游记》成书于明朝末年，作者不知道是谁，现在市面上的出版物一般都直接题为"无名氏"。这本书写的是唐僧一行到了灵山取得真经之后，保护经卷回东土长安的故事。这设定其实挺经不起推敲的，都已经大功告成了，竟然还不能腾云驾雾飞回去，竟然还要吭哧吭哧走回去，凭空把取经的难度和里程数乘了个二，也真是够狠。当然，这么做的好处就是，此续书中的主要人物与《西游记》完全相同，唐僧、孙悟空、猪八戒、沙僧等形象也都保留了各自原有的性格特点乃至技能作用，继续以各种老方式老套路与妖魔做斗争，不过现在出场的妖魔不是冲着唐僧肉，而是冲着抢夺真经来的。

新的变化在于，第一，如来收缴了金箍棒、九齿钉钯和降妖宝杖——因为这几件兵器杀心太重，而现在它们的主人已经是佛和罗汉了——悟空、八戒、沙和尚被迫改用三根禅杖防身；第二，如来委派了比丘僧和灵虚子两位大神，对唐僧师徒们一路暗中保护，他们还携带了八十八颗菩提珠和木鱼梆子，作为除怪利器。

另外，此书的主题延续了《西游记》里"修心"的哲学，还对此进一步深化、强调：书中每次遇到艰难险阻遇到妖魔鬼怪，都要刻意说明这是心生杂念、心中不清净造成的（比如孙悟空的好胜心、杀心，唐僧的恐惧心，猪八戒的混乱心等），于是，回归大唐就成了一条净心之路。

《后西游记》的成书时间稍晚，它成书于在清代初年，俗称《小西游》，作者也不详，只是书中附有某位署名"天花才子"的文人所做的评点。

这书讲的是取经完成若干年后，大唐的和尚们水平不够外加贪财懒惰，把真经给念歪了，佛教信仰成了误国殃民的祸害，于是如来派了已经成佛的唐僧和孙悟空来到东土，重新组建一支队伍，再走一趟西天，取回"真解"（你就理解为是教学参考书或者练习册的标准答案吧）。这支队伍里以法号"大颠"的和尚"唐半偈"为核心，还包括了花果山上冒出的新一代石猴"孙小圣"，猪八戒当初在高老庄留下的儿子"猪一戒"，以及沙和尚的徒弟"沙弥"。我个人觉得，这本小说总体上比《续西游记》有意思。除了两书都试图阐明"心即是佛"

的玄理之外，它更像一部寓言，对现实社会的讽刺意味更浓，而且与《西游记》的相似度、关联度也更高，比如在罗刹鬼国，牛魔王、铁扇公主、玉面狐狸等人物重新登场，比如六个妖贼是当年被孙悟空打死的六贼还魂复生等。

《西游补》则与众不同，首先它有明确的作者——明末清初小说家董说，以及明确的出版年份——明代崇祯十四年（1641年）；其次它是中篇小说而非长篇（一共十六回）；最后也是最重要的，与其说它是续集，不如说是插曲，所以叫"补"。

《西游补》的故事插在原著中孙悟空"三调芭蕉扇"那段之后，讲的是悟空化斋时被鲭鱼精所迷，跌入一个叫"青青世界"的梦境。在梦里，他一会儿要找秦始皇借什么"驱山铎子"（说是能用来把西天路上所有的高山移走），一会儿又撞到了"万镜楼台"，在镜子里游历；一会儿来到"古人世界"，一会儿又进入"未来世界"；一会儿变成西楚霸王身边的美女，一会儿又当了阎罗王，为岳飞平反，把秦桧审判定罪。最后，得到"虚空主人"的呼唤，才终于醒悟，复归现实，外加打死了鲭鱼精。这整个过程，真是极尽奇幻曲折，简直是《西游记》版"爱丽丝梦游仙境"。 很多后世学者都觉得，它是中国最早的意识流小说——完全打破了时间和空间的限制，这种写法在古典文学里极其罕见。其实，"鲭鱼"是"情"和"欲"的谐音，这小说讨论的，还是人如何与情共处、如何战胜欲望的话题。

总之，《西游补》感情充沛、构思独特、语言生动优美，所以虽然在《西游记》三大续书中最短，却是公认成就最高、最值得研究的一部。

第 78 问　既然有《西游记》，那有没有《东游记》《南游记》和《北游记》呢

　　这个问题有点逗，但大家别忙着笑，因为东、南、北这仨游记都是存在的。那它们和《西游记》之间有关系吗？从字面看它们是并列的，就像一家子里的四个兄弟。其实确切说，应该是因果关系：有了《西游记》的成功，后来才慢慢有了《东游记》《南游记》和《北游记》。

　　大家不知还记不记得，早些年有本畅销书叫《狼图腾》，故事写得很好看，观点也挺新鲜，卖得几次脱销，书商们一看有利可图，于是一拥而上，《熊图腾》《虎图腾》《鲸图腾》纷纷问世。同样，更早些年有本畅销书叫《谁动了我的奶酪》，用通俗易懂的方式讲解经济学常识，很有实用价值，也很受购书者欢迎，书商们也是一拥而上，于是有了《我能动谁的奶酪》《谁敢动我的奶酪》《我不想动你的奶酪》……

　　这么说是不是就明白了呢？《东游记》《南游记》和《北游记》，其实都属于"蹭热点"的产物，都属于"跟风之作"。是《西游记》的一举成功，给它们铺垫好了市场，积累好了读者群。就连我自己，小时候都因为太喜欢《西游记》了，后来在书店看到《东游记》《南游记》《北游记》的连环画，吵着闹着要爸妈给我买了一套，尽管它们的内容跟《西游记》半毛钱关系也没有。

　　"跟风之作"看起来是个贬义词，其实也没那么多批评的意味，这本来就是一种商业营销策略，无可厚非，而且"跟风之作"也不一定就毫无价值。就拿前面讲到的《鲸图腾》来说，其实它是一部世界名著——加拿大著名作家梅尔维尔写的，原名《白鲸》。论起文学地位，它可比《狼图腾》厉害多了，只不过后者在国内成了爆款，出版商这才使用营销策略把《白鲸》换了个这么"应景"的名字。

好了，现在详细介绍下《东游记》《南游记》和《北游记》。

明代万历年间，这时候《西游记》已经广为流传、深受欢迎了，顺带着，神魔小说也成了市面上写作者比较偏爱的题材。于是，有眼光敏锐的出版商就搞了这样一场策划，推出了一套《四游记》丛书。

顾名思义，"四游记"，即东、西、南、北四个游记。不过这里面的《西游记》和我们熟悉的《西游记》相比要简略、粗糙很多，大概可理解为是对原版《西游记》改造后的一个缩写本，为啥这么做呢？就为了能更无违和感地纳入这套丛书里：毕竟全本《西游记》体量太大，水平太高，内容太丰富，要是直接放在里面，另外三个游记与它相比从篇幅到水准都太不对等了。像现在这样，弄个"缩写"，看起来就整齐很多。当然，后果就是《四游记》版的《西游记》完全失去了原著的神采，沦为了一本咋咋呼呼的怪力乱神之作。

《东游记》别名《上洞八仙传》，分上下两卷、五十六回，由吴元泰撰写，讲的内容说出来倒是耳熟能详，那就是八仙的故事。铁拐李、汉钟离、吕洞宾、张果老、蓝采和、何仙姑、韩湘子、曹国舅这所谓八仙，也是中国民间故事和戏曲甚至各种年画上常见的形象，知名度虽然比不过孙悟空、猪八戒，也绝对是"名人"啦。尤其是吕洞宾，潇洒叛逆，性格里还真有点和孙悟空相通的部分。

这本书最精彩的内容，就是八仙过海——八位神仙在东海与老龙王的斗争，但这段只占了最后十回左右的篇章，前面长长的四十几回，写的都是八仙得道成仙的过程，可读性完全不能与《西游记》相提并论。

《南游记》别名《五显灵官大帝华光天王传》，四卷十八回，它没有明确的作者，只有编者。编者叫余象斗，是闽南地方知名书商，当时通行版本的《三国演义》《水浒传》等书都是他名下的书坊刻印的。从编者的文化商人身份更能看出《四游记》的组稿属于纯商业行为，搞不好就是这位余象斗亲自组织的。当然，余象斗既是生意人也是编书人，这俩也不矛盾。

《南游记》的内容是主角"华光天王"三次投胎转世、降妖伏魔、大闹三界、寻母救母、终成正果的神话故事。《西游记》中的很多人物，比如玉帝、如来，甚至铁扇公主都在《南游记》里出场过，更神奇的是这书里还有齐天大圣，华光还变作齐天大圣的模样去偷蟠桃！可见很多流传极广的神话故事，是可以被各种小说改头换面来使用的。

《北游记》又名《北方真武玄天上帝出身志传》《真武大帝传》或《荡魔天尊传》，编者也是上面说的那位余象斗先生。全书共四卷二十四回，主要讲述了真武大帝得道后降妖除魔的神话故事。

这位真武大帝，《西游记》里也有提到，小雷音寺黄眉老怪抓了唐僧，孙悟空就去找他帮忙，结果真武大帝说了一大段自我介绍："我当年威镇北方，统摄真武之位，剪伐天下妖邪，乃奉玉帝敕旨。后又披发跣足，踏腾蛇神龟，领五雷神将、巨虬狮子、猛兽毒龙，收降东北方黑气妖氛，乃奉元始天尊符召"，意思就是，他当初把北方的妖魔基本都消灭完了。

没错，《北游记》讲的就是真武大帝把北方的妖魔基本都消灭完了的事情，这一过程中，他还收了一堆随从，手下凑齐了邓辛张陶四元帅、龟蛇二将、雷公、财神爷赵公明，甚至武圣关羽，热闹得很，倒是为本书提供了不少卖点。

第 79 问 《西游记》内容有漏洞吗

这问题比较苛刻。那么庞大复杂的作品，涉及山川、海洋、气候、水文、动植物、不同国家和民族，要知道，作者只是古代的读书人，而非今日的博物学家，既没环球旅行过，手边也没网络可供查阅，估计连本《百科全书》都找不到，怎可能不受历史发展阶段和知识水平局限的制约呢？

再加上《西游记》是"世代累积""集体创作"形成的，内容的来源千头万绪、五花八门，佛经里提供了一些，神话传说提供了一些、民间故事提供了一些，地方戏曲提供了一些……不同区域产生的素材、不同时期形成的故事难免会造成剧情的不统一，非得要求它像一部单人独立完成的现代作品那样构思严谨、完美无缺，也实在强人所难。

总的来说，《西游记》的确存在一些漏洞，但它们都有值得谅解之处。

第一种漏洞，叫"时代错位"，也就是西游记成书于明朝，写的却是唐朝的故事所造成的麻烦。

《西游记》第三十七回，在乌鸡国，被害死的国王托梦于唐僧，讲起那位谋杀了自己的妖道之来历，原话是这样说的："忽然钟南山来了一个全真，能呼风唤雨，点石成金。"

"全真"是北宋末年出现的一个道教组织和道教流派，创教祖师是王重阳，门下还有丘处机、王处一等高徒，反正如果你读过金庸的《射雕英雄传》和《神雕侠侣》，对这些名字和这个教派肯定会很熟悉。

总之，全真教在民间影响很大，而且全真教的门人都自称和互称"全真道人"，一来二去，大家逐渐习惯了用"全真"两个字广泛代指所有道士、所有道教修行者，也不管其具体是不是归属于全真教这个门派了。这种习惯估计一直延续到明朝，所以作者也很自然地在书中拿着"全真"来称呼道士。

可是，《西游记》故事本身的发生时间是什么时候？是唐朝太宗年间啊。这时候距离"北宋末年"、距离全真教的兴起、距离"全真"这个词儿的出现还有五百多年呢。

《西游记》第八十六回:"三人没急奈何,只得入山找寻。行了有二十里远近,只见那悬崖之下,有一座洞府:削峰掩映,怪石嵯峨。奇花瑶草馨香,红杏碧桃艳丽。崖前古树,霜皮溜雨四十围;门外苍松,黛色参天二千尺。"

这里作者大概为了显示一下自己的阅读面很广,又或许是为了给本段增添一些文学含量,直接引用了一句诗"霜皮溜雨四十围,黛色参天二千尺"。这句诗出自哪儿呢?是杜甫的《古柏行》。

玄奘取经是唐太宗时候的事情,杜甫则是唐玄宗时候的人,又一个"前代用后代"。不仅有杜甫,还有李白。第九十一回写师徒四人在金平府欢度元宵佳节、上街观灯时也出现过这样的漏洞。

第二种漏洞,是地理与自然的生搬硬套。

《西游记》里有颇多自然风光的描写,而且用的都是诗词歌赋形式的"韵文",它们大同小异,甚至可说是千篇一律。这点其实很不应该,十万八千里,经过了不同的地理环境,到处充满异国风情,有的是截然不同的素材:写沙漠、写戈壁、写原始森林、写村寨,本可以精彩纷呈啊。实际上呢?我们试看几个例子。

紫燕呢喃香嘴困,黄鹂襕睆巧音频。满地落红如布锦,遍山发翠似堆茵。岭上青梅结豆,崖前古柏留云。野润烟光淡,沙暄日色曛。几处园林花放蕊,阳回大地柳芽新。

这写的是西梁女国的景物,之前就讨论过,西梁大概在今天甘肃,"一川碎石大如斗""平沙莽莽黄入天""大漠孤烟直,长河落日圆",这才是那边的环境吧,哪来的"青梅""黄鹂""满地落红""遍山发翠"呀?

竹篱密密,茅屋重重。参天野树迎门,曲水溪桥映户。道旁杨柳绿依依，园内花开香馥馥。此时那夕照沉西，处处山林喧鸟雀；晚烟出爨，条条道径转牛羊。又见那食饱鸡豚眠屋角，醉酣邻叟唱歌来。

这是高老庄。书中明确交代高老庄位于"乌斯藏"——属于西南高原地区。雪山呢？草甸呢？牦牛呢？毡房呢？一概没有。依旧是曲水溪桥、杨柳依依。

清和天气爽，池沼芰荷生。梅逐雨余熟，麦随风里成。草香花落处，莺老柳枝轻。江燕携雏习，山鸡哺子鸣。斗南当日永，万物显光明。

这是天竺国铜台府，远在印度，也是满眼的江燕、柳枝、梅子、荷花？

你发现没有，无论唐僧师徒走多远，作者真的只熟悉他所生活的、确切说应该是江南水乡的那些东西，所以当他试着把一片美景还原到纸上时，他永远只能在小桥流水、田园牧歌、桃红柳绿中打圈子。

既然说到"江南水乡"，这地方离海不远，《西游记》里的海洋戏也不少，这下总该驾轻就熟了吧？也未必。毕竟古代航海技术很有限，尽管住得离海近，但也谈不上就对海里的一切了解甚深。

在东海龙宫中，担任各种官爵要职的，竟然都是常见的淡水鱼种：鳜都司、鲌太尉、鳝力士、鲤总兵。鳜鱼、鳝鱼、鲤鱼，大家都很熟悉，鲌其实就是我们通常说的白鱼。兴凯湖红鲌、黄河鲤、松花江鳜、松江鲈，人称中国四大养殖鱼，合着这"舌尖上的老几位"，其中有仨都在水晶宫里担任朝廷命官？

后面西海南海北海龙王来送铠甲时，负责敲鼓鸣钟的鼍将（鳄鱼）、鳖帅（甲鱼），其实也都不是海里的生物。

不止如此，西游各国，写到皇宫，全是金銮殿、五凤楼，写到大臣，全是丞相、太师——都是非常典型的、中原独有的建筑名称与职官名称。更别说灭法国的兵马司、祭赛国的锦衣卫，这种明朝才出现的玩意儿直接空投到了西天路上。

最后就是某些细节上的前后不统一了。

比如，孙悟空大闹龙宫时，四位龙王齐聚，西海龙王的名字叫敖闰，但四十三回黑水河那里，西海龙王的名字变成了敖顺。

比如，乌鸡国假国王是文殊菩萨的坐骑青毛狮子下凡为妖，等到了狮驼岭，和白象、大鹏组队的那只狮子精又是文殊菩萨坐骑下凡——文殊菩萨就这么疏于管理？青毛狮子就这么当妖怪成瘾？

这些漏洞倒给了我们广泛的讨论空间，让我们的阅读凭空增添了很多乐趣和悬念，至于准确答案，大概永远不会有啦。

第80问　为什么当代电影电视剧特别偏爱《西游记》，《西游记》的影视改编呈现出什么样的特点

大家平时都爱看电影电视，也都知道，很多影视作品都有小说原著，都来自文学作品的改编。如果说这些改编来源里，存在一个最"高大上"并且取之不尽、用之不竭的资源库，那大约非"四大名著"莫属；如果说四大名著里又存在一个很受偏爱、接受改编数量最多的，那又非《西游记》莫属。《西游记》可以说是这些资源中最古老、最持久、产量又很高的当之无愧的"大IP"。

一个很有说服力的，甚至是有点搞笑的例证：某网络公众号曾经做过"电影编剧累积票房排行榜"，就是以电影编剧作品为统计对象对其累积取得的票房收入进行排名。可以想象，这榜单上全是"业界大咖"。让人想不到的是，吴承恩，大家通常认为的《西游记》的作者，竟然也在这榜单上，而且高居第十名。古代人能跻身当代影视业的"top10"，比的还不是文学史地位而是经济收入，已经够神奇了，

重点是，这榜单还顺手统计了"编剧作品数量"，前几名的那些"大咖"，一般也就三五部，吴承恩多少部呢？117 部！要知道，这还只是电影，还没有统计电视剧、动画等。

为什么会这样？古典名著是我们全民族的精神财富，影视作品作为一种通俗娱乐迫切需要获得文学性上的提升，新时代我们肩负着讲好中国故事的使命，这些都不难理解。除了这些，我更想提醒大家去注意几个经常被忽略的原因：

结构上的相似性。这决定了它会受到电视剧的欢迎。

如果说世界上存在一个和"电视连续剧"最接近的文学样式，那毫无疑问，中国古代的章回小说位列其中：它们大都是长篇故事的分段演绎，用悬念的延续作为段与段间的连接，每一段故事内部又有独立的起承转合与小高潮……

甚至连它们的传播方式都是一样的，之前就讲过，中国古代小说很多都是"话本"，也就是拿来"说书"用的，拿来"讲"的，或拿来"给很多人聚在一起表演"的，不是拿来给一个人关起门来读的，所以呢，它一般会有固定的说书时间和固定的"每日说书长度"，今天的内容讲完了，它会给听众留个尾巴："欲知后事如何，且听下回分解。"听众们惦记着这个尾巴，于是明天同一时间又来了。这一切，不是跟你看电视剧的体验一模一样吗？

第二，故事上的可裁剪性。这决定了它会受到电影的欢迎。

《西游记》和其他几部古典名著最明显的差异在于它从踏上取经路以后，就自动变成了"系列剧"模式，所以它可以实现"随便拿一段出来都构成一个完整的故事，单独看这个故事并不影响前后文的理解"。你瞧，这个是不是特别适用于电影？因为电影就两个小时，你用两个小时来讲一部《红楼梦》是非常非常困难的，就算硬生生浓缩了讲下来，效果肯定不会好，那你说抽一段出来，用两个小时讲个

"黛玉葬花"吧，又显得特别没头没脑，为啥要葬花啊？葬完花又怎样了？但你用两个小时来讲一个"女儿国"，或者讲一个"三打白骨精"，篇幅刚刚好，而且故事就从师徒四人到达这个国家遇到这个妖怪开始，讲到降服这个妖怪重新上路为止，前后因果充其量用一行片头字幕交代一下，特别完整。

这就是《西游记》得天独厚的地方：它可以拆分。

第三，主题上的丰富性。说白了就是，《西游记》可深可浅，你可以从不同角度来诠释它，于是，影视作品也就可以从不同角度、以不同风格来演绎它。

你如果是个导演或编剧，那你可以把重点放在哲学思考上，也可以放在特技、武打的视觉效果展示上，还可以放在搞笑、逗趣的嬉闹无厘头上，你想拍文艺一点的电影电视剧可以使用它，你想拍娱乐一点的电影电视剧照样也可以使用它。更别说它还能和当代经济学和商业管理（曾经有本畅销书叫《孙悟空是个好员工》，被认为是老板必读读物）对接，和"心灵鸡汤"对接。

再加上我们之前说了，《西游记》的主题就是游戏精神，就是趣味至上，那咱们在面对它的时候，总会轻松一点、宽容一点，不像面对一般名著那么小心翼翼，你看《大话西游》也成经典了，可要是弄个《大话三国》，说不定就会被骂了：这里面有最严肃的仁义道德、治乱兴衰、忠孝礼智，你凭啥"大话"它？

早在二十世纪二三十年代，中国电影刚刚起步的时候，作为整个亚洲时尚最前沿的城市——上海，就已经风靡过《猪八戒招亲》《孙行者大战金钱豹》《车迟国唐僧斗法》《猪八戒大闹流沙河》等一大批西游题材电影，尽管这些电影质量参差不齐，但已经足以显示"西游题材"巨大的影响力和号召力了。尤其是 1941 年，以万籁鸣、万古蟾、万超尘、万涤寰（人称"万氏兄弟"）执导的动画电影《铁扇公主》

最为著名，它在当时成为亚洲第一部、世界第四部动画长片。值得一提的是，迪士尼的经典影片《白雪公主》也在同一年上映。一时之间，各大媒体争相报道"东、西方两位公主隔空对话"的文化盛景。后来被称为日本现代动画之父、《铁臂阿童木》的作者手冢治虫，也是在观看了此动画后，方才下定决心弃医从文走上艺术创作之路的，可见这部作品的魅力之大。

之后和平年代，有了更理想的创作环境，进入上海美术电影制片厂的"万氏兄弟"再接再厉，尽平生所学，1961年和1964年分上下集推出了《大闹天宫》，以多样的画面、奇异的色彩和独特的电影手法，第一次从视觉上真正还原了变幻神奇的《西游记》神话世界的意境，在国内外连获七个大奖，成了中国动画至今都无法逾越的巅峰之作。

中央电视台1982年开拍、1986年首播的电视连续剧《西游记》，在"忠于原著，慎于翻新"的基础上，对小说进行了高度概括提炼，基本上抓住了原著的灵魂。在人物形象设计上汲取了之前戏曲与动画领域长期积累的经验，在空间上则走遍大江南北寻找各种还原西行长路的奇景，在表演上借鉴了京剧武打和绍剧的猴戏传统，在特技上则开动智慧采用了当时一切最先进的手段，在配乐上则创作出了《云宫迅音》这所谓"中国第一首电声音乐"。

此剧播出之后，始终好评如潮、万人空巷，于各地方台的重播长盛不衰，成为中国电视剧史上重播最多次的剧集，许多网友都说："每当午后不经意地打开电视，一看到那满屏的《西游记》，你就知道，快乐的暑假又要来了。"

可以说，许多观众对"西游记"三个字的第一印象，甚至是全部印象，都来自央视版电视剧《西游记》，至今看来，它仍不失为一部浪漫、神奇、精彩的优秀作品。以至于后来诸多新版本的《西游记》电视剧，比如2010年浙江卫视版的、2011年张纪中版的，虽然都把

"突破、创新"挂在嘴边，却总在有意无意地借鉴和模仿着这个最老也最经典的版本，就连主题歌都沿用了《敢问路在何方》，毕竟这是一代代人不可动摇的集体记忆。

当然，从前面列举那些电影的"截取某个段落"，到这一部部电视剧的"全景式完整改编"，里面勾勒出的，也是一部中国影视业不断壮大、实力不断提升的发展史，可以说，《西游记》既是这段历史的见证者，也是这段历史的检验者。

无独有偶，由中央电视台动画部、中国国际电视总公司等联合打造的，1999 年播出的 52 集大型动画片《西游记》，同样耗资巨大：历时 6 年完成，整个制作过程中，有 2000 多名动画制作及电脑技术人员参与，绘制了近 100 万张动画，设计了 2 万张背景，创造了 500 多个人物造型，每一集时长大约 22 分钟，整部片子全长 1114 分钟，它既是当代《西游记》动画改编史上最大规模的作品，同时也是"全景式完整改编"的集大成之作。相信对孩子来讲，它和电视剧版一样，都是一份珍贵的童年印记。

有趣的是，由于主要受众定位为青少年，因而这部动画片增添了更多人情化和趣味化的改动：例如在流沙河擒拿沙和尚那一集中，加了沙和尚抢走猪八戒小包裹，小包裹中有写给高老庄高小姐的情书这一情节，这不但使沙和尚知道了他们正是自己要等待的、从东土去西天取经的和尚，也使得他和猪八戒的再一次交战有了喜剧性的效果，反映了猪八戒的不能脱俗的感情；又如孙悟空与哪吒交锋时，二人一度停战躲入水帘洞深处交谈，最后哪吒产生了对悟空的欣赏之情，于是佯败而出，这体现了创作人员对中国两位动画英雄不由自主地惺惺相惜的处理；又如唐僧在原著中显得过分懦弱，儿童观众很可能对其产生反感，因而动画片没有把他描绘成只会挨抓和等着救命的师傅，在与黄风怪斗争时，唐僧机智地配合了孙悟空，哄骗黄风怪说出能降他怪风的灵吉菩萨来。这些改动都强化了作品本身的童话色彩和人性化倾向。

1994 年周星驰主演的喜剧片《大话西游》，则开辟了一个更加特殊的改编路径：借了一个"西天取经"的大背景，安放进孙悟空的前世今生，甚至是许多刻骨铭心的爱情故事，使用格外匹配年轻人"不正经"的、"恶搞"的、嬉笑怒骂的"无厘头"表达方式，在《西游记》的影视家园里，栽种了一枝旁逸斜出、不走寻常路的奇葩。

值得一提的是，《大话西游》刚刚在中国大陆上映时，获得的评价很差，亵渎名著、不知所云的批评车载斗量，票房也相当惨淡，但没想到，它尘封若干年后，在北京电影学院的网络论坛上被一群专业学电影的学生再次发现、讨论，于是，它别具匠心的结构、反传统的人物、另类的故事走向，甚至那段经典的表白台词，一下子获得了新的意义，得到了学术界和评论界的重视，被认为是"现代派荒诞剧经典"和"解构主义的集大成者"，它的地位、价值、知名度随之不断被抬高与肯定。

这部"奇怪的新经典"迅速发挥了"模范带头作用"，让"戏说式改编"开始蔚然成风：香港无线电视台摄制的连续剧《西游记》（1996 年）、《西游记Ⅱ》（1999 年），台湾八大电视台与香港中天公司联合拍摄的连续剧《齐天大圣孙悟空》（2002 年），以及大陆 2000 年推出的 30 集电视连续剧《西游记后传》、38 集电视连续剧《春光灿烂猪八戒》等，都是这一风格的代表作品。

当然，"戏说式改编"至今依然是一个有争议的做法，也受到许多名家和权威的旗帜鲜明的反对，其中最著名的就是六小龄童老师。对此，我会在后面一个问答里加以更详细的阐述。

《西游记》的影视创作甚至还漂洋过海，首部西游题材电视连续剧就是日本拍的，动漫版的《西游记》则是韩国拍得较多，另外，好莱坞也拍过电影版《西游记》，只不过主演全都是外国人而已。

这些日韩版、西方版西游记影视动画，尽管有时候会将原著的内容改得面目全非，但《西游记》作为全人类共有财富，它本身独特的想象力与戏剧性一直吸引着世界范围内的创造者去提取营养，却也是不争的事实。

改编名著可以说，是一件最吃力不讨好的事情，因为有一部影响力那么大、权威性那么高的著作放在所有人心里，只要你拍出来了，读者和观众全都会情不自禁地拿着去和自己心中的原著相比较。可问题是，谁敢跟原著比较啊？这个比较，基本是个"必输的比较"。这就是我们通常说的"经典文本阴影"，它并不仅存在于中国，欧洲人改编莎士比亚也会遇到这个困扰，所以才说"一千个人心里有一千个哈姆雷特"嘛。

那中国四大名著影视改编的特殊性又在哪里呢？

在于二十世纪八九十年代以中央电视台为主创方，集合了几乎全国力量先后推出的那几个老版本电视剧，实在是太伟大，也太经典了，无论是那个时代的电视工作者的严谨敬业态度（像《西游记》剧组走遍全国，像《红楼梦》主演们住进大观园学习琴棋书画和古典文化长达好几年），还是那个时代还没接触过多少影视作品的观众们的纯朴天真的心态，都决定了它们在大家内心留下的印记几乎再也无法被替换，某种程度上，它们的不可动摇性，基本堪比原著，甚至有些时候会超越原著。

大家今天提到孙悟空，脑子里跳出来的第一个形象，是不是六小龄童老师主演的那个老版电视剧里的形象？大家常常听身边的人评价后来新出的电视电影说"这个猪八戒一点都不像啊"，之所以有这种感觉，其实是因为他不像你记忆里的那个猪八戒，那个来自老版电视剧、由马德华老师主演的猪八戒。这就不仅仅是"经典文本阴影"

了，这已经是"双重经典文本"了——原著和经典电视剧的双重权威性，横亘在所有后来者的头顶。

至于《西游记》，就更加特殊一点，因为它是"多重经典文本"：在不同媒介、不同艺术形式、不同改编模式中，《西游记》竟然都生成过一个经典文本。

动画电影里是《大闹天宫》，电视剧里是央视版《西游记》，动画剧集里是央视版动画《西游记》，戏说形态的电影里是《大话西游》，甚至还可以包括戏曲里的绍剧猴戏，还可以包括网络文学里的《悟空传》。2024年夏天，《黑神话：悟空》的风靡又让游戏领域也多了一款属于西游的"经典文本"。

于是，任何一个未来想要拍西游电视剧的，都绕不开央视版《西游记》的影响；任何一个未来想要拍西游动画的，都绕不开《大闹天宫》的影响；任何一个未来想要唱西游戏的，都绕不开绍剧猴戏的影响；任何一个未来想要戏说西游故事的，都绕不开《大话西游》的影响。甚至它们自己都已经成为新的改编对象，比如《悟空传》从网络小说被拍成了电影。这既是《西游记》的魅力，也是优秀影视作品的实力，归根结底，是作为题材的西游故事所能提供的取之不尽、用之不竭的宝藏魔力。

一句话：热爱《西游记》的人，坐拥那么多经典，这是何等幸福的事情啊。

第81问 "戏说式改编"是在亵渎原著吗

在深入讨论这个问题之前，我们先来扯一点看起来好像不太相干的题外话。

首先，你印象里的孙悟空是怎样的形象？

其次，你印象里的猪八戒又是怎样的形象？

也许不少读者会不假思索地脱口而出："那还用问，孙悟空英姿飒爽、生机勃勃、活泼俊朗，无愧'美猴王'之称；猪八戒憨态可掬、笨拙可爱、丑萌丑萌的，招人喜欢。"

说得没错，我印象里，他俩也是这种形象，那我们来看看所谓"原著"中的描写，看看《西游记》小说文本中这两位到底长啥样？

随便截取两段：

见行者身躯鄙猥，面容羸瘦，不满四尺。（妖怪）笑道：可怜！可怜！我只道是怎么样扳翻不倒的好汉，原来是这般一个骷髅的病鬼！

（猪八戒）生得凶险，但见他——卷脏莲蓬吊搭嘴，耳如蒲扇显金睛，獠牙锋利如钢锉，长嘴张开似火盆。

"鄙猥"，又矮又猥琐；"羸瘦"，又小又弱不禁风；"不满四尺"，几近侏儒，什么英姿飒爽"美猴王"？人家直接说了，"骷髅般的病鬼"才是正解。其实，你如果找到明清两代出版的《西游记》古本，看看里面的插图对孙悟空的描绘，就会发现孙悟空的外形的确跟妖怪没啥区别。怪不得《西游记》里总是写道：猴哥自告奋勇去化斋或问路，然后一敲开门直接把"人民群众"吓到昏厥。

至于猪八戒，莲蓬嘴、獠牙锋利、血盆大口，请你告诉我，有一点点"憨态可掬"的样子吗？有一点点"可爱"的影子吗？似乎只剩下"可怕"了吧，而且从"獠牙"这种细节就能看出，猪八戒应该是一头野猪。

那我们前面的那些印象哪里来的？简单点说，是从我们从小看到大的影视、动画、绘本，还有生活中各种各样的图案符号里来的。复杂点说，是从我们中国人世世代代对这两个人物所投入的情感里来的，大家崇拜孙悟空，大家喜欢猪八戒，大家愿意让孙悟空帅帅的，大家愿意让猪八戒萌萌的，大家不接受孙悟空那么猥琐，大家不接受猪八戒那么恐怖。影视、动画、绘本，还有生活中各种各样的图案符号，之所以会这样呈现孙悟空与猪八戒，之所以会对他们不断进行容貌上的美化，也正体现、呼应了这份情感投入、这份世世代代的爱。但正如上面比对的，它和"原著"里的"原文"已经大相径庭了，那你能说所有影视、动画、绘本，还有生活中各种各样的图案符号，全都一股脑儿地"亵渎了原著"吗？你能说，中国人世世代代的情感投入和热爱，也全都自说自话地"亵渎了原著"吗？

还有，大家大概还记得之前我们讲过的一个问题"挑担子的到底是猪八戒还是沙和尚"，然后我们解答了，原文中猪八戒挑担子居多，现实生活里却几乎每个人都默认沙和尚负责挑担子，因为影视剧中全是沙和尚在挑担子。然后我们还分析了，沙和尚挑担子其实比猪八戒挑担子更合理，也更能让人接受。那这种"改编过程中的处理显得比原著更合适"的情况，也算是"亵渎了原著"吗？

孙悟空的扮演者曾痛心疾首地表示，现在太多"亵渎原著"的不良作品误导了观众，以至于总有小朋友问他"孙悟空到底有几个女朋友呀"。孙悟空谈恋爱的确有些惊世骇俗，作为孙悟空的扮演者，对传统的孙悟空形象带有不可动摇的感情，这也完全能理解，但是，我们之前也提到过，在元杂剧《西游记》里，孙猴子就是有女朋友的啊——他的出场唱词就是"金鼎国女子我为妻，玉皇殿琼浆咱得饮"，而且他还很好色，一上来就要强抢民女。这个元代的《西游记》杂剧，是明代《西游记》小说的基础，也算得上是《西游记》"原著的原著"吧，那如果我们说孙悟空谈恋爱是不尊重原著的话，小说《西游记》中让孙悟空不谈恋爱，是不是率先不尊重它自己的原著了呢？

讲了这么多，你有没有发现一个奥秘："忠实原著"这四个字，有点接近一个"伪命题"。因为说到忠实，就必须首先确认有一个东西是可以被忠实的——一个可以被忠实的东西，必须是有确定结论和确定面貌的，固定不变的。比如，我们可以说一部历史剧要忠实历史，因为历史是有确定事实的，而且已经发生过，不会变。但我们不能说一部科幻片要忠实未来，因为未来是不断被重新想象重新描绘的，不断在变。也就是说，所有处于"动态变化"里的东西，都是没办法被"忠实"的。可惜，《西游记》恰恰是一个不断处于"动态变化"里的东西。我们在此书中反复提到"世代累积"，是不是就是一种典型的"动态变化"？

《西游记》的形成过程其实是一个从历史事实出发，被历代的民间传说、佛经故事、地方戏曲、工艺美术、说书评话、小说创作所不断扩充、增补、改写、演绎、拼贴的过程，它是一座值得仰望的高峰。但一座高峰，不意味着旅途的终结。《西游记》的动态变化过程还在继续，它还可以和新的媒介、新的科技、新的时代合作，随之创造出新的形象和新的成就。

如果说小说《西游记》问世之后，西游故事的演变在文字层面（书本层面）的可变余地减少了，那很自然地，接下来西游故事的演变，就要转移到立体的、动态的"视觉媒体"上，转移到戏剧、曲艺、影视、动漫、游戏当中来，它们无不直接扩大了《西游记》的影响，促进了《西游记》对当代人的滋养，使《西游记》进一步成为最经得起时间检验的"大IP"。

戏剧、曲艺、影视、动漫、游戏，这些西游故事演变道路上的新参与者，肯定多多少少要借鉴之前最权威的那个小说文本，但它们也可以有新的突破和成就。

回到"戏说"这件事上。戏说也具有自律性，戏说不等于胡说。戏说也要接受时代的检验、观众的筛选，那么多戏说西游的电影电视

第
十
一
章　源流和演变：《西游记》的成书与改编

剧，你为啥只记住了《大话西游》，这就是筛选的结果，被筛选出的结果，就一定有它独一无二的价值。严格意义上，很多古典名著自身都已经是一次戏说的结果：《三国演义》戏说了《三国志》，《水浒传》戏说了《大宋宣和遗事》，《西游记》戏说了《大唐西域记》……

一般认为，戏说是指借已有的故事来表达自己的感情和思想，古典名著本身那么复杂，使得我们无法肯定，那些"自己的思想"会不会同时也恰好是"原著的思想"，甚至是原著当中隐藏较深的、原本不被注意的思想？

《大话西游》看似恶搞，看似荒诞，实则通过至尊宝（孙悟空）这个人物，展现了他从向往无忧无虑、渴望挣脱一切约束追求反抗命运的力量，到最终领悟到个人的渺小，明白了任何人都无法回避和逃脱在有限生命中必须完成的责任与担当。这种从对"心"的放纵到修炼、接受、和平共处，这种在自由与秩序的两难中探索成长道路的、属于全人类的永恒体验，不就是历朝历代解读《西游记》的学者们给出的最深层次的剖析吗？

归根结底，即使把忠实原著作为改编的最高目标，至少忠实也可以有两个实现层次："神"（内在）的层次和"形"（外观）的层次。也许最伟大的境界是"形神兼备"，但那确实太难了。既然如此，"得形忘神"与"得神忘形"之间，还真不好讲谁比谁高明，谁比谁合理。许多被鄙夷的"戏说式改编"，也许恰恰是"得神忘形"的作品。它们需要的，只是我们给予更公正客观、更细致耐心的评价而已。